INDOCILE

"Lettres anglo-américaines"

DU MÊME AUTEUR

ELLES À L.A., Éditions de l'Aube, 2003.
EAT THE DOCUMENT, Actes Sud, 2010.
STONE ARABIA, Actes Sud, 2013.
LES INNOCENTS ET LES AUTRES, Actes Sud, 2019.

Titre original :
Wayward
Éditeur original :
Knopf, Penguin Random House LLC, New York

Traduction française publiée avec l'accord
de Melanie Jackson Agency, LLC représentée par Anna Jarota Agency

ISBN 978-2-330-17384-5

DANA SPIOTTA

Indocile

roman traduit de l'anglais (États-Unis)
par Yoann Gentric

ACTES SUD

pour Agnes et Emy

Dans vos veines coule comme un sang
de forêt sauvage.

MARY RUEFLE, *Pause*.

2017

I

SAM

1

Une façon de comprendre ce qui lui était arrivé (ce qu'elle avait fait arriver, ce qu'elle avait tenu à ce qu'il lui arrive) : tout avait commencé par la maison. C'était la maison en elle-même, mais aussi là où la maison se trouvait, là où elle avait découvert qu'elle voulait se trouver elle aussi. C'était un cottage Arts and Crafts* abandonné et délabré dans un quartier relégué de la ville de Syracuse qui avait autrefois bouillonné de vie.

* Né dans les îles Britanniques durant la seconde partie du XIXe siècle en réaction à la révolution industrielle, le mouvement Arts and Crafts, qui mène une quête d'excellence pour tous dans les arts décoratifs, se développe aux États-Unis à l'aube du XXe siècle. *(Toutes les notes sont du traducteur.)*

2

La maison était juchée sur une toute petite parcelle de Highland Street, rue tracée à la crête d'une colline que bordait une longue étendue d'herbe et d'arbres. On aurait dit un petit parc en pente, mais c'était en fait un cimetière dont les vieilles tombes étaient massées dans le coin sud-ouest. Sauf à être allergique aux tombes – et Sam ne l'était pas – ce coteau de verdure était vraiment joli. La rue elle-même offrait un vaste panorama sur le centre historique de la ville. On apercevait les clochers des églises et on voyait que la petite cité était nichée dans une vallée cernée de collines. On apercevait même le dessin en forme de rein du lac Onondaga, bien qu'il soit souvent en partie voilé par des nuages bas. En regardant vers la gauche, ou par les fenêtres sur le côté de la maison, on apercevait l'université de Syracuse sur une autre colline. On la repérait grâce à la bulle blanche, basse et matelassée du Carrier Dome (stade qui devait son nom à la multinationale de la climatisation Carrier, quoiqu'elle se soit presque entièrement retirée de la ville – tout ce qu'il en restait, c'était une poignée d'emplois ouvriers, le dôme et Carrier Circle, un rond-point dangereux que Sam détestait). Peu après avoir aperçu le dôme, on remarquait les flèches et les tourelles des divers bâtiments de l'université.

La décision de quitter son mari – l'acte de le quitter, vraiment – prit corps au moment où elle fit une offre pour la maison. C'était un dimanche ; Sam s'était réveillée à cinq heures du matin, incapable de dormir plus longtemps. Elle avait attribué ce réveil inutilement précoce à l'approche de la ménopause. Elle avait toujours ses règles chaque mois, mais des choses s'étaient mises à changer dans son corps, et même dans son cerveau. Comme le fait de se réveiller d'un seul coup à cinq heures un dimanche matin, son esprit passant de la torpeur à une intraitable lucidité, comme si elle avait déjà bu un café. Et comme lorsqu'elle avait bu un café, elle se sentait alerte, boostée d'adrénaline, mais elle ressentait aussi la fatigue sous-jacente, la lassitude. Ce matin-là, le bois du parquet était froid sous ses pieds nus, mais pas moyen de trouver ses chaussons. Il faisait encore nuit. Elle s'efforça de ne pas réveiller son mari. Elle se servit de son téléphone pour s'éclairer jusqu'à la salle de bains. Elle urina, tira la chasse, se lava les mains. Elle se brossa les dents sans se regarder dans le miroir. Elle remonta les stores pour jeter un œil dehors. L'aube pointait peu à peu dans le ciel et une quinzaine de centimètres de neige étaient tombés pendant la nuit. C'était l'une de ces giboulées neigeuses de mars dont Syracuse avait le secret. Tout le monde s'en plaignait parce qu'on "était censé être au printemps", mais à quoi bon ? À Syracuse le printemps n'arrivait jamais en mars. Du reste, sous la lumière printanière, les neiges de mars étaient souvent spectaculaires. Le soleil qui se levait lentement jetait maintenant une lueur rose et or et, sur la neige, une petite croûte de glace scintillait sous l'éclat du ciel et des réverbères. Tout semblait beau : les arbres, les toits, jusqu'aux voitures encroûtées de sel. Et comme la plupart des spectacles époustouflants de beauté, c'était presque trop, trop théâtral, quasi racoleur. Sam adorait la théâtralité des neiges de mars. Mars voulait dire que le ciel serait clair, éblouissant de clarté, loin de l'obscurité nébuleuse de janvier et de la monotonie grise et piteuse de février, le pire des mois. À mesure que le jour avancerait, des ombres nettes se découperaient sur la croûte neigeuse, la clarté ferait plisser les yeux et, s'il n'y avait pas de vent, on pourrait ouvrir son manteau. Dans ces moments-là, Syracuse ressemblait à une piste de ski du Colorado. Le mois de mars était différent parce que la lumière apportait la promesse du printemps et que la neige rendait tout ravissant, sous ce manteau frais et immaculé.

Mais voici le plus important : Sam pensait être la seule personne au monde à trouver merveilleuses les tempêtes de neige de la fin mars, et elle en concevait une certaine fierté. Toujours, elle aimait à s'imaginer subtilement différente des autres, savourant la tension et le mystère qu'il y avait à paraître ordinaire en surface tout en étant douée d'une vie intérieure radicale et originale. Par exemple, du temps où elle faisait les soldes au Talbots de DeWitt en compagnie des autres dames des *suburbs* de son âge et de sa classe sociale, elle se considérait à part. Certes, elle avait découvert que les robes trapèzes ou fourreaux unies en point de Rome, les classiques, vous mettaient vraiment en valeur, étaient vraiment flatteuses ("flatteur", quel mot tragique) quand vient la grotesque déformation de la cinquantaine – un floutage des contours, une rectangularisation, vraiment. Mais elle avait beau être là à faire son shopping sous l'influence d'une flopée de mails lui annonçant des ventes privées exceptionnelles, elle se croyait différente des autres. Intérieurement, elle se gaussait des manipulations calibrées, elle se moquait d'elle-même, elle percevait bien ce que ces coupes et ces couleurs BCBG connotaient en termes d'image de marque et de style de vie. Les tissus écossais classiques, les boutons sur les manches, les ballerines suggérant une sensibilité toute en bon goût et en discrétion. D'ailleurs, les autres femmes se faisaient peut-être les mêmes réflexions, le conformisme n'étant jamais l'objet d'une quête consciente – du moins dans l'Amérique d'aujourd'hui. Passé l'adolescence, plus personne ne se disait *Je veux ça parce que tout le monde l'a*. Non, Sam savait qu'on vous vendait l'idée que vous pouviez être indépendante d'esprit alors que vous achetiez la même chose que tout le monde. On vous permettait de conserver l'illusion précieuse et vaniteuse du libre arbitre. C'était le secret d'un consumérisme opérant dans un monde de clients avertis et réfléchis. Le sentiment de résistance de Sam était tout aussi fabriqué que son besoin de s'acheter des vêtements flatteurs. Elle croyait néanmoins (!) qu'entretenir de telles pensées autocritiques et autoréflexives en faisant son shopping la distinguait des autres femmes. À n'en pas douter. C'est pourquoi elle se considérait toujours comme une personne excentrique (fût-ce discrètement), qui ne pouvait s'accommoder d'une pensée ou d'une sensibilité conventionnelle.

Ces derniers temps, ce désir d'aller à rebours des conventions avait pris une urgence nouvelle, qui allait bien au-delà des questions de goût et d'habillement. Un penchant à l'indiscipline, à la contradiction, même, l'animait. Il se cherchait un exutoire, un objet auquel s'appliquer. Et voilà maintenant (pas avant) que cet étrange état intérieur l'entraînait vers une extravagance (une imprudence) qui la déstabilisait totalement et qu'elle n'arrivait plus à réprimer.

Elle enfila la même tenue que la veille : un jean déformé et un pull noir à col boule. Elle n'avait plus envie d'ouvrir sa penderie bourrée de fringues. Pourquoi lui en fallait-il une telle quantité ? Au cours des derniers mois, des choses qui la captivaient jusqu'alors avaient cessé de l'intéresser.

Elle descendit sans faire de bruit et se prépara un café.

Sam avait pour habitude de parcourir les annonces immobilières en ligne. Comme tant de ménagères désœuvrées, visiter des maisons faisait partie de ses passe-temps. Elle savait que, comme elle, nombre de visiteurs venaient non pour acheter mais pour fouiner dans la vie des gens ou estimer la valeur du foncier ou fantasmer sur la vie nouvelle qu'engendrerait un cadre architectural différent. Cet élan-là, elle le comprenait. À un moment, elle avait même voulu étudier l'architecture (et l'histoire, et la question des femmes, et la littérature) mais elle s'en était dissuadée et, à la faveur de ce qu'elle avait présenté à ses amis comme un geste rétro, elle s'était mariée puis elle était tombée enceinte. Elle s'était contentée de devenir une amatrice d'architecture. Et une "mère au foyer" (expression qu'elle trouvait dégradante, comme si elle était une détenue assignée à résidence).

Elle avait la passion des vieux édifices insolites (et Syracuse en était riche) : ils recelaient un code visible-mais-secret, rendaient présent le passé par des matériaux qu'on pouvait voir et toucher. Par exemple, l'église abandonnée d'East Fayette Street qui appartenait à l'AME Zion Church*. Sa toute petite forme parfaite reposait sur de solides et intactes fondations de calcaire. Un modeste clocher en briques effritées, à la peinture blanche écaillée, s'élevait à côté d'un grand vitrail gothique en ogive. Mais l'édifice était perdu dans le néant de béton qui bordait l'autoroute I-81, envahi de pousses d'érables et couvert de graffiti, et il y avait longtemps que les ouvertures en étaient condamnées. L'église appartenait à la plus ancienne congrégation noire de Syracuse et avait été bâtie cent ans plus tôt pour remplacer une église des années 1840 qui était un maillon du "chemin de fer clandestin**". De celle d'East Fayette Street, Sam avait vu de vieilles photos datant de l'époque florissante où c'était l'un des centres de la vie de la 15e circonscription, avant que le quartier ne soit détruit au nom de la rénovation urbaine. Pourtant elle était là, échouée et oubliée. Syracuse était si riche d'histoire qu'elle pouvait se permettre d'en négliger des pans entiers. Quand Sam voyait un bâtiment que plus personne ne semblait voir, elle arrêtait sa voiture, en descendait, faisait le tour des lieux et posait même la main sur une brique en signe de communion et de respect. Dans toute la ville, de vieux immeubles ou maisons fascinants,

* L'Église épiscopale méthodiste africaine de Sion, qui est l'une des plus importantes Églises afro-américaines.

** *The Underground Railroad* : nom donné au réseau clandestin permettant à des esclaves noirs évadés de fuir vers le Canada ou les États abolitionnistes des États-Unis au cours de la première moitié du XIXe siècle.

vides ou encore occupés, la convoquaient. Il lui arrivait de faire un détour dans le seul but d'apercevoir l'un de ses préférés.

Mais les visites immobilières lui offraient la chance rare de pouvoir pénétrer dans leur enceinte, ce qui constituait une expérience bien plus intime. Dès qu'elle franchissait le seuil d'une maison, elle en sentait l'espace modeler profondément qui elle était – ou serait. Chaque fois qu'elle avait l'occasion de pousser une porte, elle le faisait, ce qui déclenchait toujours un acte d'imagination, acte qu'elle adorait. Qu'est-ce que ça lui ferait de vivre ici, de se réveiller ici, de se disputer avec son mari ici ?

Cette annonce-ci l'intrigua parce qu'elle était reprise sur un compte Instagram s'adressant aux férus d'architecture :

> Unique ! Villa Arts and Crafts conçue par Ward Wellington Ward en 1913. À vendre 38 000 $! Acheteurs intrépides uniquement - à rénover entièrement. La plupart des détails d'origine sont intacts. 110 Highland St., Syracuse,
> le dimanche 26 mars de 11 h à 14 h.
> Pour plus de détails, voir lien en bio
> #vieillesbaraquespaschères #sauverlavieillepierre
> #villa #rénovation #fenêtresàbattantsenprime

Elle fut la seule curieuse en mal de vies imaginaires à se rendre à la visite du 110 Highland Street ce dimanche matin là.

La maison tombait en ruine. La maison était splendide.

Elle avait des vitres à mailles de plomb, des étagères encastrées et des bancs-coffres. Deux de ces banquettes étaient abritées par des claires-voies à montants de bois massif et (oh, son rêve !) placées de part et d'autre d'une cheminée ornée d'une faïence ouvragée (de la "faïence morave de Mercer"). Sam s'imagina assise dans ce "cantou", contemplant le feu, lisant un livre. La faïence était encrassée de couches de poussière, mais toujours intacte. Sam distinguait une histoire dans les images en relief. ("Saint Georges et le dragon", lui dit l'agent.) Les carreaux d'argile avaient été enduits d'un vernis rustique, irrégulier, de couleur rose, vert ou blanc. Elle les toucha du bout des doigts et éprouva une indéniable connexion. Dans un podcast, quelqu'un avait parlé de la pratique de l'"ancrage". C'était quand vous marchiez pieds nus dehors et laissiez la terre se connecter à votre corps. C'était censé vous rééquilibrer, rétablir vos rythmes circadiens ou quelque chose comme ça. Vous aider à surmonter le jet-lag. Ou c'était peut-être pour atténuer les effets d'une exposition régulière aux perturbateurs endocriniens. Ou pour contrecarrer l'influence des champs électromagnétiques, des ondes de basse intensité mais continues du wifi et des antennes relais. Ou peut-être tout ça à la fois, l'ancrage promu comme panacée pour tout l'organisme. Sam se gaussait de cette idée, avait même du mépris pour ces conneries New Age, et pourtant, quand ses doigts touchèrent le carrelage, elle se sentit *ancrée.* Il n'y avait pas d'autre mot, c'était comme si un courant correctif émanait de la maison, passait du carrelage poussiéreux à sa main et, vraiment, circulait à travers tout son corps.

Les carreaux étaient collés sur des briques d'un rouge profond disposées en motif et surmontées d'un manteau de chêne sombre également sale, mais intact. Était-ce Gustav Stickley ou William Morris qui avait décrit l'idéal du mouvement Arts and Crafts, expliqué que la cheminée devait être une œuvre d'art du quotidien ? Elle avait l'air faite à la main et chaleureuse, et sa beauté résidait dans son utilité et sa simplicité : elle était froide, il lui fallait un feu. L'âtre l'attira, la convia à s'asseoir. Elle comprenait maintenant que la cheminée puisse constituer une forme de culte séculier. Elle s'imagina qu'elle lui permettrait de se sentir proche de quelque chose d'élémentaire. ("Évidemment, il faudra faire contrôler la cheminée.") Pour rester saine d'esprit durant les longs hivers de Syracuse, Sam avait besoin de cette belle cheminée ancienne qui dilapidait sa chaleur. Dans sa maison des *suburbs*, ils avaient un insert au gaz qui produisait des kilowatts de chaleur efficaces, régulés, ainsi qu'un bourdonnement de ventilation sourd et harassant. Le centre de la flamme était d'un bleu froid.

"Cette maison est inscrite aux monuments historiques sous le nom de Garrett House. Elle a même une page Wikipédia. Conçue en 1913 par l'architecte Ward Wellington Ward.

— Oui, j'ai lu ça dans le descriptif, dit Sam. Je connais son travail." Elle avait vu les plans de certaines de ses maisons à l'Association historique du comté d'Onondaga. Minutieux, au crayon de couleur et à l'encre. Les trois W de son nom, la répétition de "Ward" à chaque bout, le rythme bref-long-bref, le tout tracé dans cette graphie typiquement Arts and Crafts. Tout n'était qu'art, jusqu'à son nom.

"Ah, bien. Donc vous savez que ses maisons sont très spéciales. Garrett l'a fait construire en 1913, avant de mourir au cours de la Première Guerre mondiale. Sa veuve y a vécu pendant des décennies. Puis la maison est tombée entre des mains négligentes, mais aucun des détails originaux n'est compromis. Clairement, elle a besoin d'être chouchoutée : installer le chauffage, revoir l'électricité, refaire la toiture, traiter les champignons. Peut-être refaire la cheminée. Améliorer l'évacuation des eaux au sous-sol. Renforcer les fondations. Mais c'est quand même une maison extra, non ?

— Oui", dit Sam.

Plus tard, elle roula jusqu'au grand Wegmans des *suburbs* et, pour le dîner, acheta du flétan sauvage, des dés de patate douce et des pousses d'épinards bios lavées trois fois. Elle prit également le fruit préféré d'Ally, la mangue, le muesli préféré de son mari, du granola sans céréales à la vanille, ainsi que plusieurs bouteilles de cette eau minérale allemande qu'elle aimait bien. Elle déposa les courses à la maison. Personne n'était encore rentré. Puis, au lieu de se mettre à la cuisine, elle remonta en voiture et repartit en ville. Il était presque dix-huit heures et le soleil commençait à se coucher. Illuminé d'en bas, irisé, le ciel avait son éclat de printemps et, tout en conduisant, elle regardait les nuages s'embraser de rose et d'orange à l'horizon. Elle retournait en ville parce qu'elle avait besoin de voir la maison dans cette lumière du soir, cette lumière ridicule, presque criarde. Elle atteignit la crête de la colline. Se gara dans la minuscule allée de la maison. Le toit était pentu et les bardeaux d'asphalte s'en détachaient. Mais. Les fenêtres en façade comme sur les côtés étaient orientées au couchant. La ville resplendissait de toutes parts et on eût dit qu'un océan s'étendait derrière les nuages, qu'il y avait comme un immense lac ou rivage. Il devait bien le savoir, Ward Wellington Ward, l'architecte. Il avait pensé au ciel et aux arbres lorsqu'il avait dessiné sa maison ; il savait combien on avait besoin de ces couchers de soleil de début de printemps, à Syracuse, même s'ils miroitaient sur trente centimètres de neige.

Elle sortit la carte de visite de la poche de son manteau et appela l'agent immobilier. "Je la veux." Ces mots montèrent d'une zone reptilienne (ou paléomammalienne peut-être, ou limbique, ou sublimbique) de son cerveau, d'une part d'elle-même qu'elle n'avait jamais soupçonnée. "Enfin, j'aimerais faire une offre. Aujourd'hui, c'est possible ?" Cela parut facile. Elle signa les papiers et fit un chèque d'acompte. La vie intérieure avait débordé pour devenir vie extérieure. Elle fit une croix pour indiquer qu'elle renonçait à tout diagnostic préalable. En l'état.

Ce qui l'attirait vers la maison, c'était sa nature : cette maison était un paradoxe, à la fois rustique et élégante. Elle était conçue pour être fonctionnelle, mais émotionnellement fonctionnelle. Car au fond, qui a besoin d'un coin cheminée aménagé ? L'immense âtre était clairement inefficace. Elle valait par sa seule beauté, tout comme l'expérience de vivre vaut pour ce qu'elle est. On la sentait faite main, personnelle. Et pourtant elle puait l'artifice, l'"Arts and Crafts" censé recréer un sens nostalgique du foyer par une réappropriation cosy des cottages anglais et, étrangement, d'une certaine idée de l'église de campagne. Elle aimait aussi son état. Sale, croulante, depuis trop longtemps vide.

C'était une ruine. C'était sa ruine.

Elle monta dans sa voiture et jeta un dernier regard à la maison, peut-être pour graver son image dans son cœur, comme on regarde partir un être cher. Sam remarqua un morceau de papier blanc glissé dans l'encadrement de la porte d'entrée. Elle descendit pour aller voir de quoi il s'agissait. Elle tira le coin du papier à deux doigts et sentit un grammage plus lourd que ce à quoi elle s'attendait. Presque comme une fiche bristol, mais plus petit et plus rectangulaire, tenant dans la paume. Elle le retourna. Il portait des caractères embossés, bleus sur fond crème :

ATTENTION : L'ECT ARRIVE

Sam haussa les épaules. L'ECT ? C'était quoi ? S'agissait-il d'une publicité ? D'un message religieux ? Ou d'une sorte d'avertissement ? Mais la qualité d'impression du message lui conférait poids et substance, alors elle glissa le petit carton dans la poche de son jean.

Elle reprit la direction de sa maison, dans les *suburbs*, et ce n'est qu'à ce moment-là, sur la route, qu'elle prit conscience qu'elle quittait son mari. Matt. Qu'elle partait vivre dans la maison délabrée en ville, dans la maison mal-aimée, oubliée, avec vue sur la ville mal-aimée, oubliée. Pourquoi ? Parce qu'elle seule en percevait la beauté. La maison était faite pour elle. Elle ne pouvait – ne devait – y résister. Et dire oui à cette version de sa vie signifiait dire non à une autre.

3

Tout en conduisant, elle prit son téléphone dans sa main gauche, l'activa, tapa son mot de passe et s'efforça de ne pas baisser les yeux vers l'écran en naviguant jusqu'à ses favoris pour appuyer sur "Maman". Elle tapota l'icône du haut-parleur puis regarda la route, se réprimandant une fois de plus d'avoir joué avec son téléphone au volant. Elle était devenue rituelle, cette réprimande, mais elle ne changeait rien.

"Allô ?" fit sa mère, comme si elle ne savait pas que c'était Sam, comme si elle ne voyait pas le nom de Sam sur son téléphone, comme si Sam n'appelait pas tous les jours.

"Coucou, maman.

— Coucou, ma grande.

— Ça va ? Tu te sens…

— Ça va", dit sa mère, comme en guise d'avertissement. La mère de Sam, Lily, était malade, mais Sam n'était pas censée l'interroger à ce sujet. "Cesse de t'appesantir là-dessus, s'il te plaît", lui avait-elle demandé.

"Bien." Sam s'en tint là, pas pesante pour un sou. Elle s'appesantirait ailleurs.

"Mais toi, ça va ? T'as une drôle de voix.

— Oui, ça va", dit Sam. Elle rit.

"Qu'est-il arrivé ?"

Elle parla de la maison à sa mère, en détail, en un torrent de mots emballés, haletants.

"T'as vraiment fait une offre ? As-tu signé un contrat ?

— Oui, répondit Sam.

— Matt est au courant ?

— Pas encore.

— Sam, il faut que tu en discutes avec lui. Tu vas peut-être devoir te rétracter. Je crois que tu as trois jours, c'est ça ?

— Je ne veux pas me rétracter." Elle sentit les larmes lui monter aux yeux.

"Tu ne peux pas acheter une maison sans en parler à Matt…

— Tu ne comprends pas. Ce n'est pas qu'une maison.

— … même si elle n'est pas chère. Ce n'est pas cher pour une maison, mais ce n'est pas comme si tu craquais pour une paire de chaussures ou que sais-je. Enfin, Sam. Tu essaies de provoquer quelque chose, ou quoi ?

— Non ! Ne sois pas ridicule. Je lui dirai. Je vais le lui dire.

— C'est moi qui suis ridicule ? Réfléchis un peu. C'est idiot, c'est irrationnel.

— Je sais bien. Justement. Je le sais.

— Appelle-moi quand tu lui en auras parlé. Parles-en avec lui. Tu veux que je lui téléphone ?

— Non ! Je lui en parlerai moi-même."

4

Sam ne le dit pas à son mari ce soir-là, ni le suivant. Elle ignora le message de sa mère sur son répondeur. Elle se contenta de lui envoyer un mail disant que tout allait bien et qu'elle lui raconterait bientôt. Elle avait prévu d'appeler son amie la plus proche, Emily, mais Emily lui tapait sur les nerfs ces temps-ci. Et la réaction de sa mère la faisait hésiter. Pas sur sa décision, mais sur le fait d'en parler. Merde, quoi, elle n'allait quand même pas transformer sa vie en atelier participatif.

Lorsqu'elle se réveilla, tôt le matin du troisième jour, Sam éprouva la lassitude habituelle que lui causaient ses réveils subits, puis se rappela la maison et ressentit une étrange légèreté, une excitation. Ce soir-là, profitant de ce que sa fille, Ally, était en déplacement pour disputer un match de foot, Sam avoua enfin à Matt ce qu'elle avait fait. Pas de la façon dont elle l'avait répété au volant de sa voiture, toute en logique posée et en transitions douces. Mais comme une cinglée, impulsive et incohérente. C'était un monologue intérieur rendu audible. Il comprenait une description minutieuse du 110 Highland Street. Puis :

“Il faut que je quitte cette maison, dit-elle. Je suis désolée.” Comme si c’était la maison qu’elle quittait plutôt que lui. Jadis, elle était tombée amoureuse de leur grande maison contemporaine aux espaces ouverts, tout en cèdre et en verre. Avec ses plafonds hauts et ses parquets neufs en pin blanc. Son patio en béton et son brasero. Entourée de bois denses qui créaient un sentiment d’intimité, pas d’autres maisons pour polluer la vue. Ils en étaient tous deux tombés amoureux. Mais désormais, elle sentait que les portes étaient creuses, que le tout avait été bâti avec désinvolture, ce qui transparaissait dans les détails. Y vivre la laissait froide. (Au petit matin, elle y était vraiment frigorifiée. Un chauffage par plinthes dans ces espaces immenses, conçu par un maître d’œuvre au rabais. Ils avaient du chauffage au sol dans la grande salle de bains, cela dit, et elle se surprenait à s’y blottir pour y prendre bain après bain tout l’hiver durant, ne voulant plus en partir.)

“Qu’est-ce que tu racontes ?” dit Matt, levant à peine les yeux vers elle. Il lisait quelque chose sur son téléphone ; il n’avait pas le temps pour ça. Ce qui facilita les choses à Sam, grandement. Ça sortit tout seul.

“Je n’en peux plus d’être ici, dans cette maison.” Elle avait la voix tremblante ; l’intensité de son émotion la surprit. Elle effleura la porte de la petite salle de bains donnant sur la cuisine. “Comment on peut mettre une salle de bains à côté d’une cuisine ? Et cette porte…” Elle tambourina sur le bois et son bruit creux, superficiel la dégoûta. Elle tourna la poignée. “Je pourrais l’enfoncer, cette porte. C’est de la camelote et elle est moche. Elle m’insupporte.

— Tu veux qu’on change la porte ?

— Oui. Je veux dire, non.” Pourquoi faudrait-il qu’elle s’explique ? Elle se mit à pleurer. “J’ai horreur de cette maison affreuse. De nous. De toi. Il faut que je parte, je ne peux pas rester avec toi”, dit-elle. Cette fois, elle avait capté son attention.

“Qu’est-ce qui s’est passé ? Qu’est-ce qui ne va pas ?

— Notre mariage est derrière nous, je crois. Je le *sais*.”

Matt se mit à rire. Elle le foudroya du regard.

“Sam, qu’est-ce que tu racontes ?

— Je m’en vais.”

Matt haussa les sourcils et baissa le menton en signe d’incrédulité. Et d’agacement. L’agacement se percevait aussi dans sa voix, dans ce ton bien à lui : las, impatient, blasé. “C’est quoi, le problème, en vrai ?” demanda-t-il. Debout devant le plan de travail, il était en train de se préparer une sorte de smoothie après sa séance d’entraînement. Il ne s’interrompit pas une seconde.

D’habitude, lorsqu’il rentrait, elle lui racontait ce qui lui était arrivé dans la journée. Qui était venu à la maison Clara Loomis, où elle travaillait (même si ça confinait au bénévolat), et quelles questions les gens avaient posées. (“Il y en a une qui m’a demandé si c’était vrai que Clara Loomis avait inventé l’avortement ! J’étais là : Ouais, c’est clair ! Comme si personne n’avait pensé à mettre fin à une grossesse non désirée avant 1895.”) Sam avait coutume d’exagérer l’idiotie des questions pour amuser, ou du moins essayer d’amuser Matt. Il riait parfois, mais il était ailleurs, accaparé par son téléphone et terminant la boisson protéinée chocolat-lactosérum au stévia supplémentée en acides aminés à chaîne ramifiée qu'il avalait après le sport. C'était elle qui avait eu l'idée de ces compléments alimentaires et qui les lui avait achetés après en avoir entendu parler ou avoir lu quelque chose à ce sujet. Il les utilisait et, au moins, il ne lui disait pas qu'elle était ridicule, sentiment qu'elle avait parfois lorsqu'elle lui expliquait l'un de ses enthousiasmes. Depuis l'élection, et plus encore depuis l'investiture, c'était sur le président et sur le dernier drame en date qu'elle déblatérait lorsque Matt rentrait du travail. À mesure qu'elle parlait, elle perdait en véhémence ou en redoublait lorsqu'elle réalisait comment il allait la percevoir : comme quelqu'un qui a passé la journée à écumer internet, à regarder les chaînes d'information en continu ou à écouter des podcasts. Elle-même n'avait pas fait grand-chose de sa journée ; au lieu de ça, elle lui livrait un reportage depuis les marges d'une vie non vécue. Il hochait poliment la tête, répondait, mais n'était pas vraiment intéressé. Il la traitait comme on traite un enfant bavard ou un chien en mal d'affection : en lui concédant l'attention minimale acceptable, sans pour autant l'encourager à poursuivre. Il la tolérait. La traitait avec condescendance. Ce qu'elle vivait mal, mais ne pouvait pas vraiment lui reprocher. C'était pathétique, elle en était bien d'accord, elle le sentait en déversant son flot de paroles. Mais ce jour-là, à cet instant, elle comprit quelque chose de nouveau. Abstraction faite de ses séances de sport, de ses regards distants et ses mamours à son téléphone, toutes ces expressions d'apparente tolérance n'avaient qu'un seul but. Prendre soin de lui-même, de ses propres besoins, ce qui n'avait rien à voir avec elle. Elle n'était que l'air qu'il fallait traverser.

"J'ai l'impression d'être dans *Hantise*, voilà le problème, dit-elle doucement.

— Qu'est-ce que ça peut bien vouloir dire ?

— Ce que ça veut dire ? C'est un film avec Ingrid Bergman, où son mari essaie de lui faire croire qu'elle perd la tête.

— Je sais que c'est un film, bordel.

— Il n'arrête pas de baisser la lampe à gaz, et lorsqu'elle s'en aperçoit, il ment. Il lui raconte que tout est dans sa tête, que c'est elle qui débloque."

Il avait enfin cessé de préparer son smoothie. Dieu qu'elle détestait ce smoothie, à cet instant. Le lourd récipient en verre cannelé impossible à nettoyer et les lames maculées de petit-lait. Et ce mot, "smoothie", bon sang, comment pouvait-on utiliser ce mot ? Le mixeur était plein, mais il s'arrêta avant d'appuyer sur le bouton *Pulse*. Même lui, l'homme multitâche à l'efficacité acharnée, savait qu'il était de mauvais goût de faire un bruit de mixeur pendant que votre femme vous quittait.

"Tu ne t'intéresses pas à moi. Tu ne te soucies ni de ce que je pense, ni de ce que je ressens, ni de ce que j'ai à dire. Et tu fais comme si c'était normal, acceptable, un mariage."

Matt ne dit rien, la regarda. Vraiment. Perturbant, ce regard.

"Tu ne m'aimes pas, dit-elle. Tu me tolères par habitude et par loyauté." La voix de Sam se brisa.

"Tu sais que ce n'est pas vrai, dit-il. Tu sais que ça ne peut pas l'être." La voix de Matt faiblit.

"Et c'est peut-être tout ce que je mérite. Peut-être. Mais je n'aime pas ça", dit-elle. Il la regarda attentivement. Elle attrapa un mouchoir et se tamponna les yeux. Chaudes, enflées, les larmes ruisselèrent sur son visage et lui piquèrent les joues. L'émotion semblait croître à mesure qu'elle parlait, la colère (voilà ce que c'était, de la colère !) l'envahissait. Soudain, elle était à deux doigts de s'évanouir. Elle prit une grande inspiration et, au moment d'expirer, elle poussa un soupir. "Je ne t'apprécie pas." Le fait de le dire rendait la chose réelle. "Plus.

— Que s'est-il passé ? Je sais que tu n'es pas heureuse, mais là, c'est excessif.

— Nous ne sommes pas heureux, dit-elle.

— C'est lié à l'élection ?

— Non !

— C'est l'élection. Tu n'es pas la seule personne au monde que ça affecte, tu sais.

— Tu crois que je veux divorcer à cause de l'élection ?

— Clairement, ça te perturbe. Tu l'as pris très personnellement. Mais moi aussi, ça me stresse. J'y pense tous les jours."

5

Il est vrai que, le soir de l'élection, ils accusaient tous les deux le coup, mais au bout d'un moment, alors que le désastre se déployait, Matt tourna la page. Sam passa la nuit sur le canapé, littéralement tapie sous une couverture, jetant çà et là un œil vers la télé. Matt but de la bière, puis du scotch. Sam ferma les yeux, essaya de se cacher ; puis elle ouvrit la couverture assez grand pour voir John King sur CNN. Il était en train d'appuyer sur des comtés sur une carte magique de la Floride, en quête de circonscriptions électorales pleines d'électeurs démocrates dont on n'aurait pas encore reçu le décompte. Les résultats étaient trop serrés dans le Michigan. Trop serrés en Pennsylvanie. Elle finit par tomber dans un sommeil tendu, fragile, devant l'écran de la télé. Elle se réveilla quelques heures plus tard. Matt était toujours assis là, regardait toujours CNN, avait cessé de boire.

"Que s'est-il passé ? demanda-t-elle.

— C'est plié, dit-il. Ils attendent qu'elle reconnaisse sa défaite. Et il va prendre la parole."

Elle contempla un instant la télé, les vainqueurs en délire. En bas de l'écran, le bandeau donnait le détail de ses grands électeurs. Puis elle se leva du canapé et partit se coucher.

Ils ne furent d'aucun réconfort l'un pour l'autre. Des jours durant, elle se leva tôt le matin, prête à entamer sa routine quotidienne, avant de se rappeler ce qui s'était passé et de sentir le monde se rétrécir et prendre une forme nouvelle, bizarre. C'était très proche de ce qu'elle avait éprouvé juste après la mort de son père, quand le sommeil procurait une sorte de répit à son chagrin. Ce dont elle prit conscience – à mesure que les semaines passaient et qu'elle assimilait la nouvelle, pour finalement se réveiller le matin en sachant dans quel monde elle vivait –, ce dont elle prit conscience, c'était que le monde lui était devenu plus hostile qu'à Matt. Pour lui, ça revenait à regarder ses Mets bien-aimés perdre des World Series âprement disputées. Pour elle, c'était bien plus que ça ; quoi exactement, elle ne le savait pas encore.

Sur Facebook, peu après la phase de récrimination et d'incrédulité, elle découvrit qu'un groupe d'opposition, en ligne mais aussi en vrai, était en train de se former. Il lui fut suggéré par un algorithme et elle en lut la présentation :

> Ne baissez pas les bras. Ne vous contentez pas de pester sur Facebook ! Agissez en vrai. Résistez ! Refusez ! Organisez-vous ! (Ce qu'on abrégera par RRO !) Les Femmes ne Fléchiront Pas ! (Ce qu'on abrégera par FFP !)

Puis elle découvrit la déclinaison locale de ce mouvement national. Quelqu'un qu'elle connaissait par le lycée de sa fille se fit écho d'un événement à Syracuse. Description :

FFPistes de Syracuse !

Venez discuter stratégie avec d'autres membres de la communauté partageant vos idées. Nous commencerons par la rédaction de courriers à nos représentants au Congrès. Nous n'allons pas nous laisser faire. Nous allons résister. Vin et collation seront servis.

Le rassemblement se tint dans un corps de ferme en pierre massive magnifiquement restauré, dans l'une des enclaves riches et boisées qu'on trouve entre Syracuse et Ithaca. L'hôtesse était professeur à Cornell. Son mari enseignait à l'université de Syracuse. Ils vivaient donc au milieu des agriculteurs, à mi-chemin des deux villes.

La maison des professeurs était bâtie sur une colline avec vue panoramique dans deux directions. Une vaste grange assortie se dressait sur un côté, et au bas de la colline, derrière la maison, Sam aperçut un large ruisseau rocailleux. Elle s'arrêta un instant sur le porche et tendit l'oreille. Un mot était scotché sur la porte :

RÉUNION FFP
Entrez sans frapper !

Le grand séjour était plein de femmes, majoritairement de son âge. Un sauvignon blanc néo-zélandais de milieu de gamme circulait déjà et elle dut bien admettre qu'elle y était sensible (enfin, le chardonnay et le pinot gris étaient devenus clichés et déclassés, même à Syracuse). Crudités, fromage et biscuits salés, comme promis. L'ambiance était légère et enjouée tandis que les femmes vibrionnaient, discutaient et compatissaient, chacune d'entre elles livrant le récit détaillé de sa soirée électorale avec la même précision rasante et scrupuleuse que les femmes mettent pour raconter leur accouchement ("J'étais assise sur le canapé et n'arrêtais pas de zapper de MSNBC à CNN, comme si ça pouvait changer les nouvelles. J'ai fini par aller me coucher à onze heures, quand les résultats de la Floride sont tombés. Le match était encore trop serré dans le Michigan, le Wisconsin et la Pennsylvanie, mais à ce stade, je savais que c'était un désastre et je ne supportais pas d'en voir plus. Quand je me suis réveillée, le lendemain matin, ma fille est entrée et m'a dit : « Je suis vraiment désolée, maman. » C'est là que j'ai fondu en larmes. On était censées avoir une femme présidente. Je le lui avais quasiment promis. Mais c'était elle qui me consolait, vous imaginez ?")

Après avoir touché un mot aux unes et aux autres, l'hôtesse demanda le silence et invita tout le monde à s'asseoir en cercle. Elle était impeccable dans sa robe fourreau en laine bleue, sans manches pour mettre en valeur ses épaules et ses bras sculptés, si bien conservés pour son âge. Son carré plongeant lui encadrait le visage ; ses cheveux étaient coupés en diagonale des oreilles au bas du menton. Lorsqu'elle vint se poster sous le lustre (ancien, en laiton estampé, garni d'ampoules à incandescence nues), Sam put apprécier son balayage expert, du même blond cendré cache-cheveux-gris que la majorité des femmes présentes. Il faisait très chaud dans le séjour, du fait de cette petite foule et du feu qui brûlait derrière la vitre du poêle en fonte. Sam ôta son col roulé noir côtelé. Elle se sentait déjà négligée dans son jean et voilà qu'elle arborait maintenant un débardeur clamant *No Sleep Till**... en lettres violettes, débardeur qu'elle avait acheté à Brooklyn pour Ally, mais qu'Ally n'avait jamais porté, pas une seule fois, et que Sam portait donc parfois comme maillot de corps.

On faisait le tour du cercle, chacune se présentant. C'est alors que Sam remarqua deux femmes assises à la marge de l'assemblée. Elles étaient jeunes – la petite vingtaine – et d'une beauté exotique. L'une avait d'épais cheveux mi-longs striés de mèches d'un cobalt vif. L'autre des cheveux platine coupés ras et un joli crâne bien fait sous ce chaume. Toutes deux avaient pléthore de tatouages et de piercings, et il était clair qu'elles formaient un couple.

L'une après l'autre, les femmes prenaient la parole, répétant les mêmes expressions d'incrédulité et de résistance. Alors que le brise-glace progressait, il s'arrêta sur une solide femme d'une soixantaine d'années portant une tresse grise derrière chaque oreille. Elle était assise devant les deux vingtenaires. Comment, passé l'âge de dix ans, pouvait-on encore porter des tresses ? Une marque d'indifférence à son apparence qui était presque ostentatoire. Mais alors pourquoi Sam ne l'admirait-elle pas ? Car non, elle ne l'admirait pas, ces cheveux gris terne à l'air rêche quoique fins la rebutaient, ce qui lui donna le sentiment d'être une traîtresse, de trahir sa classe d'âge. La femme aux tresses grises tourna la tête vers ses deux cadettes en souriant, leur cédant son tour, et le reste de la salle attendit qu'elles se présentent. Les deux jeunes femmes échangèrent un regard, puis baissèrent les yeux. Celle aux cheveux

* "Nuits blanches jusqu'à...", en référence à la chanson des Beastie Boys *No Sleep Till Brooklyn* (1986).

ras considéra le reste des femmes et fronça les sourcils. Puis elle prit la parole, d'une voix tremblante d'émotion (émotion que Sam identifia comme de la fureur, plus précisément, même si sa voix montait à la fin de ses phrases comme si elle posait des questions. Comment nomme-t-on ça ? Une intonation ascendante ?).

"Alors, moi c'est Larisa et voici Emma (?). On est d'Ithaca (?). Et je préfère être franche avec vous, je suis vachement en colère (?). Contre toutes les femmes blanches qui ont voté pour lui (?)." Bien sûr, cette fille était aussi blanche qu'on peut l'être, ses cheveux platine faisant paraître sa peau presque diaphane, bleutée. Puis c'est Emma (cheveux bruns à mèches cobalt) qui prit la parole, d'une voix basse qui confinait au sifflement. "On se doutait pas que cette réunion serait si pleine de femmes cis, hétéros, blanches, privilégiées. Vous avez beaucoup de comptes à rendre." Sam trouva curieux qu'elle n'inclue pas "âgées" dans sa liste d'adjectifs, ou "mûres". Elle comprit néanmoins que c'était vraiment là l'élément crucial.

Il y eut quelques soupirs incrédules, gênés, audibles. L'hôtesse secoua son balayage et leva la main comme pour faire taire tout le monde. "Il faut que vous sachiez qu'aucune d'entre nous n'a voté pour lui. C'est pour ça que nous sommes toutes là aujourd'hui. Nous sommes aussi navrées que vous par son élection." Mais les deux belles jeunes femmes secouèrent la tête. Puis Larisa pointa un doigt emphatique vers l'hôtesse.

"Ce sont les femmes de plus de quarante ans (?) qui ont voté pour lui, qui lui ont donné l'avantage (?)." De plus de quarante ans ! Le point crucial ! Crucificateur !

“C’est terrible, honteux, mais *quid* des hommes qui ont voté pour lui en bien plus grande majorité ? Sont-ils exempts de toute responsabilité ?

— Tout ce que je sais, c’est que les gens de notre, âge, les queers, les gens de couleur – nous ne l’avons pas élu (?).” Elles échangèrent un petit signe de tête sec et renfrogné, puis Sam les vit lever leurs corps élégants, galbés par le vélo, carburant à la verdure, cliquetant presque de piercings cachés, et se casser, drapées dans leur vertu dégoûtée. Les femmes restantes échangèrent des mines choquées et outragées.

“Invraisemblable, putain”, lâcha l’hôtesse. Quelqu’un dont Sam ne voyait pas le visage suggéra que les deux femmes avaient probablement voté pour Jill Stein* et que c’étaient elles les responsables. Sam ne dit rien, mais une pensée étonnante la traversa :

Elle était d’accord avec ces jeunes femmes. En un sens. Non que les autres participantes soient responsables de l’élection à proprement parler. Mais elle partageait la vision que ces jeunes femmes avaient de leurs aînées. Bien qu’elle soit de leur nombre, Sam abhorrait, elle aussi, l’impression de suffisance et de légitimité qui semblait se dégager de leurs coupes de cheveux argentés, de leurs pantalons de lin Eileen Fisher, de leurs chaussures ergonomiques hors de prix. Elles empestaient la défense concertée du statu quo, elles qui étaient protégées de tout. Mais c’était pire que ça. Sam abhorrait leurs abdomens informes et leurs cous vieillis, même si elle savait que c’était affreux de sa part, injuste. Elle se laissait parfois aller à ces accès de misogynie de la

* Candidate du Parti vert américain à l’élection présidentielle de 2016.

cinquantaine. Elle ne se sentait pas solidaire au seul motif qu'elles étaient toutes des femmes ; elle se sentait en rupture. À la salle de sport, c'était ce qu'elle éprouvait devant ces quinquagénaires motivées à bloc qui se promenaient avec un tapis de yoga glissé sous leur bras sec et musclé, arborant un visage ridé, non maquillé, fermé et dur. Vieilles biques bikram, se disait-elle. Et puis les stupides tailleurs-pantalons de la candidate perdante, ses mèches tous azimuts, son trait de crayon discret au-dessus de l'œil, son penchant pour la réprimande, tout ce style affable et post-sexuel, et sa façon de se tenir. Beurk, non. Elle comprenait pourquoi le monde méprisait les vieilles femmes blanches aisées. Et c'était bien une question d'âge – même si elles n'avaient pas voté pour lui, elles étaient là depuis assez longtemps pour être en partie responsables de l'état désastreux des choses, oui. Sam n'avait aucune envie de jardiner, de boire du vin blanc ou d'avoir le moindre rapport avec ces femmes. D'une certaine façon, le dédain, la haine lui semblaient non seulement irrésistibles mais permis, puisqu'après tout, elle était l'une des leurs. Elle savait que ce n'était pas bien, que c'était un problème, que c'était bas et réducteur. D'ailleurs, qui était vraiment à l'abri ? Mais c'était ce qu'elle éprouvait. Elle se sentait étrangère et aux vieilles femmes nanties et aux jeunes femmes odieuses. Ainsi, bien sûr, qu'aux hommes de tous âges. Ha.

Ce fut donc sa première et sa dernière réunion FFP. Mais dans sa grande bonté, Facebook lui suggéra d'autres groupes locaux. Notamment "Vieilles peaux de Syracuse et ses environs", un groupe "privé". Lorsqu'elle demanda à le rejoindre – car qui n'a pas envie de rejoindre un groupe "privé" et exclusif ? – l'"admin" lui adressa les questions suivantes :

1. Citez deux façons dont vous avez résisté à l'hégémonie de la culture jeune ?
2. C'était rasant et vous avez probablement menti. Donnez-nous deux façons dont vous avez vraiment résisté au jeunisme. Et des bonnes.
3. Qu'est-ce qui vous offense ?
4. Et qu'avez-vous fait pour offenser les autres ?
5. Souvent en colère ?

Elle répondit en ces termes :

1. Ça vous regarde ?
2. Allez vous faire.
3. Tout. Rien.
4. Cf. 1-3.
5. Grave.

Sa demande fut acceptée, mais quelque chose lui disait que ce n'était qu'une formalité. C'était un groupe un peu idiot, avec beaucoup de publications autour de l'idée d'accepter ses rides, enfin, plus ou moins ("j'apprends à aimer mon cou de dindon, ha ha, vive les foulards !"), et de refuser la chirurgie esthétique par principe, mais dont les membres restaient souvent obsédées par leur apparence, fût-ce en protestant du contraire. Sam atteignit le point de rupture lorsqu'elle lut ceci :

Delia West
Je sais que vous allez toutes m'incendier pour ça, mais j'ai 55 ans et je viens de divorcer. J'ai perdu

beaucoup de poids ces temps-ci (grâce à un cocktail gym intensive, barre fitness et jeûne). J'ai vraiment du mal avec la nudité parce que la peau de mon ventre est détendue depuis mon accouchement (= depuis vingt ans, lol). Ça me fait comme une poche de kangourou. Ni le sport ni les régimes n'y changent rien. Je trouve ça affreux. Je ne peux pas m'y faire, je ne trouve pas la parade, ça me dégoûte. Non parce que je cherche l'approbation des hommes, mais pour ma propre estime de moi, j'envisage de me faire refaire le ventre. Donc, ma question : est-ce qu'une vieille peau peut dépenser de l'argent pour son apparence ? Moi, je pense que oui. Décider de son apparence, c'est prendre le pouvoir sur sa vie, non ?

Susan Healy
Euh, non. Si l'apparence que tu te choisis correspond à celle que la culture te dicte, faut peut-être te poser des questions.

Jill Blanchard
Pas d'accord. Je pense que chacune décide pour elle-même, c'est la base.

Liza Winters
Chouchoute-toi, Delia.

Sam détestait tant cette expression. Quelque chose monta en elle, un désir presque grisant d'écrire quelque chose de méchant à Liza Winters. Qui qu'elle soit. Et puis ce désir passa. Inexplicablement, Sam poursuivit sa lecture. (Quoique, c'était explicable, elle savait qu'à mesure que les choses allaient dégénérer, elle serait gagnée par le petit frisson de la touriste. La conversation allait partir en vrille, et pour une simple curieuse, ce serait un spectacle sanglant mais irrésistible.)

Antonia Luciano
Je crois qu'on met ce qu'on veut sous l'étiquette "vieille peau". Ce n'est pas moi qui te jugerai.

Michelle Delcort
Tu m'inspires, Delia. Je me demande si je ne vais pas le faire aussi.

Liza Winters
Et la cryolipolyse ? C'est moins invasif, techniquement, c'est pas de la chirurgie.

Susan Healy
Sérieusement, vous êtes toutes d'accord, là ? *Quid* du coût ? Y a pas des façons plus utiles de dépenser son fric ?

Michelle Delcort
Je te signale pour discrimination financière !

*Admin
Ça n'existe pas, en fait. La discrimination financière.

Laci Cortez
Moi je dis : brûlons cette garce récidiviste sur le bûcher. Enfin, bye-bye.

Sam ne publia pas de commentaire, mais "lika" celui de Laci. C'était le seul qui lui paraissait vraiment digne d'une "vieille peau". Elles devinrent "amies", et après avoir parcouru son profil, ses "likes" et ses groupes, Sam finit par, ou se surprit à (car le cheminement n'est jamais très clair après coup, et il est sans fin), être invitée à rejoindre une série de groupes étranges. Des groupes réservés aux femmes, pour la plupart, mais aussi quelques groupes de niche : "Survivre à l'anthropocène", qui, découvrit-elle, était un groupe de survivalistes, mais de gauche, se préparant à l'apocalypse climatique. Autre suggestion, "Conserves, bocaux et fermentation" semblait quant à lui se situer à l'intersection de l'extrême gauche et de l'extrême droite sur un diagramme de Venn, car, que vous vous prépariez pour le conflit racial ultime, pour faire face à la répression de l'État fédéral ou pour un désastre environnemental suivi d'un effondrement social, vous aurez besoin d'un stock important de conserves. Bien qu'elle n'en fasse pas, Sam demanda à rejoindre le groupe. Elle y fut admise, ce qui la conduisit vers une myriade d'autres groupes sur le thème de l'autosuffisance : autosuffisance urbaine (avec des publications sur la législation concernant l'élevage de poules en ville ou sur la culture d'un potager vertical dans l'escalier de secours de son immeuble) ; groupes (mixtes) sur la vie en autarcie centrés sur des savoir-faire pratiques du type *Whole Earth Catalog**, pouvant aller de la communication en morse et du forage d'un puits à l'utilisation du cadran solaire, au traitement de l'eau par osmose et aux premiers secours ; et une pléthore

* Publication phare de la contre-culture américaine, ce périodique indépendant, paru entre 1968 et 1972, était une sorte d'encyclopédie pratique pour la vie en autonomie.

de groupes technophobes (réservés aux femmes) cultivant des modes de vie à l'ancienne, antérieurs à une date butoir bien précise, telle que 1912 ou 1860 (intéressant choix de date que celui-ci). D'après ce que Sam avait pu voir, ces restrictions technologiques donnaient lieu à de nombreux posts évoquant la couture du jean, la maîtrise de la machine à laver manuelle et les défis du barattage et du moulage du beurre, ainsi qu'à moult témoignages exprimant par le menu combien la "débrouille domestique", ou DD, était satisfaisante et émancipatrice. Reste que vivre comme une femme de 1912 ou de 1860 supposait de passer beaucoup de temps sur Facebook. Sam avait envie de poster une citation cinglante tirée de l'œuvre d'Elizabeth Cady Stanton ou de *La Femme mystifiée* sur le poids étouffant des tâches ménagères, ou d'écrire simplement : "La corvée volontaire, c'est un féminisme de bourgeoises qui veulent s'encanailler" ou bien "Quittez vos foyers et montez sur les barricades, meufs !", mais à quoi bon aller au clash ? Des femmes adhéraient à ces groupes pour en trouver d'autres qui pensaient comme elles, pour avoir des tuyaux, publier des photos, conforter leurs choix de vie. Et alors ? Mais Facebook avait l'art de réveiller des pulsions vraiment juvéniles que Sam devait s'employer à réprimer.

Le mal empira. Sans surprise, les groupes de ménagères du temps jadis menèrent Sam vers des groupes explicitement antiféministes et pro-familles nombreuses, les groupes dits des "Carquois pleins" parce qu'il y aurait, dans la Bible, une métaphore assimilant les bébés à des flèches dans un carquois. Comme la plupart des membres faisaient du prosélytisme (il nous faut de plus en plus de carquois pleins de bébés chrétiens), c'était un groupe ouvert et même accueillant. Sam ne le rejoignit pas, mais elle perdit beaucoup de temps à l'espionner, épluchant posts et commentaires. Elle apprit qu'une grande part de leur inspiration provenait d'un livre intitulé *La maternité est la carrière que Dieu t'a tracée : métamorphose d'une femme d'affaires solitaire en maman épanouie.* Sam songea à le commander pour en faire une lecture sarcastique, puis elle songea : Non. Il y avait un peu de mauvaise foi à prendre ces pauvres gens de haut pour les railler. Le groupe comprenait beaucoup de selfies de femmes à cheveux longs et visages couperosés vêtues de robes de pionnières et de nombreux partages d'expérience autour des questions de grossesse, et notamment de progestérone et d'igname sauvage. Et alors, si c'étaient là leurs convictions ? Se moquer d'elles était un usage bien mesquin de son temps, mais elle savait qu'une part de ce qui rendait Facebook – et tout l'internet, au fond – addictif, c'était cette façon de s'adonner à ses propres obsessions tout en brocardant (en raillant, en dénonçant, même) celles des autres, à l'abri derrière son écran. Il était difficile de résister, mais se laisser aller à cet instinct – ne serait-ce qu'en son for intérieur – dégradait tout, vous dégradait, elle en était sûre.

Les tenants des Carquois pleins la menèrent jusqu'à d'autres groupes de chrétiens fondamentalistes, bien souvent privés (Sam ne souhaitait pas en faire partie, mais elle éprouva le besoin compulsif de lire leurs descriptions publiques, les disséquant en quête d'un sous-texte codé comme s'il s'agissait de mots mêlés déclinistes). À sa grande surprise, elle découvrit aussi, sur Instagram, toute une sous-culture de groupes non religieux qui entretenaient une vision nostalgique de la féminité en réhabilitant des arts manuels désuets. Fondamentalistes esthétiques, ces femmes étaient portées (parfois avec ironie, parfois de façon sincère et obsessionnelle) vers des hobbies relevant d'arts populaires "féminins" surannés : confection de gâteaux de l'extrême aux motifs de pâte acrobatiques, pyrogravure sur coffrets et autres plaques murales, macramé, tissage, pochoirs de natures mortes sur velours, daguerréotypes, fabrication d'étoiles moraves. D'autres groupes se vouaient aux arts ménagers, mais en penchant plus vers l'artisanat, avec des incursions *steampunk* dans les gobelets, les alambics en cuivre, les cloches en verre, à travers la production de vinaigres et de cidres fermentés maison mais aussi de *shrubs*, de cidres chauds, de tonics et de bitters qu'on pouvait utiliser non seulement pour soigner son rhume, mais également dans ses cocktails. Parmi eux, un autre sous-ensemble était empreint de religiosité, mais païenne et New Age, avec des potions, cataplasmes et autres remèdes à base de plantes préparés sur mesure, ainsi que des emplâtres et des pâtes concoctés en pilant des graines et des huiles dans un mortier. Ce qui l'aiguilla vers Twitter avant de la ramener sur Facebook, où elle tomba sur des passes d'armes d'une agressivité totalement disproportionnée entre divers groupes de véganes et de carnivores, d'omnivores et de jeûneurs. Apparemment, l'alimentation était devenue le principal champ de bataille pour tous les déshérités (c'est-à-dire nous tous). Tout cela avait un parfum pittoresque d'Amérique du XIXe siècle : le souci hygiéniste, le fanatisme, le désir de perfection et le souffle chaud de l'apocalypse imminente.

Sam cliquait, tapait, followait, likait. Elle rejoignit quelques groupes et rôda sur tous les autres.

Quelque temps après l'officialisation de leur "amitié", Laci envoya à Sam un message privé lui recommandant un groupe local secret. Il avait pour nom "Viragos, mégères et harpies hardcore" et, à en croire la présentation, il s'agissait d'un groupe de résistance pour les femmes de plus de cinquante ans. Version plus radicale du groupe des vieilles peaux, il traitait de sujets tels que la préménopause, la ménopause et la postménopause, ainsi que de stratégies pour entretenir son physique (et non sa beauté). Une sorte d'anti-*Goop** ? demanda Sam. on peut dire ça, répondit Laci, ajoutant un chapelet d'émojis stupides. Sam rejoignit le groupe et, ce faisant, elle apprit à connaître Laci, qui était également active sous le nom d'Earl the Girl sur Twitter et divers autres sites qui n'intéressaient pas Sam. Sur l'insistance de Laci/Earl, elles commencèrent à s'écrire via l'application Signal, "plus sûre". Sam découvrit que le pseudo "Earl" provenait de l'identité masculine secrète de Laci, une sorte de *nom d'homme*** qu'elle utilisait pour se faire passer pour un mâle lorsqu'elle "partait en reconnaissance" sur des fils de discussion *incels* et *Men Going Their Own Way* (MGTOW)*** de Reddit, 4chan, 8chan et Gab (qui, apparemment,

* Marque et magazine féminin en ligne fondés par l'actrice Gwyneth Paltrow.

** En français dans le texte.

*** Les "célibataires involontaires" et les "hommes traçant leur propre voie" sont deux communautés d'extrémistes misogynes.

étaient d'épouvantables réseaux sociaux de droite). Sam le découvrit un jour que Laci lui téléphona.

"Allô ?

— C'est Earl.

— Ah.

— Laci.

— Ouais, salut.

— Les appels sont la seule façon vraiment sûre d'échanger, dit-elle. T'es pas en train d'enregistrer ?

— Euh, comment on fait pour enregistrer ? Et pourquoi ?

— Peu importe. Il fallait que je pose la question. Ça te dit qu'on se voie ? Sous le radar, IRL ?

— Ça veut dire quoi, IRL ?

— *In real life*. En vrai. Nous nous engageons toutes à communiquer et à opérer au maximum sous le radar, IRL."

Sam ne savait pas vraiment qui était ce "nous", mais elle avait envie de rencontrer Laci en personne. "Ça marche."

Quelques semaines avant l'investiture, alors que discussions et plans allaient bon train pour organiser des actions en plus de la Marche des femmes, elles se retrouvèrent dans un *diner* désert du quartier de Northside. C'est en attendant Laci que Sam éprouva son premier petit frisson de plaisir devant ce qui semblait si contraire à sa vie dans les *suburbs*. Elle l'envisageait encore comme une anecdote qu'elle pourrait raconter à Matt au dîner, un sujet de plaisanterie, comme pouvaient l'être les visiteurs de la maison Loomis. Mais jamais elle ne parla à Matt de Laci/Earl.

Une femme l'observait attentivement. Il s'avéra que c'était Laci. Lorsqu'on rencontrait dans la vraie vie des gens connus par les réseaux sociaux, il était fatal d'être un peu déçu. Earl the Girl, commentatrice à l'esprit vif et mordant en ligne, était parfaitement ordinaire en personne. Qu'espérait donc Sam ? Elle s'en voulait d'être superficielle, mais elle aspirait toujours à une forme de beauté, ou à quelque chose de significatif dans la laideur, peut-être, une intentionnalité qui serait signe de maîtrise. Les cheveux de Laci n'étaient pas teints (bon point), mais d'un gris-blond rêche qui semblait platement terne, et bizarrement embroussaillés. Bien qu'on soit en janvier, elle portait un bermuda kaki pourvu de tout un tas de poches. Son t-shirt trop grand indiquait "Résistez". Seigneur. Le tout dégageait une impression beige et négligée. Sam – elle-même assez souillon ces derniers temps – eut honte d'être si dure. Elle aurait voulu admirer la personne de Laci, elle aurait voulu que son apparence soit le reflet de son esprit. Son débraillement était peut-être une forme de résistance, de rébellion ? Sam s'efforça de le voir sous cet angle. Elle savait qu'elle devait se défaire de ce constant besoin d'être séduite.

Lorsqu'elles eurent passé commande d'un café épouvantable, mais chaud, accompagné d'une part de tarte tiède, Laci (ré)expliqua son pseudo Twitter, @EarlTheGirl.

"Oui, tu m'as dit, lui rappela Sam.

— C'est une petite blague parce que « Earl » est aussi mon avatar masculin quand je navigue sur les forums d'*incels*, rôde sur les *boards* de séducteurs, trolle ces pauvres MGTOW qui pleurnichent sur leur sort.

— Pourquoi tu veux voir tous ces trucs ?

— Honnêtement, je ne sais pas. Je suis fascinée par ces mecs, par ce phénomène. C'est horrible, bien sûr. Mais je veux savoir comment les hommes sont réellement.

— Certains hommes.

— J'ai envie de connaître le point de vue masculin.

— On y vit, dans le putain de point de vue masculin, rit Sam.

— Je veux dire, ce qu'ils racontent et pensent vraiment quand ils sont entre eux." Laci parlait à travers une bouchée de tarte et de glace à la vanille. "D'accord, ben, suffit d'aller sur Pornhub. Tout est là, réparti en catégories vachement précises.

— Bien sûr. Je scrute régulièrement Pornhub.

— Je plaisantais.

— En fait, entre nous, je suis assez excitée par certains trucs franchement pas positifs. De la bonne grosse bouse patriarcale. C'est assez troublant.

— Je veux bien le croire."

Sam se mit à retrouver Laci au *diner* une fois par semaine, faisant le trajet depuis Fayetteville. C'est par Laci qu'elle rencontra MH. MH (Devereaux de son vrai nom, alias Mère Hubbard) était une sorte de mentor pour Laci. Au début, Laci l'évoquait de façon sibylline.

"C'est qui, cette MH ? Que signifient ces initiales ?"

Chaque fois, Laci regardait par-dessus son épaule avant de répondre. "Elle a créé certains des groupes mais refuse de le reconnaître. Elle pense qu'on ne devrait pas avoir de leaders désignés, tu vois.

— Bien sûr, dit Sam. Acéphale.

— Non, dit Laci. Nous, on appelle ça « polycéphale »."

Sam laissa échapper un soupir.

Un jour, MH accompagna Laci au *diner*. Si Laci avait déçu Sam lors de leur première rencontre, ce ne fut pas le cas d'MH. Impossible de se méprendre à son arrivée. À soixante-cinq ans, elle avait les contours fermes de quelqu'un qui peut faire des *pistol squats* et des *burpees*. Elle avait les cheveux argentés plutôt que gris et des yeux d'un bleu frappant, d'une grande clarté. Elle était ridée, mais d'une beauté austère, à la Walker Evans. Sam devina qu'MH était probablement plus séduisante dans la maturité qu'elle ne l'avait été dans sa jeunesse. Elle n'avait pas cet air fané suggestif d'une beauté perdue. Elle paraissait à son zénith. Elle se lança d'emblée dans un monologue sur l'expérience de carnivorisme dont elle se faisait le cobaye. Pour une durée d'un mois, elle ne consommait que de l'eau et de la viande, de "la tête à la queue", avec beaucoup d'abats rouges et de gras pur.

"Que des ruminants. Ni poisson, ni volaille, ni porc."

Sam hocha la tête.

"La fermentation qui s'opère dans l'estomac des ruminants est capable de transmuer n'importe quoi en alimentation parfaite pour les humains." Apparemment, quand MH mettait le doigt sur quelque chose et s'en emparait, elle n'y allait pas de main morte. Elle expliqua aussi qu'elle faisait partie d'un sous-groupe au sein de "Viragos, mégères et harpies hardcore" : les "Demi-vagabonds", groupe qui, à ce que Sam crut comprendre, s'adressait aux hipsters sans domicile fixe, aux errants volontaires, mais le concept impliquait aussi la résistance consciente de l'hérétique ou du dissident. (Plus tard, Sam découvrirait que la "photo" de profil de MH sur Twitter était un tableau de sainte Wilgeforte, une sainte barbue qui aurait été crucifiée. Sur le tableau, Wilgeforte ressemblait à Jésus avec de la poitrine. Sam en rirait, sans vraiment savoir à quel point MH plaisantait – ses références au Messie ne pouvaient être qu'humoristiques, non ?) Même s'il s'agissait d'un groupe, Sam soupçonnait MH d'être la seule et unique demi-vagabonde.

"Est-ce que les demi-vagabonds, c'est comme les gratuivores, là, les déchétariens ? demanda Sam à MH.

— Les demi-vagabonds vivent au moins la moitié du temps comme des vagabonds." MH n'avait pas d'adresse fixe. Elle vivait chez des amis aux quatre coins de la ville et conservait ses effets personnels dans un (très joli) sac en cuir.

"Des presque clochards, dit Sam.

— L'idée, c'est d'avoir une relation optimale et réfléchie au local, aux objets, à la culture, aux gens qui t'entourent. D'être itinérant et d'utiliser – de consommer – le moins possible.

— Faux pauvre ?" demanda Sam.

Un ange passa. Puis MH se mit à rire. Waouh, ce qu'elle avait de belles dents. Laci l'imita. MH était très péremptoire, pleine de certitudes, ce que Sam trouvait à la fois ridicule et très séduisant. Ces rendez-vous clandestins en ville avec MH et Laci furent la principale réaction de Sam à l'élection, sa façon à elle de "résister".

Il était vrai que l'élection avait tout changé, avait exacerbé la colère et les maux de chacun, mais, pour Sam, ce n'était pas tant une cause de sa défection matrimoniale qu'un facteur parasite.

6

“Je n’ai pas envie de parler de cette foutue élection, dit-elle à Matt. Et elle n’a rien à voir avec mon départ. C’était il y a des mois.

— Ouais”, dit Matt.

Sam soupira. “C’était il y a quatre mois, deux semaines et six jours. Mais non, ce n’est pas lié.”

Il fallut du temps à Sam pour se faire comprendre. Plus il répétait que partir était irrationnel et disproportionné, plus elle devenait catégorique. Ce dont elle prit conscience, c’est qu’on pouvait mettre fin à un mariage de façon unilatérale. Plus il la contestait, plus elle était sûre d’elle. Elle n’avait pas d’insatisfaction particulière cette semaine-là, ce jour-là. Mais, comprit-elle, la chose était tapie là depuis un moment, guettant l’occasion de sortir à l’air libre.

Il finit par l’accepter. Mais il était en rogne.

“Tu aurais pu attendre un an, qu’Ally ait terminé le lycée, mais de toute évidence, c’est trop urgent pour que tu te préoccupes des autres.

— C’est vrai, dit-elle. C’est vrai.

— Dans ce cas, c’est toi qui le lui dis.” À un moment donné, il avait renoncé à son smoothie. Il était maintenant en train de se servir un scotch. “Annonce-le-lui tout de suite, tu m’entends, au plus vite. N'essaie pas de faire de l'humour ou de faire comme si ce n'était pas grave."

Ally. Seigneur, elle n'avait pas pensé qu'il lui faudrait l'annoncer à Ally. Ally allait adorer cette petite maison. Elles pourraient la retaper ensemble. Ally pourrait décorer sa chambre ; elles pourraient se rendre à des vide-greniers le samedi matin, comme autrefois. Ally avait l'œil pour les trouvailles vintage. Elle achetait un objet pour quelques dollars, puis Sam et elle le cherchaient sur eBay pendant le trajet du retour. Chaque fois, elles découvraient que c'était un objet de collection, de valeur. Mais depuis, Ally s'était mise à faire du football en salle le samedi, puis il y avait eu le patinage, et pour finir les réunions des JDA, de plus en plus accaparantes. ("Les simulations de présentation", la corrigeait toujours Ally. Les JDA, c'était le club de bébés entrepreneurs ultra-compétitif de son lycée.) Une fois le permis de conduire en poche, Ally devint maîtresse de ses week-ends et ce fut la fin de ces virées du samedi matin.

"Je vais prendre une douche, dit Matt. Je descendrai quand elle rentrera."

Sam songea qu'elle devrait réchauffer le chili de la veille et mettre des bols et des cuillers sur la table de la cuisine, mais elle ne le fit pas. Moins d'une heure plus tard, Ally entra, moite de sueur après son match, et se délesta de son sac à dos et de son sac de sport. Elle avait son téléphone à la main et des écouteurs dans les oreilles. Sam l'attendait sur le canapé à côté d'un Matt propre comme un sou neuf. Il n'avait rien dit durant cette attente, mais s'était servi un deuxième verre. Ils devaient avoir l'air accablés, tous les deux, car Ally leva les yeux de son téléphone, s'arrêta et enleva ses écouteurs.

“Qu’est-ce qui se passe ?”

Matt avala une gorgée de son scotch et regarda Sam, qui faillit flancher. Si elle parlait, la voix allait lui manquer.

“Qu’est-ce qui ne va pas, qu’est-ce qu’il y a, vous me faites flipper, là, dit Ally. C’est mamie ?

— Non ! Tout va bien, dit Sam, retrouvant sa voix de mère. Il faut seulement qu’on te parle.

— Quoi ?

— Tu peux t’asseoir une minute ?”

Ally s’essuya le visage avec la main. Elle enjamba son sac à dos et son sac de sport, auquel étaient attachées ses chaussures à crampon. Elle portait encore son short et ses chaussettes montantes. Elle avait le visage rose et ses longs cheveux étaient noués en queue de cheval haute. Même après un match, Sam lui trouvait un air solide, efficace, d’une certaine manière. Elle avait beau être en nage, elle n’avait plus rien du débraillé de l’enfance. Lorsqu’elle s’assit sur le canapé, Sam prit conscience de son propre laisser-aller : cela faisait des semaines qu’elle n’avait pas pris la peine de se faire un brushing ou de se mettre du rouge à lèvres. D’ailleurs, c’était à peine si elle se regardait dans le miroir lorsqu’elle se lavait la figure. Elle portait le même jean et le même pull que la veille et elle avait les ongles et les cuticules abîmés parce qu’elle ne mettait pas de gants. Ally, remarqua Sam, avait du vernis transparent sur ses ovales parfaits.

“Ally, papa et moi voulions te parler, mais avant tout, laisse-moi te dire que tu n’as rien à voir avec tout ça. Nous t’aimons beaucoup.

— Oh, oh”, dit Ally.

Sam sentit sa gorge se serrer. Ally était si forte. Il y eut un lourd silence.

Ally lança à Sam un regard fébrile. “Dis ce que t’as à dire.

— Nous nous séparons”, dit Sam. À sa grande surprise, Ally se mit à refouler des larmes. Ally ne pleurait jamais. À cause des ongles ovales et de la queue de cheval impeccable, Sam avait tendance à croire qu’Ally savait tout, qu’elle avait déjà tout compris. Mais non. Ses propres yeux se remirent à s’embuer. Elle savait qu’il valait mieux ne pas toucher Ally mais se pencha malgré tout vers elle. Ally leva la main, les doigts écartés, et pressa sa paume contre l’air. *Non. Stop.* Sam se rassit. Matt émit quelques raclements de gorge, ce qu’il faisait lorsqu’il essayait de maîtriser ses émotions. Nul ne dit rien durant trente bonnes secondes.

“Papa, comment tu peux partir ?” dit Ally à Matt. Puis elle secoua la tête.

“C’est moi qui m’en vais.” Sam avait la bouche sèche. Elle s’entendit déglutir. “C’est moi. Mais ce n’est pas toi que je quitte, c’est papa.

— Quoi ?” fit Ally, regardant Sam comme si elle était folle. (Question que tout le monde se poserait, comme Sam ne tarderait pas à le découvrir. Tout le monde penserait que c’était Matt qui partait, pas elle.)

“J’ai acheté une petite maison en ville. Tu vas l’adorer. Quand je l’aurai retapée, tu vas l’adorer. Les fenêtres de ta chambre, la vue. Tu pourras m’aider à la reta…

— C’est une blague ? Non mais, sérieux ? dit Ally. Moi, je bouge pas. Je suis en première. Moi faut que je reste où je suis.” Elle l’asséna avec tant d’amertume que Sam se contenta d’un hochement de tête.

Matt dit qu'il resterait dans la maison de banlieue (ce qui était "son obligation", dit-il, envers Ally, s'entend, de façon à rappeler à Sam, gentiment ou à titre de reproche voire de réprimande, toutes les obligations qu'elle avait manifestement abrogées, envers Ally et lui, s'entend). Sam regardait Ally, qui fixait le sol. Ally se leva, attrapa son sac à dos. Et leva enfin les yeux vers Sam.

"Ally…

— J'ai du travail, dit-elle. Beaucoup de travail. Fous-moi la paix."

Sam hocha la tête. Elle renifla et s'essuya les yeux. "Je suis vraiment désolée", dit-elle, histoire qu'ils se sentent tous un peu plus mal encore.

Ally voulut partir mais se cogna dans l'accoudoir du canapé. À la porte du séjour, elle tourna la tête vers Sam. Puis elle disparut.

Sam ne chercha pas à la rattraper, même si elle en avait envie. Elle s'essuya de nouveau le visage.

"Qu'as-tu fait, Sam", dit Matt. Mais ce n'était pas une question, ou ce n'était pas prononcé comme tel.

Le lendemain, Sam dormit jusqu'à six heures, ce qui était très tard pour elle. Elle jeta un regard vers son mari. Matt ne se levait pas avant six heures et demie, et lorsqu'il dormait, il avait l'air paisible et jeune. Le sommeil lui allait bien. Ce qui n'était pas si courant. Matt ne ronflait pas, ne bavait pas, ne respirait pas par la bouche. Sam descendit à la cuisine, où la cafetière faisait déjà du bruit. Ally était installée à la table, les écouteurs dans les oreilles, en train de réviser son latin.

Elle leva les yeux et Sam lui fit coucou. Ally mit sa musique en pause.

“Bonjour”, dit Sam, à la fois ébahie et alarmée que son enfant soit devenue si autonome. Ally pinça les lèvres, secoua un peu la tête – elle était furieuse, ça semblait clair maintenant – puis elle parla :

“Pars dans ta maison à la con. Je m’en tape. C’est mieux, de toute façon. J’ai pas envie de vivre avec toi.”

Sam hocha la tête.

“Ni de te parler, ni d’avoir affaire à toi.

— Voyons, Ally. Je sais que tout ça est perturbant.

— Pas tout ça, toi. C’est toi qui es perturbante.”

Bêtement, Sam tendit la main vers Ally, toucha son épaule. Ally se dégagea brusquement.

“Arrête !”

Durant les jours délicats qui suivirent, Ally refusa de la regarder ou de lui parler. Qui était donc cette fille, cette femme forte, dure ?

“N’insiste pas”, dit Matt, et Sam savait qu’il avait raison, savait qu’avec Ally, elle encourait l’effet boomerang. La vérité, c’était qu’Ally s’entendait mieux avec son père, en ce moment. C’était vrai depuis longtemps déjà, bien qu’elles soient “aussi proches que mère et fille peuvent l’être” (comme Sam s’en était vantée un jour devant d’autres adultes). Sam pensait avoir échappé à la rébellion de l’adolescence, au drame sur le mode “j’en peux plus de ma mère” dont d’autres se plaignaient. Mais il y avait eu le fiasco à l’hôpital et, avant cela encore, les choses avaient commencé à changer lorsque Ally était entrée dans la puberté. Sam avait senti Ally se détacher, presque comme une membrane qui se déchire, mais elle ne l’avait pas cru. Ally était devenue plus distante, plus autonome, plus insaisissable. Bien sûr, tout ce que Sam avait perdu, Matt l’avait gagné.

Sam n'était pas idiote ; elle savait que ces choses changeaient et changeaient encore. Elle s'efforçait de ne pas se sentir trop blessée lorsqu'elle surprenait Matt et Ally en train de ricaner sans que nul ne puisse lui expliquer ce qu'il y avait de si drôle. Alors, maintenant qu'Ally la tenait à l'écart, Sam comptait sur Matt pour jouer les intermédiaires. C'était un bon parent, même s'il y mettait moins de passion que Sam. Il était pragmatique et fiable. Sam se languissait donc de sa fille, mais elle avait l'habitude que son amour maternel ne lui soit pas rendu. Et elle pensait encore que c'était temporaire, qu'Ally et elle seraient de nouveau proches lorsque Ally entrerait à l'université, comme elle avait été proche de sa propre mère, Lily. Elle persistait à croire que Sam et Ally seraient comme Sam et Lily, malgré les nombreuses différences. Par exemple, Sam n'avait jamais connu une telle brouille avec sa propre mère. Pourquoi établir des analogies entre elle et sa fille ? Ally n'était pas Sam. (Ce qui était une bonne chose, n'est-ce pas ?)

Sam attendait la signature définitive, appelait son avocat chaque jour pour essayer d'accélérer les choses. Elle achetait comptant, que diable. Matt préleva la somme sur leur épargne de précaution. Elle le remercia et il répondit que cet argent était aussi le sien. Lorsqu'il était devenu clair que la colère d'Ally n'empêcherait pas le départ de Sam, Matt avait changé de tactique. Il était devenu serviable, presque sentimental. Plus aucune trace de colère ou de sarcasme dans sa voix. Il flirtait même avec elle, la faisait rire. Démonstration de son aptitude à être un mari généreux et attentif malgré le tort subi. Voulait-il le lui démontrer à elle ou se le démontrer à lui-même ?

En tout cas, ses accommodements étaient séduisants.

Sam devait se tirer de là au plus vite.

Elle essaya de dormir dans la chambre d'amis, mais Matt la supplia – la supplia ! – de rester dans leur chambre. "Ce sont nos dernières nuits ensemble", dit-il. Ils n'eurent pas de rapports, elle le prévint que c'était hors de question et il répondit : "Je sais." Elle lui tourna le dos pour dormir et il appuya sa tête contre ses épaules. Elle sentait son corps chaud derrière elle. Sa respiration se fit plus lente et il s'endormit comme un enfant. La sensation de deux corps chauds dans un lit était entièrement différente lorsqu'ils se touchaient, même légèrement. N'importe qui l'aurait trouvé charmant dans son sommeil, songea-t-elle, avant de pouffer dans l'obscurité en mesurant ce qu'il y avait là d'involontairement médisant. Matt ne comprenait pas qu'il n'était qu'un aspect du problème ; et manifestement, Ally ne comprenait pas ce que faisait sa mère. Sam ne savait qu'une chose. Elle ne voulait plus vivre dans les *suburbs* (c'était ce qu'il avait toujours préféré, lui, parce qu'il aimait avoir du terrain, des arbres et de l'intimité, et elle avait cru qu'elle aimait ça aussi). Ou, plutôt, elle ne pouvait plus vivre dans les *suburbs.* Ce n'était pas de l'ordre du vouloir. Elle avait toujours éprouvé du dédain pour les gens qui partaient en disant qu'ils n'avaient pas le choix, comme si ça ne dépendait pas d'eux. Et pourtant, c'était bien le sentiment qu'elle avait : celui d'une force en mouvement, incapable de s'arrêter maintenant qu'elle s'était mise en branle.

La visite matinale qui précéda la signature de l'acte l'enchanta malgré l'humidité du mois d'avril, la présence avérée de nuisibles, le froid partout. Il y avait des monceaux de documents à signer et chaque fois qu'elle signait ou paraphait, sa certitude se renforçait. Sentir la clé dans sa paume la sidéra ; franchir le seuil pour la première fois en propriétaire lui donna un cap. Un but.

Lorsqu'ils eurent signé la convention de séparation (mais pas le divorce, pas encore, insista Matt), il lui donna quinze mille dollars supplémentaires (puisant amplement dans leur épargne, mais pas dans le capital études d'Ally). Une fois la vente conclue, elle fit faire les travaux nécessaires pour pouvoir emménager. Elle modernisa l'essentiel : plomberie et électricité (même si elle trouvait beaucoup de charme à l'entrelacs cuivré, câblé sur porcelaine du grenier). Sam ouvrit un compte en banque à son nom avec le peu d'argent qui lui restait. Elle déclara qu'elle ne voulait rien de plus, mais il éclata de rire. "Tu règles nos factures. Tu es bien placée pour savoir que ton salaire ne couvrira pas tes frais.

— Je peux être très sobre, toute seule.

— Cet argent t'appartient autant qu'à moi", dit-il. Il n'arrêtait pas de dire ça, mais ce n'était pas le sentiment qu'elle avait. Elle accepta une mensualité minimale jusqu'à ce que tout soit réglé, le strict nécessaire pour couvrir sa taxe foncière, ses factures et ses courses. Il sourit, un petit froncement de victoire aux commissures des lèvres. "Bien. Ne nous tracassons pas avec le reste pour l'instant", dit-il. Ça l'aidait grandement, elle devait bien l'admettre, qu'il soit si gentil avec elle. Amène en toute chose. Mais elle connaissait Matt, elle savait que, sous ce vernis de patience, il attendait seulement qu'elle change d'avis. Il était franchement condescendant de sa part de considérer tout ça comme temporaire, d'imaginer que, s'il se tenait à carreau, elle rentrerait quand ça lui serait passé. Sam n'en était pas moins contente de ces facilités.

Lorsqu'enfin la maison fut un tant soit peu habitable, Sam n'emporta que sa commode, deux chaises cannées, une table ronde en bois et des ustensiles de cuisine. Avec un plaisir qui la choqua, elle fit l'achat d'un matelas et d'un cadre de lit une place. Elle installa son lit dans un coin du séjour en attendant d'avoir aménagé une chambre à l'étage. Elle pourrait s'endormir en regardant le feu. Le cadre en fer tout simple, près de la fenêtre, faisait penser au lit d'une nonne. Ou d'une sainte. Bien. Le matelas était assez cher – une concession, un marqueur, au fond, de sa fausse pauvreté (ou demi-clochardise), malgré ses renoncements et son austérité presque ostentatoires. Elle aimait à s'imaginer en pauvre volontaire (vivant parmi les pauvres involontaires), à l'instar de Dorothy Day. Mais elle avait parfois mal au dos et ne pouvait se permettre d'avoir un mauvais matelas, au risque de finir immobilisée, clouée au plancher, à geindre.

Elle songea à ce vieux film où un riche se fait passer pour pauvre et vit avec des clochards afin de souffrir et de retrouver des sensations authentiques. Les choses tournent mal. (Un très bon film, sauf la fin, où il a cette illumination qu'on peut tout résoudre par le rire.) Sam ne voulait pas être comme dans ce film. Dont le titre flottait derrière un voile hormonal suffocant, échappait à son esprit sinon embrumé, du moins un peu trop tamisé.

Dès que le lit fut installé, elle articula un au revoir silencieux à la porte fermée d'Ally et quitta la maison de banlieue une bonne fois pour toutes. Trois semaines après avoir conclu la vente et alors qu'une bonne partie des travaux était inachevée, Sam emménagea dans la maison en ville. Il ne s'était pas passé une heure lorsqu'on sonna à la porte. Des fleurs, de la part de Matt. Oh, bon sang. Des pivoines d'un vieux rose pêche, ses préférées. Le départ de Sam avait rendu Matt attentionné, mais il ne comprenait pas que telle n'était pas du tout son intention. Tout ce que Sam voulait, c'était être seule dans sa maison.

7

Cet après-midi-là, Sam nettoya en profondeur toutes les surfaces de cet espace qui en comptait de multiples et, en nettoyant, elle éprouva un approfondissement de son amour, une intensification (si c'était possible). Le chêne sombre du parquet, du manteau de la cheminée et des moulures resplendit lorsqu'elle les eut frottés à l'huile. Du bout d'un doigt emmailloté dans du coton, elle épousseta les coches sculptées dans les coins biseautés. Les détails qui se firent jour lui plurent tant qu'elle crut qu'elle allait pleurer. Qu'est-ce qui lui prenait d'être si heureuse de nettoyer du vieux bois ? Il était massif sous ses mains.

Elle chercha tous les documents disponibles sur la maison à l'association historique du comté. Elle fit des copies couleur des plans originaux à l'encre sur vélin et parcourut même les contrats que Ward, l'architecte, avait conclus avec les artisans impliqués dans la construction. Le luxe de détails l'enchantait. Le stuc devait être fait de "ciment Portland", de "chaux éteinte" et de "sable fin et propre" complétés d'une bonne mesure de "poils de vache ou de chèvre", le tout mélangé avec soin. Quelle maison, quelle chose solide et bien faite.

La peinture qui s'écaillait sur les fenêtres ouvragées était un peu inquiétante, certainement pleine de plomb (mais c'était de la "céruse de Brooklyn" mélangée à du zinc de France et à la "meilleure huile de lin crue"). Cela dit, à cinquante-trois ans, pourquoi s'inquiéterait-elle du plomb ? Était-elle enceinte, avait-elle de jeunes enfants ? Elle était invincible, à sa façon – quelques points de QI en moins à cause d'un produit toxique, la belle affaire. S'affranchir de la peur du plomb l'exaltait, la mettait en joie, même si elle savait aussi qu'elle risquait de se réveiller à trois heures du matin, imaginant la poussière de plomb qu'elle avait fait voler dans ses poumons et dans son sang en train de la rendre malade. C'était le problème du Milieu : cette partie de la nuit, la mi-nuit, qui faisait mentir son intrépidité.

Cette première nuit seule dans la maison, alors que la lumière déclinait, elle entendit des bruits. Ce qui ne l'effraya pas à proprement parler. Qu'importait que le monde soit plein de fantômes ? Ce serait génial, des fantômes ; tout ce qui venait en sus de cette vie était génial. Mais peut-être que ce n'étaient pas des fantômes, peut-être que c'étaient des junkies affamés, à la rue, ces pâles zombies sous opioïdes au regard vide et à la peau flétrie. Eux, ils lui faisaient peur. Et peut-être que certains des habitants du quartier l'avaient vue emménager et s'étaient dit qu'elle était une proie facile. Avec sa multitude de fenêtres, cette maison était une foutue passoire.

Mais de grâce, arrête avec ces pensées, ces peurs.

Aussi : pourquoi avait-elle peur des pauvres ?

Et puis : qu'était-elle venue faire en ce lieu isolé ?

Sam attrapa son téléphone, le toucha jusqu'à ce qu'il s'anime puis envoya un message à Ally :

Salut, Ally-oop, je suis dans la nouvelle maison. Jolie mais isolée. (La maison, je veux dire, pas moi… ha ha.) Je t'aime.

Son téléphone suggéra de mettre un émoji à la place de “je t'aime”, et Sam obtempéra. Restons légers. Depuis qu'Ally ne lui adressait plus la parole, Sam s'autorisait un message par jour, à la nuit tombée. Ally l'ignorait, comme Sam l'avait prévu. Mais le téléphone indiqua que le message avait été lu. Ally n'avait pas désactivé les accusés de réception et Sam y voyait un signe encourageant. Sa fille ne l'avait pas bloquée, chose qu'elle avait crainte. Sam devait se réfréner, se garder d'envoyer des dizaines de messages, sans quoi elle serait envahissante et n'arriverait à rien. D'ailleurs, tout le monde n'était-il pas mieux disposé envers sa mère le soir ? Sam avait écrit chaque soir, même lorsqu'elles étaient encore sous le même toit. La chambre fermée d'une adolescente, c'était comme un autre continent. Alors elle envoyait un message avant de se coucher. Ally le lisait sans y répondre. C'était tout de même un lien et peut-être que ça amadouerait Ally avec le temps. Sam ne pouvait pas rester sans rien faire.

Tout à coup, elle eut envie d'appeler sa propre mère, mais il était neuf heures et sa mère dormait. Parfois, elle allait au lit avant huit heures, sa vieille mère fatiguée.

Ah, non, mon Dieu, non. Ne pense pas à maman. Et pas juste avant de te coucher.

Les thérapies cognitivo-comportementales supposaient de reconnaître, de rediriger et de court-circuiter les pensées dangereuses/autodestructrices/

récurrentes. Du moins c'était ce que Sam avait compris en écoutant un podcast puis en lisant (en diagonale) quelques articles de développement personnel expéditifs sur les TCC de l'insomnie (les TCCI). Mais quel travail, comme c'était dur. Elle s'embarqua dans une nouvelle pensée toxique sur son inaptitude à mettre en œuvre la TCC ou toute autre solution disciplinée. Méditer. Éviter les écrans ou de boire ou de manger des heures et des heures avant le coucher. Un calibrage minutieux du corps et de l'esprit, comme si le sommeil était un miracle fuyant, à invoquer, plutôt qu'une fonction ordinaire de la vie humaine. Qu'est-ce que ça signifiait de perdre son lien naturel au sommeil ? Penser au sommeil rendait le sommeil impossible, déplaçait vers le somatique ce qui aurait dû relever de l'autonome. Sam aurait dû prendre des somnifères, comme tout le monde. Ou alors elle se soumettait aux caprices de ces crises de merde et elle voyait ce qui se passait. Au bout d'un moment, le sommeil finirait bien par arriver.

Elle envoya un message à Laci et MH dans leur conversation de groupe, leur annonçant qu'elle passait sa première nuit dans la nouvelle maison. Elle s'était surprise à les tenir au courant : j'ai quitté mon mari, j'ai acheté une maison, j'ai emménagé. Mais toujours après coup, parce qu'elle ne voulait ni aide, ni compagnie, ni conseils. Elle voulait seulement officialiser les choses, se rappeler à elle-même ce qu'elle était en train de faire.

Laci répondit au bout de quelques secondes :

Bravo ! Crémaillère ??

Au lieu de répondre, Sam envoya la photo d'une bougie luisant sur le rebord d'un lambris d'appui en chêne.

Elle était fatiguée. Il valait mieux se coucher.

C'est alors qu'elle découvrit qu'elle n'avait ni draps ni oreiller pour son lit. Comment avait-elle pu oublier ça ? Elle se brossa les dents puis s'allongea sur le matelas nu. Aussitôt, son envie de dormir s'évanouit. Sam essaya de se forcer à dormir, tout habillée sur le lit, et bien sûr ça ne marchait pas comme ça, en se forçant. Elle lâcha prise ; elle repensa au risque d'intoxication au plomb, puis en revint à sa propension à éluder (ou pas) les craintes catastrophistes que lui inspirait sa mère (et si sa mère mourait dans son sommeil cette nuit, et si elle n'avait jamais l'occasion de la revoir, et si elle avait téléphoné à ce médecin qu'elle avait entendu dans un podcast et convaincu sa mère de suivre son protocole, une histoire de pression-pulsion, il faudrait qu'elle pense à se renseigner sur l'effet Wurburg ou Warburg), puis à Ally (à la chanson de *La Belle au bois dormant* telle qu'Ally la chantait à l'âge de douze ans, de sa délicate voix de soprano prépubère, du temps où Ally réclamait de chanter pour Sam dans la voiture, "Nous attendrons l'heure de notre bonheur, toi ma destinée, je saurai t'aimer", pause, échange de regards dans le rétroviseur, "j'en ai rêvé", un sourire, puis Ally attendait que Sam s'exclame "Merveilleux", ce qu'elle faisait toujours parce que c'était une merveille, cette fille, cette voix, à l'arrière de sa voiture). Puis retour au quartier, aux junkies zombies et à sa scandaleuse peur des pauvres qui l'avaient vue emménager. Puis dégoût de sa propre monstruosité, outrée et décontextualisée : son manque de compassion, son besoin de sécurité. Pourquoi aurait-elle droit à la sécurité ? Qu'avait-elle fait pour la mériter ? Mais tout le monde devrait y avoir droit – rien de plus humain que d'y aspirer, peut-être était-elle trop dure envers elle-même. (Se houspiller, ferrailler contre elle-même. Telles étaient les abîmes que creusaient ses insomnies, affreuses, épuisantes.) On n'écarte pas ses peurs par sa seule volonté ; les peurs sont nombreuses et tenaces. C'était humain. Elle était humaine. Endors-toi maintenant.

Et curieusement, cette fois, elle s'endormit. Pour se réveiller un peu plus tard, au Milieu. Étrangement, le Milieu semblait toujours tomber à trois heures précises, très rarement à trois heures dix ou deux heures cinquante-cinq. Mais à l'heure troublante de trois heures zéro zéro. C'était pire que la période de calme sans sommeil du début de la nuit ("l'insomnie de latence"), parce que le réveil au Milieu la désorientait, était un véritable choc. Ses yeux s'ouvraient dans le noir complet de la chambre et son corps s'animait. Fatiguée mais pleinement réveillée. Couchée à côté de Matt endormi, elle éprouvait un isolement terrible dans ces moments-là, une terreur puis une sorte de vide.

La plupart du temps, le vide ne durait pas, il s'emplissait de nouveau de toutes ses inquiétudes, de choses qui étaient pires que rien. Parfois, c'était une vague de chaleur qui la réveillait, montée de l'intérieur, une fournaise alimentée par les glandes endocrines, alors elle rejetait son pan de couverture et laissait l'air de la nuit refroidir son corps. D'autres fois, il n'y avait pas de raison apparente à son réveil et elle fermait les yeux, serrait son pan de couverture contre elle et essayait de se rendormir. Dans un cas comme dans l'autre, elle savait assez vite si toute chance de retrouver le sommeil était perdue. Elle pouvait rester éveillée une heure, sinon plus. Voire, les nuits vraiment rudes, jusqu'au matin. Dans ce cas, elle prenait son téléphone sur la table de chevet, le cachait sous les draps pour ne pas déranger Matt et l'allumait. La lueur, bien sûr, se répandait quand même dans la chambre, cette lueur bleuâtre, froide, pénible. Les écrans étaient à proscrire, mais c'était sa montre, non ? Elle avait besoin de connaître l'heure, de s'orienter face à la nuit. Qui faisait preuve de résistance et de discipline à trois heures du matin ? C'était un état de vulnérabilité. Elle n'était pas stupide, pas totalement inconsciente pour autant. Elle ne se laissait pas aller, par exemple, à parcourir le fil Twitter du président. Mais la pulsion était là, qu'il lui fallait chasser, combattre. C'était le Milieu typique.

Pour une raison ou pour une autre, Sam s'était imaginé qu'elle dormirait mieux dans sa nouvelle maison. Mais cette toute première nuit, elle se réveilla brusquement et, avant même d'avoir pris garde à l'heure et à l'obscurité, elle eut l'étrange certitude que ce n'était pas le matin. Elle tressaillit un peu, émit un son dans la pénombre, un souffle coupé, en comprenant où elle se trouvait. La pièce prit une forme inhabituelle autour d'elle. Et tout à coup, comme si on avait pressé un interrupteur, elle réalisa qu'elle était seule, qu'elle n'avait pas besoin de se soucier de Matt. De faire attention à ne pas le réveiller, à ne pas le déranger. Elle fut surprise de découvrir ce que ça faisait, de ne pas avoir besoin de faire quoi que ce soit. Elle pouvait se rendormir ou non ; ou seulement rester assise là, à scruter l'obscurité. Elle pouvait se lever, allumer toutes les lumières. Elle pouvait se préparer à dîner si ça lui chantait, regarder un film, faire du bruit, sans avoir à expliquer à quiconque que *tout allait bien*, façon de dire en même temps que *tout allait mal*. À quel point ce problème de réveils nocturnes avait-il été lié à lui, à eux, à eux deux dans le même lit ?

Elle se redressa. Les fenêtres à petits carreaux s'embrasèrent un instant, éclairées. Une voiture.

Et du reste, qu'ils étaient ridicules, les accommodements quotidiens d'un mariage : dormir côte à côte dans le même lit, quand même les enfants apprennent à dormir seuls. Durant ses premières années, Ally essayait régulièrement de se glisser dans leur lit pendant la nuit et Sam était tiraillée entre l'envie d'avoir Ally dans ses bras et l'envie, tout aussi forte, de dormir. Elle savait que la laisser faire était l'assurance d'une nuit agitée, faite de membres entremêlés, de couverture tirée et de réveils incessants. Et que, comme disaient les experts, ça deviendrait une mauvaise habitude. Merde à tout ça – pourquoi n'avait-elle pas profité, sans se poser de questions, de la présence de sa fille à ses côtés ? Ça n'aurait pas duré éternellement. Pourquoi avoir perdu tant de temps, consacré tant d'énergie à cette continuelle, vaine et stérile remise en cause de ses inclinations parentales ? Un temps qu'elle aurait pu employer à serrer le petit corps contre elle, à réconforter sa fille tant qu'elle pouvait encore l'être, avant qu'elle ne grandisse et que ça ne les mette toutes deux, quoi, mal à l'aise ?

Un soir, durant ces années de vagabondage nocturne d'Ally, Sam suivit le rituel ordinaire du coucher.

Après le bain et le brossage des dents, elle lisait toujours quelque chose à Ally. Plusieurs livres entiers lorsqu'elle était toute petite et, plus tard, quelques chapitres de roman. Ally parvenait généralement à arracher deux chapitres à Sam et, à la fin, ses yeux étaient presque clos, sa respiration lente et régulière, les rubans roses de ses lèvres légèrement entrouverts. Mais cette fois-là, à la fin du deuxième chapitre, Sam leva les yeux vers Ally qui la regardait, alerte, pas du tout somnolente. Sam alla éteindre la lumière. Ally renifla et fit une moue pincée, dure.

"Qu'est-ce qu'il y a ?

— C'est pas juste, lâcha Ally dans un hoquet larmoyant.

— Quoi ?

— Les adultes, ils ont jamais peur, mais ils ont le droit de dormir avec quelqu'un, alors que les enfants, ils ont peur, mais ils sont obligés de dormir tout seuls", dit-elle, exaspérée, le scandale de cette injustice lui apparaissant un peu plus à mesure qu'elle l'énonçait. Sam sourit, ce qui était la pire chose à faire. Ce n'était pas le moment de se montrer condescendante envers sa fille, vraiment. Elle corrigea son expression.

"C'est vrai, ça semble idiot, dit-elle. Je n'avais jamais vu les choses sous cet angle."

Ally hocha la tête, acceptant cette concession.

"Mais les adultes aussi ont peur, parfois, ça arrive à tout le monde." Sam commettait toujours l'erreur de considérer Ally comme une personne à qui elle pouvait parler en toute franchise. Comme à n'importe qui, en nuançant toujours tout, en admettant toujours des faiblesses et des doutes. Mais Ally n'avait pas besoin qu'on lui parle des doutes des grandes personnes. Elle n'était pas le confesseur de Sam. Ce n'était pas une adulte. Ally avait besoin de sécurité, de sommeil, de constance. Sam aurait dû lui passer la main sur le front et l'apaiser comme le faisait Lily quand Sam était petite. Enfant, lorsqu'une peur s'emparait d'elle, Sam se ruait au rez-de-chaussée, où ses parents regardaient la télé. Sa mère la prenait par la main et la raccompagnait jusqu'à son lit. Puis, une fois qu'elle était allongée, sa mère lui massait le dos. Lui caressait les joues. La laissait exprimer ses peurs (j'ai rêvé que vous étiez partis et que j'étais toute seule dans la maison). Lily lui disait : "Ne t'inquiète pas. Je ne t'abandonnerai jamais. Je serai toujours là pour m'occuper de toi." C'était peut-être un mensonge, mais c'étaient les mots justes. Si merveilleuses étaient cette certitude, cette assurance. Dans ces moments, Sam éprouvait un profond sentiment de paix et de sécurité. Se rappeler la main de sa mère sur son visage, la voix de sa mère, tant d'années plus tard, lui faisait retrouver cette paix, la rendait plus calme. De toute notre vie, il n'y a que dans la prime enfance, et si on est très chanceux, qu'on connaît un peu d'innocence – une époque où l'on n'a pas à savoir ce qui va advenir, ce qui doit advenir. Ces moments, ce dévouement simple et exclusif à ce qu'il y a de merveilleux dans l'existence, cet *amour*, au fond, reste alors pour toujours au cœur de nous-même ; au fond de nous, nous gardons ce noyau tendre qui a cru que tout irait toujours bien.

C'est ce que Sam aurait dû faire avec Ally. Lui dire qu'elles seraient ensemble toute la vie. Mais Ally n'aurait pas été dupe. Elle avait toujours été trop futée pour qu'on puisse lui mentir ou l'apaiser à peu de frais. Sam aurait trahi son manque d'assurance, l'aurait porté quelque part sur ses traits, et Ally, Ally la futée, l'aurait remarqué. Ally était une telle force, est une telle force. Est si singulièrement elle-même. Même lorsqu'elle avait eu peur de dormir seule, Ally avait fait preuve de logique et présenté des arguments. La question n'était pas sa peur, c'était l'iniquité entre les dormeurs. Et la frustration de ne pas avoir son mot à dire sur ces sujets cruciaux.

À l'âge de sept ans, Ally était parvenue au summum d'une phase où elle énumérait et dénonçait avec force les différences de traitement entre enfants et adultes. Elle recensait tous les écarts en matière de pouvoir et d'autonomie, et son propre manque de liberté était une source d'irritation régulière. Un jour, Sam fut convoquée par l'enseignant Waldorf d'Ally, qui, fronçant légèrement mais résolument les sourcils, lui montra un dessin qu'Ally avait fait à l'école. L'instituteur, homme d'ordinaire jovial, lisse, délicat, semblait tenir à ce que Sam trouve ce dessin préoccupant, mais elle rit si fort en le voyant qu'elle dut se couvrir la bouche. Tracé au feutre sur du kraft, il était surmonté du titre suivant : "Choses que je ferai quand je serai grande." Plusieurs objets étaient dessinés : un couteau, des gélules, des allumettes et un feu, une voiture, une bouche ouverte et dentue à souhait. Sous chaque dessin, une légende : "Coutos. Médicamants. Feu. Conduire. Chouimegomme." Drôle, précoce – une petite dure à cuire.

Au bout d'un moment, peu à peu puis définitivement, Ally cessa de leur rendre visite dans leur lit au beau milieu de la nuit. S'ensuivirent quelques rares années de sommeil paisible. Bientôt, le corps préménopausé de Sam – d'abord de temps en temps, puis en une fugue de fluctuations hormonales quasi quotidienne – se mit à la tirer de son sommeil le plus profond.

À cette époque, comme aujourd'hui, ses pensées se tournaient et retournaient vers Ally. Elle avait toujours une question à régler à son sujet. En devenant mère, vous découvrez une chose que vous n'aviez jamais comprise en tant que fille aimant sa mère – que l'engagement maternel est plus profond. Quand vous avez mis un enfant au monde, jamais le sommeil ne saurait plus vous en tenir éloigné. Le bruit singulier des pleurs d'Ally, leur hauteur, leur teneur, étaient réglés pour déverrouiller le sommeil de Sam. Sam pensait que c'était propre aux enfants en bas âge, qu'elle devait se réveiller pour entendre les pleurs de son bébé. Mais parfois, au milieu de la nuit, alors que les réveils nocturnes avaient cessé depuis des années, Sam croyait entendre Ally l'appeler, ou l'entendait simplement pousser un cri, qui, là aussi, lui était toujours adressé. C'était un muscle toujours prêt à réagir. Sam se revoyait sauter du lit pour se précipiter au chevet de sa fille, se sentant à la fois merveilleusement utile et accablée de fatigue. Ce que l'on ne comprend qu'en devenant mère à son tour, c'est à quel point cette expérience est dévorante et profondément asymétrique. Le rôle de l'enfant est d'avoir de moins en moins besoin de sa mère, de progresser vers son indépendance. Mais le rôle de la mère est d'aider toujours, d'être toujours là en cas de besoin, de ne jamais cesser de s'inquiéter. Est-ce que c'était vrai ? Elle savait que sa mère s'inquiétait toujours pour elle, alors que son propre corps la lâchait, alors même qu'elle était…

Mais mieux valait ne pas penser au corps de sa mère à cet instant.

Ally.

Qu'Ally soit ainsi hors d'atteinte était totalement inédit. Ally lui manquait, et elle aurait presque tout donné pour rentrer dans ses bonnes grâces. Presque. Sauf qu'Ally ne voulait pas non plus que sa mère revienne pour elle. Elle ne voulait pas d'une mère en manque d'affection, déprimée, ultra-envahissante. Ally avait besoin – préférait – que Sam soit partie, même si son départ la mettait en colère. Est-ce que c'était vrai, ou n'était-ce qu'un truc que Sam se racontait pour pouvoir faire ce qui lui chantait, quitter Matt et la vie dans laquelle elle était embourbée ? Elle ne savait pas trop. En tout cas, Ally lui manquait et son désir de la retrouver – de la voir, de l'entendre, d'être en contact avec elle – avait quelque chose de viscéral. Sam ne comptait ni rentrer, ni renoncer.

Que pouvait-elle faire ? Chaque soir, elle continuait à écrire à Ally. Un seul message. Ces messages quotidiens qui restaient sans réponse, elle les envoyait avec dévotion, avec humilité, comme signe de son amour inconditionnel. C'était probablement parce qu'elle la trouvait pathétique qu'Ally ne la bloquait pas.

Le Milieu était ce moment où chacun de ses gestes paraissait insupportablement vain et triste. Et où elle étouffait de chaleur. Sam tira sur le col de son t-shirt, le baissa, l'écarta de sa poitrine. Son corps savait ce qui l'attendait. Son rythme cardiaque s'accéléra. Puis vint le chaud. Une flamme avait soudain fleuri en elle. Son cœur battait si fort qu'elle l'entendait dans ses tympans.

Elle alla jusqu'à la banquette aménagée sous la fenêtre, tourna la poignée et, dans un jaillissement de poussière et de peinture écaillée, les deux battants s'ouvrirent et l'air frais s'engouffra dans la pièce. L'air pur et piquant de la nuit, vivifiant. Même devant la fenêtre ouverte, elle avait chaud. Elle regarda son téléphone. Pas de message. Bien sûr qu'elle aurait toujours du mal à dormir dans la nouvelle maison. Ce soir, c'était le coup de chaleur, pas seulement les soucis, qui la tourmentait. C'était physique. L'érosion du sommeil était la conséquence progressive, mais de plus en plus marquée, de symptômes corporels. Tout était normal ; elle se réveillait simplement en raison de ce qu'elle supposait être "une bouffée de chaleur". Sauf qu'elle n'avait de bouffée que le nom. Son médecin lui avait expliqué que les réveils nocturnes étaient un aspect naturel et courant de l'expérience de la ménopause. Ah, eh bien, si c'est naturel, pas de problème, alors ! Naturel ou pas, elle savait qu'elle était foutue. Elle avait beau retourner le problème dans tous les sens, elle savait que, ce soir, sa lutte contre l'insomnie aboutirait non au sommeil, mais à la rumination. (C'était le mot juste, comme l'estomac d'un ruminant, elle mâcherait et remâcherait la même matière, qu'une distorsion onirique rendrait chaque fois un peu plus sombre. Elle passerait du concret, comme l'expression d'Ally lorsqu'elle lui avait annoncé son départ, à des questions plus vastes, comme le président, les guerres, l'environnement, ses cancers naissants, l'effondrement de sa vie entière.)

Durant cette première insomnie au Milieu de cette première nuit dans sa nouvelle vieille maison vide de Highland Street, elle resta assise dans le séjour à regarder par la fenêtre entrouverte. Elle voyait scintiller les lumières de la ville, luire les lampadaires dans le vieux cimetière aux allures de parc. Personne à l'horizon. Elle fouilla dans son sac à main, en sortit un paquet de cigarettes. "Qui, dit-elle, a acheté ça ?" Et elle éclata de rire. Elle fuma, contemplant la ville, et décida de ne pas essayer de se rendormir. À quatre heures du matin, elle se fit un café (une seule tasse de café filtre), ouvrit son ordinateur et parcourut la une du *New York Times*, puis celle du *Washington Post*. Elle cliqua ensuite sur le site du *Post-Standard*, Syracuse.com. Les quatre premiers articles traitaient d'événements sportifs ; puis venaient diverses arrestations et photos d'identité judiciaire. Elle lut la rubrique policière. Les rues proches de sa maison, dans le quartier de Northside, étaient souvent citées. (Vol simple ; vandalisme ; coups et blessures volontaires ; vol par effraction ; violation d'une ordonnance de protection ; vandalisme aggravé. Viol, deux chefs d'accusation. Le site comportait même une base de données où l'on pouvait faire une recherche par nom, lieu ou type d'infraction. Dans les banlieues résidentielles, alcool ou drogue au volant constituaient l'essentiel des infractions constatées, mais en ville, la police n'avait pas le temps pour ça.)

À six heures, alors que le ciel commençait à peine à rosir, elle se brossa les dents, s'habilla et sortit faire un tour, longeant le parc du cimetière, descendant la colline, passant devant l'église croulante de l'AME Zion Church puis sous le viaduc de béton noir, humide de l'autoroute afin d'entrer dans le centre historique, aux rues bordées de vieux immeubles grandioses.

Plus tard dans la matinée, MH passa la voir et lui offrit un aloès. Médicinal, bien sûr. Sam en caressa les feuilles lisses. Utile, certes, mais joli aussi. Elles burent un café très fort que Sam prépara dans sa cafetière à piston. Son troisième café de la journée. "Je suis debout depuis trois heures du mat', dit-elle, sur un ton presque vantard.

— Les réveils nocturnes sont caractéristiques de la cinquantaine. Il faut en faire bon usage."

Sam s'esclaffa, mais MH était sérieuse.

"Tu ne te réveilles pas pour rien. L'heure est propice à un type de pensées particulier, les pensées du milieu de la nuit. Ne les combats pas. Réveille-toi pour ton office de nuit, ton nocturnal. Sors de ton lit, mets-toi à genoux, sois présente à cet instant."

Sam haussa les épaules. "Peu importe. Ça n'empêchera pas mon cerveau triste et embrumé de se noyer toujours dans les mêmes eaux. Mes mares stagnantes et pourtant agitées." MH portait à l'index une bague de métal brillante qui ressemblait à l'embout d'une clé en croix ou à un écrou.

"Non, inutile d'espérer. Considère plutôt ce problème comme un don. Tu es une mère du désert. Tu n'as pas besoin de dormir. Tu as des choses à méditer et tu ne peux le faire que seule, à genoux, à trois heures du matin." Elle écarta les mains avec emphase et vit Sam contempler sa bague. Elle passa les doigts dessus. "C'est une portable. En titane.

— Toutes les bagues ne sont-elles pas « portables » ?" Mais Sam ne faisait que taquiner MH. Pour avoir traîné sur la page "Harpies biohackeuses" (autre sous-groupe de "Viragos, mégères et harpies hardcore" créé par MH), elle savait qu'un "portable" était un objet connecté. MH était une obsédée des biotechnologies et une adepte de tout ce suivi et cette quantification de soi que prisent les piliers des salles de sport et qui va de l'alimentation au sommeil en passant par l'activité physique.

"Donc, elle compte les pas ?" dit Sam.

MH étouffa un ricanement. "Non. C'est une invention scandinave. La bague est équipée de microcapteurs qui suivent les variations du rythme cardiaque, les battements par minute, les phases du sommeil, la température corporelle, la fréquence respiratoire. Lesquels sont sauvegardés et analysés par une appli." Elle brandit son téléphone en guise d'illustration. Un bilan du sommeil de MH apparut, assorti de courbes et d'analyses des moindres micromesures effectuées.

"On dirait que tu t'espionnes toi-même, dit Sam. Est-ce que tu reçois des notifications quand tu ne respires pas comme il faut ? En cas de dis-spiration ? De mé-souffle ?

— Tu ne crois pas si bien dire.

— Qu'est-ce que tu fais de toutes ces…

— Données ?

— Ouais."

MH haussa les épaules. "J'optimise.

— Tu montes en puissance ?

— C'est la promesse du contrôle total, même quand tu dors.

— Mais tu viens de me dire de ne pas résister aux troubles du sommeil.

— Chacun porte en lui ses contradictions. Elles sont incorporées en nous, nous sommes faits pour ça. Par exemple, le stress est mauvais, mais s'il est bien dosé, il provoque une réaction hormétique, une réponse adaptative des cellules. Il te rend plus fort. Ça demande un effort considérable de contrôler sa physiologie. Une fois qu'on a intégré toutes les variables, optimisé son potentiel, il ne reste plus qu'une voie à suivre.

— Quoi ? L'acceptation ?

— Non. Plus qu'une simple acceptation. Une capitulation crâne. Une insolente gratitude. Une célébration obstinée."

Sam tenta sincèrement de prendre ses insomnies du bon côté, sinon de les célébrer. Le lendemain même, elle se réveilla au Milieu de la nuit. Elle se leva et s'agenouilla à même le sol. Cela lui parut légèrement prétentieux, idiot et théâtral. Et ça faisait mal aux genoux. Elle s'assit en tailleur. Ça faisait mal aussi. Comment, parvenu à un certain âge, le corps pouvait-il se montrer si déterminé à accumuler tant de gras superflu sans que ce rembourrage ne vous protège des duretés du monde ? Elle mit son oreiller par terre et tomba de nouveau à genoux. Son esprit n'était que tumulte et tourmente. Jérémiades, auto-apitoiement, schématisme, hystérie – pas franchement l'étoffe d'une mère du désert.

"Continue. C'est une question de pratique, dit MH le lendemain quand Sam lui expliqua comment les choses s'étaient passées.

— Ouais, d'accord", dit Sam. C'était toujours mieux que d'essayer vainement de se rendormir. MH ne cessait de vanter ce cadeau qu'était la maturité, la ménopause, cette "surexaltation", comme Eliza Farnham l'avait nommée dans les années 1860, une joie secrète, affranchie de l'enfantement, des tâches ménagères et, sans doute, des sollicitations masculines. Ça ne l'empêchait pas de suivre un traitement hormonal de substitution. Ce qui ne voulait pas dire qu'elle essayait de retarder quoi que ce soit, expliqua-t-elle. (Et il n'était pas question de camelote bio ou naturelle, mais de vraies hormones de laboratoire. Progestérone, œstradiol et testostérone. "La T, dit-elle, c'est de la bite en bouteille. L'homme en toi.") Elle manipulait également son corps en respectant une période de jeûne quotidien, en faisant du sport, en travaillant sur son sommeil (par la pratique du rêve lucide, de la privation de rêves et de l'interruption du sommeil paradoxal) et en prenant des compléments testés en laboratoire et faisant l'objet de contrôles indépendants. Mais MH croyait dur comme fer que la ménopause était un cadeau.

"Historiquement, seulement pour les femmes d'une certaine classe, bien sûr", nuança-t-elle.

Lorsqu'MH fut partie, Sam mit en œuvre un *biohacking* à sa façon. Boire des tonnes de café et ne pas dormir. Puis aller faire sa musculation à la salle de sport. C'est au pas de course qu'elle se rendit au YMCA du centre-ville, se sentant vertueuse, invincible. Elle se demanda quels effets la testostérone, un petit shoot de testo, produirait sur son organisme. Serait-elle enfin capable de faire des tractions ? Se ferait-elle tatouer, aurait-elle envie de porter des bottes de moto ? (Mais elle avait déjà envie de porter des bottes de moto. La testostérone lui donnerait-elle le sentiment que c'était non pas prétentieux, mais légitime ?) Une hormone modifierait-elle ses comportements, ses pensées ? Cela ne changerait-il pas son identité ? Et si ce qu'elle considérait comme son "moi" profond n'était qu'une affaire d'endocrinologie ? Aussi susceptible de changer que la maison qu'elle habitait ou les vêtements qu'elle portait ?

8

Une semaine après l'emménagement de Sam dans sa maison de Highland Street, MH les invita, Laci et elle, au Smiley Face, le triste café-théâtre franchisé du centre commercial. L'arrivée de Sam en ville semblait présager une confiance nouvelle, une proximité plus grande et même une potentielle intimité avec les deux femmes. Sam n'était plus une touriste de la banlieue verte. Mais le Smiley Face n'était pas le cadre idéal pour le genre de sorties cools que Sam avait imaginées.

Depuis peu, MH s'était mise à fréquenter les scènes ouvertes, en particulier celles des *comedy clubs*, pour se mettre à l'épreuve dans le monde "réel".

"Je déteste les *comedy clubs*, je déteste les gens qui les fréquentent, dit-elle à Sam alors qu'elles trouvaient une table avec banquette dans le club à moitié vide. Et un *comedy club* franchisé de Syracuse ? C'est pas les Groundlings*, hein. C'est l'Amérique moyenne dans ses œuvres, ici." Sam fit un tour d'horizon des autres clients. Ils avaient effectivement l'air d'étudiants attardés frisant la quarantaine. Ils avaient cette allure bouffie et empâtée que prennent

* Théâtre-école de Los Angeles, haut lieu de la comédie américaine.

les hommes dans leur trentaine s'ils continuent à boire autant de bière que dans leur vingtaine.

"Alors pourquoi tu viens ici ? demanda Sam.

— Je viens pour occuper le devant de la scène, dit MH. Pas pour les faire rire. Mais pour les obliger à me regarder, à me voir, même s'ils me huent. Et je viens parce que ça me fait peur et que j'ai envie de faire ce qui me fait peur.

— C'est sa méthode. Sa philosophie, en fait, dit Laci. C'est pour ça qu'elle a créé les Harpies hardcore.

— Qui te dit que je l'ai créé ? C'est un groupe secret", répondit MH.

Laci sourit. "Bien sûr."

MH se tourna vers Sam. "À cinquante ans, j'étais divorcée, mon fils était adulte et je me suis aperçue que j'avais encore des décennies devant moi. C'était vraiment étrange – juste au moment où la société commençait à se désintéresser de moi, où le monde décidait que je n'avais plus de valeur, j'ai commencé à me sentir plus moi-même que jamais. Plus bruyante, plus intelligente, plus forte. C'était un sentiment vraiment adolescent, j'étais un peu d'humeur à prendre des drogues, à rouler vite et à me raser la tête."

MH passa la main dans le chaume qui hérissait son crâne. "Je n'avais pas envie d'être posée et altruiste. Je n'avais pas envie d'être digne, et je n'avais envie de m'occuper de personne pendant un moment. J'avais envie d'être un peu égoïste, un peu excentrique."

Elle jeta un regard à la ronde. "Et quand j'ai atteint la soixantaine ? Au lieu de s'adoucir, ça s'est intensifié. Je me suis sentie totalement déchaînée. Il y a un truc qui m'intéresse dans le fait de ne pas plaire aux gens. De les provoquer. De ne pas répondre à leurs attentes. C'est peut-être le côté humiliant, j'avoue. Il y a quelque chose de révélateur et de libérateur dans le fait d'être un objet de mépris."

MH tourna les yeux vers Sam et la regarda quelques secondes de plus que nécessaire. Gênée, Sam hocha la tête et contempla quelque chose sur la table. Les yeux bleus de MH, aux paupières lourdes, étaient rehaussés par l'argent scintillant de ses cheveux gris. Sam les admira de nouveau, en douce, alors qu'MH ne la regardait pas – le bleu était si profond qu'il semblait presque faux, comme si elle portait des lentilles. Mais c'était peu probable.

"J'aime être grotesque", dit MH.

Mais MH n'était pas grotesque, alors, comme tant de ses déclarations, Sam ne sut comment prendre celle-ci.

Elle s'aperçut soudain qu'elles étaient les plus âgées de la salle. Vraiment ? Des hommes bouffis en compagnie de leurs femmes, des hommes bouffis en compagnie d'autres hommes bouffis et même, à une table, quelques filles en âge d'étudier. Ouaip, les plus vieilles d'une dizaine d'années. Et toutes trois aux cheveux courts, non maquillées. Elles se démarquaient déjà.

Sam commanda un verre de vin : un malbec sirupeux, épais, infect. Elle en but une gorgée et grimaça.

"Quoi ?

— Je crois qu'ils ont mis du sucre dans ce vin", dit Sam. Laci et MH s'esclaffèrent.

"Dans ce « vin », nuança Laci, traçant des guillemets dans les airs.

— Dans ce genre d'endroit, faut jamais manger ou commander du vin. Tout sort d'un gigantesque sachet de blancs de poulet sous vide, même le vin", dit MH.

MH et Laci buvaient un whisky *on the rocks*. Laci commanda un Maker's Mark pour Sam, puis quelqu'un demanda le silence parce que le spectacle allait commencer. Un comique local chauffa la salle avec des blagues se résumant à des "les jeunes, d'nos jours, j'vous jure !"

MH fut la troisième à prendre le micro. Chaque personne avait cinq minutes.

Elle parla d'une voix profonde. Toujours un peu trop sûre d'elle-même, et péremptoire, elle paraissait maintenant charismatique. Sam la voyait en pleine lumière et elle était nimbée d'une sorte de charme, ainsi campée sur scène : massive mais musclée, les cheveux courts, non maquillée, et pourtant glamour à sa façon. Elle portait un jean serré à ourlets et de coûteuses bottes de moto qui se repliaient sur les chevilles. Elle n'avait pas grand-chose de la nomade (de la "demi-vagabonde") qu'elle était censée être. MH commença son numéro par le récit de ses premières règles, à l'âge de douze ans. "Le dictionnaire définit les règles comme « un écoulement de sang et d'autres matières provenant de la paroi de l'utérus, qui dure plusieurs jours et se produit chez les femmes pubères qui ne sont pas enceintes à intervalles d'un mois lunaire environ jusqu'à la ménopause ». Suivons ce fil directeur." Elle décrivit ensuite son avortement à l'âge de dix-huit ans, sa grossesse, sa fausse couche et son expérience de l'enfantement, avant de détailler enfin sa préménopause et sa ménopause. Les gens riaient vaguement, gênés, mais il n'y avait pas de blague là-dedans, aucune. Toutefois, il y avait une sorte d'arc narratif, ou du moins de montée en puissance à mesure qu'elle avançait dans le temps. Elle livra ensuite une description clinique de ses transformations physiques avec l'âge, narra la découverte de son corps post-menstruel.

"Si vous acceptez ce corps nouveau, vous jouissez d'une période libérée de la fertilité avant de vraiment commencer à décliner. C'est un ajustement : votre taille s'élargit, votre menton s'empâte. Vos fesses deviennent à la fois capitonnées et plates. Le frottement du monde vous irrite. Oui. Tout – tout – devient plus sec et plus rêche. Et usé – comme l'élastique distendu et cassé d'une culotte de mémé."

Son passage clarifia les choses dans la salle. Des gens se levèrent et partirent. D'autres reprirent leurs conversations, ignorant ce qui se passait sur scène. Un type – tout seul, bien sûr – braqua sur MH un intense regard de dégoût. Vous pouviez être sûr qu'il y en aurait un pour répondre à l'appel, pour mordre aux provocations de MH. MH se rassit et jeta un regard à la ronde, souriant jusqu'aux oreilles, non seulement impavide mais galvanisée, semblait-il.

"Tu devrais essayer, Sam, lui dit-elle. La scène ouverte, c'est le dernier mercredi de chaque mois. Ne réfléchis pas trop – monte sur scène et parle." Peut-être le ferait-elle. Pourrait-elle supporter les protestations, l'hostilité, l'incompréhension ?

Ensuite, Sam paya l'addition tandis qu'MH et Laci étudiaient leurs téléphones, faisaient défiler leurs fils, tapaient leurs réactions. Et ce malgré le serment qu'elles s'étaient fait de quitter les réseaux sociaux. Seule Sam restait fidèle à cette résolution.

Elles balayaient, elles cliquaient. Sam sortit son appareil, l'activa et écrivit à Ally un long, mais un unique message :

> Coucou, chérie ! Comment s'est passé ton congrès des JDA ? Je parie que tu as décroché une distinction. Tu ne vas pas le croire, mais je suis au Smiley Face, le théâtre comique du centre commercial. Épouvantable mais assez intéressant aussi. Je t'aime !

Comme un message dans une bouteille. Ça faisait presque un mois, ce qui commençait à devenir sérieux, ma foi. Elle regretta aussitôt la longueur, les points d'exclamation, les marques de son manque.

9

Le printemps avançait, mais Syracuse était encore humide et froide. Après une semaine de pluies quotidiennes, le ciel était enfin dégagé. Le soleil se déversait partout dans la maison de Sam, au fenêtrage sophistiqué (elle était grisée d'admiration devant tous les types de fenêtres de sa maison, ce festival de lumières diffractées). Elle passa la journée à cirer les parquets de chêne rouge de l'étage, puis, à quinze heures, elle s'endormit. Un bruit la réveilla en sursaut vers dix-sept heures. Du moins elle se réveilla, sans le moindre souvenir de ce que ce bruit pouvait être, ayant seulement l'impression d'avoir entendu quelque chose. Elle se rua à sa fenêtre. Une voiture s'était arrêtée à l'angle de la rue. On entendait vrombir les basses de l'autoradio. Était-ce là ce qui l'avait réveillée ? Elle se lava le visage, se brossa les dents et décida d'explorer son nouveau quartier à pied. Elle découvrit une petite épicerie hispanique ainsi qu'un boucher, un caviste, une vieille boulangerie italienne, un tout-à-un-dollar, une parapharmacie et un traiteur asiatique. La porte de l'échoppe s'ouvrit et le fumet salé du bouillon parvint à ses narines. Elle s'aperçut qu'elle avait très faim. Toute à son enthousiasme pour la maison, elle n'avait rien avalé d'autre que du café et de l'eau depuis vingt-quatre heures. Ou plutôt trente, en fait.

Sillonnant le quartier, elle fit des courses pour la semaine et acheta également de quoi faire un festin le soir même : une part de tiramisu poudreux, une bouteille de vin rouge, un triangle de provolone vieux ainsi qu'une grosse portion de phô. Elle s'émerveilla d'avoir tout ce qu'il lui fallait à deux pas de chez elle. Il se remit à pleuvoir. Elle pressa l'allure pour rentrer, pour échapper à l'humidité, pour s'asseoir dans la solitude de son petit coin cuisine et manger sa soupe chaude. Après quoi elle pourrait faire un feu, boire un verre de vin et déguster son entremets. Elle s'imagina en prendre une bouchée et l'engloutir lentement, complètement. Le plaisir serait profond et totalement satisfaisant. Privation et plaisir – la privation était-elle vraiment une forme de décadence, une façon de souligner l'intensité avec laquelle on s'adonnait aux petits plaisirs ? Peut-être ferait-elle partie de ces femmes ménopausées qui contractent un trouble de l'alimentation, boulimie ou anorexie. Le détraquage hormonal et la fixation sur la nourriture – on connaissait ça à cinquante ans aussi bien qu'à quatorze. Mais à vrai dire, qui s'en souciait ? (Qui se souciait de savoir si elle souffrait d'un dysfonctionnement, d'un trouble, de savoir à quoi il était dû ? Pas elle.) L'important, c'était de voir sa maison qui l'attendait dans la lueur du crépuscule. C'était le plaisir et la satisfaction simples qu'elle se réservait. Elle passa sous les lucarnes et tourna vers la porte d'entrée. Elle avait oublié de laisser la lumière de son porche allumée.

Il y avait une silhouette assise devant la porte.

Sam s'arrêta, essaya de voir de qui il s'agissait. Des nuages de pluie assombrissaient le ciel. Elle tint ses sacs d'une poigne un peu plus ferme et avança d'un pas. "Bonjour", dit-elle. Son rythme cardiaque s'accéléra, ses yeux firent la mise au point. C'était une femme, dans ses âges. Sous une couverture, tapie dans l'entrée de brique, la tête contre la porte. Elle avait un bonnet tiré sur les oreilles, mais Sam distinguait son visage.

"Excusez-moi", dit Sam. La femme se réveilla en sursaut et se leva d'un bond, mais elle était encore à moitié endormie et faillit tomber. Elle se tint au montant de la porte et regarda vers Sam en plissant les yeux.

"J'habite ici", dit Sam, hochant le menton en direction de la porte. La femme la regarda, opina. La pluie se mit à tomber plus fort et Sam se serra sous l'avant-toit, se rapprochant de l'inconnue. Elle avait des yeux énormes, aux cernes noirs. Et des marques rouges, des taches sur la peau. Elle était mince. Elle sentait les vieux légumes et la laine mouillée.

"Je croyais que c'était pas habité, dit-elle. Désolée.

— Je viens d'emménager, dit Sam. Y a pas de mal."

La femme regarda la pluie. "Je vais y aller", dit-elle, mais elle ne bougeait pas. Elle regardait Sam.

"Ça va ?" Question stupide. La femme commença à rassembler ses affaires, coinça la couverture dans sa ceinture et la rabattit sur sa tête, se préparant pour la pluie.

Sam posa ses sacs. Elle chercha son portefeuille dans sa veste. Elle se disait qu'elle allait lui donner vingt dollars, mais finalement, elle sortit tout ce qu'elle avait, une poignée de billets de vingt, et les lui tendit. Stupéfaite, la femme prit l'argent. Sans le regarder, elle le fourra dans une poche, sous son sweat-shirt. "Dieu vous bénisse", dit-elle. Et elle fondit en larmes. Malgré l'obscurité, Sam la voyait pleurer. Et l'entendait. Elle ne savait que faire.

"Y a-t-il un centre d'hébergement où vous pouvez aller ?" Sam avait vu les locaux de la Rescue Mission en centre-ville, pas très loin de là. Qu'arrive-t-il aux femmes qui y dorment ? Ou qui dorment à la rue ? Sont-elles violées, poignardées et battues ?

"Ouais, je me débrouille. Merci", dit la femme. Elle renifla, s'essuya les yeux. Elle s'écarta de la porte pour que Sam puisse passer. Maintenant qu'elle la voyait de plus près, il était clair pour Sam que cette femme était plus jeune qu'elle, clair également qu'elle était dans les vapes, défoncée. C'était sûrement une toxico qui cherchait un endroit pour planer. Ce que ça devait être dangereux, ce qu'il fallait être désespéré pour se mettre dans cet état sans rien pour vous protéger.

Il était impossible de ne pas sentir l'odeur de la soupe chaude. Sam tendit le sac à la femme.

"Vous voulez cette soupe ?" demanda-t-elle. Elle devrait aussi lui donner ses courses, et le tiramisu. Idée stupide – que ferait-elle de tout ça sans cuisine ? De café moulu et d'œufs ?

"Merci", dit la femme. Elle prit le sac contenant la soupe puis dévala les marches et s'élança dans la rue pluvieuse. Sam aurait pu la laisser manger la soupe sur le seuil. Elle aurait même pu l'inviter à l'intérieur jusqu'à ce que la pluie cesse. Pourquoi ne pas l'avoir fait ? Parce qu'elle ne la connaissait pas et qu'elle avait peur d'elle. Sam entra, alluma le plafonnier et l'éclairage du porche. Peur de quoi ?

Qu'elle l'attaque ? Ce n'aurait pas été la même histoire s'il s'était agi d'un homme, bien sûr, mais il s'agissait d'une toute petite femme. Alors, peur de quoi ? Sam déballa les courses, les rangea dans le frigo. Elle lui avait donné la soupe alors qu'à tous les coups elle n'en voulait même pas. Elle l'avait prise comme ça. Parce que Sam lui avait donné de l'argent et que c'était ce que Sam voulait, qu'elle prenne la soupe chaude. Peut-être l'avait-elle vraiment mangée, au centre d'hébergement. Sam se fit trois œufs brouillés avec de l'ail et des oignons émincés. L'odeur en était délicieuse, lui donna une faim de loup. Elle les avala avec le vin, toute seule, à la table de la cuisine.

Elle n'avait pas invité la femme à entrer, malgré le temps exécrable, parce qu'elle avait peur qu'elle lui veuille quelque chose, qu'elle ait besoin de quelque chose, que cette interaction se prolonge indéfiniment, que cette personne et ses problèmes – ce qui avait mal tourné, où elle dormait, ce dont elle avait besoin – deviennent sa responsabilité. Et des responsabilités, voilà ce dont Sam ne voulait pas.

Après son repas, Sam aperçut un papier blanc glissé sous la porte d'entrée. Elle se pencha pour le ramasser. Un nouveau rectangle de carton de belle qualité, aux caractères bleus embossés :

ATTENTION À L'ARRIVÉE DE LA VILLE
"INTELLIGENTE" ;
ATTENTION À SYRACUSE EN FORCE.
INTELLIGENTE POUR QUI ? EN FORCE POUR QUOI ?

Oh, pour l'amour du ciel. Un féru d'imprimerie délivrant de pressants avertissements codés. Mais elle ne pouvait pas le jeter. Elle le rangea dans un tiroir avec celui sur l'"ECT", qui restait un mystère.

Sam fit un feu. Les flammes brillèrent et elle les vit se refléter sur le carrelage rose. Si ancien, si beau. Elle commença à sentir la chaleur du feu sur son corps. Elle ôta ses chaussettes et ses orteils nus devinrent tièdes, puis brûlants. Elle les fléchit et resta immobile, comme un chat hypnotisé par la chaleur et la lumière tremblante. Elle voyait et entendait la ville derrière ses fenêtres. Pluie et vent faisaient rage et elle était à l'intérieur, dans ce magnifique cantou ancien, au chaud. Après avoir passé un moment au coin du feu, elle se rendit dans la cuisine, ouvrit la boîte en carton blanc à ruban rose. Elle déposa la part de tiramisu sur une assiette et regagna la banquette près de la cheminée. Le dessert sentait l'œuf et le sucre. Elle y enfonça sa fourchette. Elles cédèrent au prix d'une légère traction, les couches de mascarpone, de biscuits à la cuillère et d'expresso. Elle engloutit sa bouchée et sentit une liquéfaction, une dissolution de saveurs sucrées et de textures variées, son corps se concentrant presque en un seul point de sa bouche. Elle avala, prit une deuxième bouchée et la rue et la pluie s'estompèrent. Elle avait chaud et le ventre plein.

Elle envoya un message à Ally.

10

Sam était en chemin vers le Schiller Park (aménagé en 1901 et nommé en l'honneur du poète Friedrich Schiller à l'époque où le quartier était peuplé d'immigrés allemands). On était fin mai et la chaleur n'était pas encore vraiment là, mais c'était tout de même le printemps. Elle passa devant la maison condamnée qui jouxtait la sienne, puis devant la petite résidence calme, hideuse qui faisait l'angle. Elle traversa la rue et porta son regard vers un petit bungalow vert, de plain-pied. Une vieille dame du nom de Tammy y vivait avec sa chienne, Lucy. Elles étaient souvent installées sur le porche, même par temps froid. Sam s'était mise à leur sourire chaque fois qu'elle passait devant la maison, puis à leur faire un signe, et enfin à s'arrêter pour caresser Lucy et discuter de la pluie et du beau temps. Mais elles n'étaient pas sur le porche aujourd'hui.

Un peu plus loin, elle aperçut un homme planté au coin de la rue. Il portait un panneau sandwich sur lequel il avait inscrit : "Vieux gangsters contre la violence par balle." Sam avait lu qu'un ado avait été abattu par un autre ado deux nuits plus tôt – elle n'avait pas reconnu les noms des rues ni mesuré que le lieu du crime était si proche de chez elle. Le quartier avait un taux élevé de cambriolages et de petite délinquance, mais les crimes par balle en pleine rue commençaient à devenir courants. Le journal mettait en cause des gangs du Near Westside qui développaient leurs trafics dans le Northside.

L'homme resta planté avec son panneau et tendit un tract à Sam lorsqu'elle passa à côté de lui.

PAS D'ARMES DANS NOS RUES.
PROTÉGEONS NOS ENFANTS.

“Oui, exactement, dit-elle.

— Merci”, répondit-il.

Elle regarda le trottoir de béton sur lequel l'adolescent était tombé et les maisons avoisinantes. Beaucoup de peintures écaillées. De vieilles maisons divisées en appartements. Il y avait des meubles trempés d'eau et des piles de magazines sur le porche de l'une d'entre elles. Mais dans une autre, il y avait des parterres de fleurs fraîchement cultivés, une mangeoire à oiseaux et un tricycle. Personne à l'horizon. Pas de ruban de la police. Le calme régnait, désormais. Elle marcha jusqu'au parc puis rentra. Ce qu'on voyait et ce qu'on ne voyait pas. Qui vivait dans les maisons voisines de la sienne ? L'une d'entre elles était condamnée par des planches d'aggloméré, mais ça ne voulait pas dire qu'elle était inhabitée. De l'autre côté se dressait une maison victorienne autrefois superbe divisée en deux appartements. Malgré les outrages que constituaient le bardage en PVC et les fenêtres neuves, elle gardait une silhouette impressionnante dans le ciel du soir. Un jeune homme vivait à l'étage, mais Sam le voyait rarement. Deux femmes, trois bambins et plusieurs chats occupaient le rez-de-chaussée. Les enfants faisaient coucou lorsqu'ils voyaient Sam et elle leur souriait en faisant de même.

Sam dîna tôt, puis se servit son unique verre d'alcool. Elle le prit sur son porche, sur le côté de la maison, et fuma son unique cigarette. Elle avait envie de voir son quartier, ses voisins, mais il n'y avait personne dehors. Elle prit soin de finir son verre et sa cigarette avant d'appeler sa mère. Qui aurait été à l'affût de bruits et d'indices, de détails à commenter.

"Comment vas-tu ?" demanda Sam. Elle avait envie de dire : Quand vas-tu m'expliquer ce que t'ont dit tes médecins ? Mais elle ne devait pas la bousculer.

"Rien à signaler de mon côté. Mais toi, ça va dans cette maison ? T'es en sécurité, là-bas ?

— Je t'ai dit que j'avais des détecteurs de fumée et de monoxyde de carbone en haut et en bas.

— Je ne parle pas de ça. J'ai vu aux infos qu'il y avait encore eu une fusillade. Ce n'était pas vers chez toi ?"

Comment sa mère savait-elle que la fusillade s'était déroulée si près de chez elle ? Avait-elle un plan de Syracuse ?

"Ici, ça va, dit Sam. Quand est-ce que tu viens visiter ?

— Je viendrai peut-être pour le concert d'Ally, c'est dans quinze jours." Le concert d'alto d'Ally. Sam y serait-elle la bienvenue ou risquait-elle de la distraire ? Y aller sans rien dire était probablement une très mauvaise idée.

"Bien. Je viendrai te chercher. Et tu pourras dormir à la maison", dit Sam. C'était du bluff. Elle n'avait qu'un lit. Mais elle en trouverait un autre. Pour sa mère, pour Ally. Un ange passa.

“Si je viens, je pense que je prendrai une chambre dans un hôtel que j’ai trouvé. C’est près de chez toi, mais pas trop loin non plus d’Ally et Matt. En tout cas, j’ai hâte de voir ta maison.

— D’accord, dit Sam. Je veux que tu sois à ton aise.” Et c’était vrai. Elle faillit se mettre à pleurer, mais se retint. Sa mère lui manquait rien qu’à l’idée de la revoir bientôt. Lily le sentit, d’ailleurs.

“Tu es la bienvenue ici, ma chérie, si tu as besoin de me voir.

— Ce serait bien, maman. Je vais peut-être faire ça.” Elle aimait se faire appeler “ma chérie”. Après l’appel, elle écrivit à Ally. Elle voulait que sa fille sache qu’elle était chérie.

Fais de beaux rêves, mon enfant chérie.

Elle tapa sur la touche “suppression”, celle avec une croix dans une case, et regarda les mots disparaître. Impossible. Ils n’appelaient jamais Ally “ma chérie”. Elle allait trouver ça bizarre.

Fais de beaux rêves, Ally-oop.

Envoyer. Son d’envoi.

Pas de réponse, bien sûr, mais au moins, Ally savait que Sam pensait à ses rêves et les souhaitait heureux.

Le lendemain, on était dimanche. Comme elle l’avait fait si souvent, elle passa en voiture devant la magnifique église luthérienne de James Street (construite en 1911 et conçue par Archimedes Russell, l’un des meilleurs architectes ayant œuvré à Syracuse).

Elle avait lu dans le journal que l'église fermait à la fin du mois tant le nombre de fidèles avait chuté au cours des dix dernières années. Les gens protestaient car elle abritait aussi de nombreux événements du quartier : banque alimentaire, ventes de charité, réunions d'activistes, d'Alcooliques ou de Narcotiques anonymes. Mais les frais de fonctionnement du bâtiment étaient trop lourds à assumer sans aide financière de la ville et de la communauté.

Comme toujours, elle admira le clocher de grès au sommet orné d'ajours en fonte. Comme toujours, elle se demanda comment c'était à l'intérieur. Mais cette fois, elle fit le tour du pâté de maisons et se gara sur le parking derrière l'église. Peut-être y avait-il un office en cette fin d'après-midi – il y avait bon nombre de véhicules. Elle voulait voir cette belle église de l'intérieur et c'était peut-être sa dernière chance de le faire. Elle voulait s'asseoir sur ses bancs et lever les yeux vers les vitraux. Elle entra et les bruits vifs de la rue animée s'évaporèrent pour laisser place aux réverbérations feutrées des espaces hauts de plafond. Aux bruits d'église. Il n'y avait pas d'office, mais la nef était à demi remplie par une réunion de quartier. Sam s'assit au fond. Elle adorait les bancs d'église : le bois sombre, ciré, l'assise dure et lisse, le coussin de cuir rouge sur le prie-Dieu escamotable. Elle sentit un reste d'odeur d'encens en écoutant l'orateur qui se tenait au pupitre. Elle comprit qu'il s'agissait d'une réunion des Rues de Syracuse, un groupe d'activistes luttant contre l'impunité des policiers locaux qui discriminaient les personnes de couleur. L'ordre du jour était d'organiser une réaction après l'arrestation d'un homme non armé qui avait mystérieusement fini couvert d'ecchymoses. À mesure qu'elle écoutait, Sam s'écrasait un peu plus sur son banc, son âge et sa blanchité s'offrant à tous les regards. Elle attendait que quelqu'un la montre du doigt et dise la même chose que les filles de la soirée entre Blanches progressistes : Vous avez beaucoup de comptes à rendre. Il y eut une pause le temps de résoudre un problème de micro et, en attendant, elle leva les yeux.

L'intérieur de l'église était frappant mais austère, de simples moulures blanches sur plâtre jaune. Les plafonds voûtés étaient très peu décorés. Mais les vitraux ! Ils étaient riches, ouvragés. Elle avait lu des choses à leur sujet. Ils avaient été fabriqués à Rochester par la Haskins Art Glass Company. La lumière de l'après-midi les embrasait. Les dessins étaient d'un style moderniste, Art nouveau plus que traditionnel. Ainsi, de grandes vagues de ciel bleu cobalt horizontales, abstraites, occupaient les panneaux supérieurs. D'épaisses lignes de plomb séparaient les verres. Les personnages de la moitié inférieure avaient des silhouettes stylisées, audacieuses. Beaucoup de courbes voluptueuses et de couleurs profondes. Ils faisaient parfaitement contrepoint à la sobriété de la voûte jaune.

La réunion reprit et l'émotion fut plus palpable. Les récits d'incidents s'égrenèrent. Contrôle d'identité et consultation de la base des personnes recherchées sans motif valable. Fouilles. Et ceux-là s'en sortaient bien. Les flics cherchant des raisons de contrôler les gens de couleur, cherchant l'inévitable escalade qui s'ensuivait souvent. On discuta d'actions en justice. Le problème n'était pas le maire ni même le chef de la police. Le problème, c'était la culture de la police. Le problème, c'était le procureur.

Le syndicat de police. Et quel était le recours ? Le Comité de contrôle citoyen, et sa frustrante impuissance. Les enquêtes à la noix de la direction des Normes professionnelles. Les seuls succès, c'étaient la visibilité croissante du problème, les progrès en matière de transparence et quelques procès au civil. La possibilité de réclamer que les policiers soient équipés de caméras piétons, grâce à la pression de la population.

Quelques rangs devant elle, Sam aperçut le "vieux gangster". Et quelques autres personnes de sa tranche d'âge. Elle trouva le cran de descendre au sous-sol, où les groupes de travail se réunissaient après la plénière. Ni café, ni rafraîchissements : on était là pour bosser, ce qui l'impressionna et l'intimida.

"Où travaillez-vous ? Je veux dire, vous avez un emploi ?" demanda une jeune femme à Sam lorsqu'elle eut été affectée à un groupe. Sam avait écrit "sans affiliation" à côté de son nom sur la feuille d'inscription.

"Bien sûr", dit Sam. Elle devait toujours avoir une aura de femme au foyer, de femme choyée, malgré sa nouvelle coupe de cheveux à la serpe et son vieux jean. La femme haussa les épaules et lui tendit le stylo. Tout le monde devait se mettre à table, ici, afficher ses origines et ses affiliations. Tout le monde devait avoir l'assurance qu'il n'y avait pas de taupes. Ils durent même se séparer de leurs téléphones et les remiser dans un four micro-ondes.

"Et si quelqu'un allume le micro-ondes par accident ?" fit Sam, à moitié pour rire. Personne ne répondit. Elle jeta son téléphone sur le tas de terminaux intelligents tachés de postillons et maculés de traces de doigts. Mais elle se devait d'être là, de soutenir ces combats si elle voulait vivre dans ce quartier. D'être une bonne citoyenne et de prendre clairement parti. Ça semblait important et ce n'était pas du tout du même ordre que de publier des opinions sur Facebook ou de discuter résistance avec MH et Laci.

Elle écrivit "maison Clara Loomis" à côté de son nom, son lieu de travail trois jours par semaine. La fille lut en même temps que Sam écrivait puis souffla entre ses narines.

"Vous bossez là ?

— Vous connaissez ?

— C'est un problème, cette femme. Elle est problématique", commenta la fille. Sam acquiesça. Oui. C'était vrai. Elle l'était.

11

“Bienvenue à la maison Clara Loomis”, dit Sam avec un sourire. Avoir des visiteurs était une chose inhabituelle, mais ça l’était plus encore à l’arrivée des beaux jours, quand les gens privilégiaient les activités de plein air. La maison Loomis était une grosse boîte carrée nantie d’un portique néogrec fait de quatre piliers blancs surdimensionnés. Dorique, peut-être ? Sam confondait toujours ces noms – encore une raison de supposer qu’elle n’aurait jamais réussi dans l’architecture. Ce qui ne l’empêchait pas d’être très affectée par le bâtiment dans lequel elle travaillait, car, franchement, elle n’aimait pas cette maison. La prétention du portique lui semblait provinciale, comme s’ils avaient claqué tout leur fric dans une façade mal proportionnée au reste du bâtiment. D’une façon générale, le style néogrec était un peu kitsch, c’était l’un de ces styles, comme le néo-Tudor et ou le néogothique, qu’on admire aujourd’hui parce qu’ils ont de l’ancienneté mais qui, à l’époque, devaient paraître aussi mièvres et toc que les fausses maisons coloniales que les promoteurs construisent aujourd’hui. Enfin, ce n’était pas tout à fait juste – contrairement à celles d’aujourd’hui, les maisons du XIXe siècle étaient bien construites, pleines de finitions minutieuses, faites à la main. Ils n'avaient pas le choix. Ils auraient volontiers utilisé de la camelote, du genre portes creuses et placo, mais ils n'avaient que du plâtre et du bois. Alors Sam ne se sentait pas totalement mal lotie dans la vieille maison ridicule. Au moins, elle était intacte. Tant de gens travaillaient entre des faux plafonds et des panneaux de liège. Elle avait de la chance. Elle le savait. N'empêche, lorsqu'elle regardait autour d'elle, l'endroit semblait sans âme et sans imagination comparé à d'autres maisons. Comparé à sa propre maison, par exemple, si pleine de caractère.

La journée promettait d'être animée. Elle avait la visite d'un groupe de lycéens – des bûcheurs qui suivaient la préparation estivale de l'université de Syracuse. Ils venaient dans le cadre d'un cours d'études féminines. Sam les fit entrer et entama son laïus habituel sur Clara Loomis. Elle avait l'habitude des enfants et des retraités. Il était bon d'avoir de jeunes adultes à qui parler. Sam se mit à improviser, forçant le trait sur les aspects les plus radicaux de l'histoire de Clara Loomis. Elle voulait les impressionner.

"À l'âge mûr, après la ménopause, lorsqu'avoir et élever des enfants ne fait plus partie de ses préoccupations, Clara Loomis commence ce qu'elle nomme sa vraie vie." Sam mit l'accent sur le mot "ménopause". Elle ne savait pas pourquoi, mais elle éprouvait parfois le besoin de le crier à la tête des jeunes femmes. Elle s'imaginait hurlant "Ménopause ! Ménopause ! Ménopause !" mais se contentait de l'énoncer, parce qu'elle n'était pas complètement tarée, pas encore. "Loomis a écrit : « Nous, les femmes, ne sommes pas opprimées par des hommes œuvrant au loin dans les chambres du Congrès, mais par notre propre physiologie de porteuses d'enfants. Dieu nous fait non seulement enfanter et allaiter, mais il rend nos cœurs faibles, car dévoués à nos enfants. Nous passons notre jeunesse à assurer leur bonheur et leur intégrité. Mais durant les rares moments de calme entre les repas, les lessives et les soins, nous aspirons secrètement à un monde plus vaste, plus profond. Nous devons cacher notre lassitude croissante pour les jeux, les livres, les chansons d'enfants. Puis nos enfants grandissent et s'en vont, mais seulement lorsqu'on a beaucoup de chance car il arrive, pas si rarement, qu'un enfant meure. Dans tous les cas, nos corps deviennent plus vieux et plus laids jusqu'à ce que nous soyons enfin libérées. »" Sam marqua une pause et s'avança vers un mur couvert de portraits guindés dans des cadres. "Ici, vous pouvez voir des photographies de ses enfants. Elle en a quatre, dont deux meurent prématurément. L'une de ses filles, la petite Amelia May Loomis, naît avec une maladie génétique. Du propre aveu de Loomis, c'était sa préférée, et à sa mort, Loomis sombre dans une profonde dépression, qu'on nommait à l'époque chagrin aigu ou mélancolie. À l'époque victorienne, le deuil était déjà un spectacle sans fin, plein d'affectation, mais, même pour une victorienne, Loomis pousse son chagrin à l'extrême. Elle est traitée au laudanum, un opiacé souvent prescrit aux femmes. Elle finit par y renoncer, ainsi qu'à « toute substance altérant l'âme et l'esprit ». À la place, elle traite sa dépression, qu'elle nomme « son fardeau sans fond », en s'adonnant au spiritisme, pratique assez répandue dans ce coin de l'État de New York." Sam vit les élèves dresser l'oreille à l'évocation de la mort et des opiacés. "Loomis se livre à plusieurs séances ici même, dans cette pièce, afin de pouvoir parler à sa fille." Cette fois, elle avait vraiment piqué l'attention des lycéens. "À cette grande table, en fait."

Les jeunes gens regardèrent la table. Sam sentait leurs imaginations remonter le temps. "On raconte parfois que cette maison est hantée." Certains lycéens rirent ou sourirent. Deux filles firent des grimaces comiques, ouvrant des yeux immenses, tels des émojis épouvantés, et se prirent par le bras. Sam n'était pas censée parler de ces foutaises paranormales, mais elle était sensible à l'attention que le sujet suscitait chez les visiteurs, en particulier les plus jeunes. Elle avait besoin de les intéresser. Elle voulait qu'ils aiment Clara, vraiment, ce qui supposait de ne pas être ennuyeuse. "Parfois, quand le gardien est ici, la nuit, des bruits de pas se font entendre à l'étage. Et des pleurs de petite fille parviennent d'une zone en haut de l'escalier. Venez, je vais vous montrer." Sam les conduisit gaiement jusqu'au petit palier de l'étage, où se trouvaient une table à ouvrage et un fauteuil à bascule. "Les bruits semblent provenir du fauteuil et du coin dédié aux travaux de couture. Cette petite pièce est reliée à la chambre d'enfant par ce passage." Elle ouvrit un cagibi qui servait en fait de couloir entre les deux pièces. "Mais lorsque le cagibi est ouvert, les pleurs cessent. La petite Amelia était si souvent malade qu'elle passait de nombreux après-midis d'école à la maison, lisant aux côtés de sa mère, qui cousait à cette table.

— Elle avait quoi ?" demanda le seul jeune homme à suivre le cours d'études féminines. Sam forma l'hypothèse qu'il ne s'agissait d'ailleurs peut-être pas d'un "il" mais d'un·e "iel", car son apparence semblait délibérément non binaire. C'était ce que laissaient penser ses boucles d'oreilles, son maquillage et ses bijoux, tous plutôt féminins. Vernis noir sur ongles courts, manucurés. Mais ses cheveux en bataille étaient coupés à la garçonne et ses vêtements n'étaient pas féminins : blouson Carhartt et bottines Timberland. Sa non-binarité n'était pas l'androgynie que Sam avait connue dans son adolescence. C'était autre chose, une confusion délibérée, stylisée des genres, à la fois non masculine et non féminine, ce qui la rendait plus surprenante, plus déroutante, moins cliché. Il devait y avoir un nom pour ça ; Sam en était impressionnée, mais peut-être accordait-elle trop d'attention à ces choses-là. "Est-ce que vous le savez ?" dit-iel, parce que Sam lae dévisageait sans répondre, distraite. Iel devait avoir l'habitude de faire de l'ombre à ses propres questions.

"Ah, eh bien, d'après ce que nous savons, elle avait la maladie de Huntington, une anomalie génétique héréditaire et mortelle. De premiers symptômes apparaissent durant sa petite enfance, avant de s'aggraver tout au long de sa brève existence. Elle se déplace avec des béquilles et elle est prise de convulsions. Au bout d'un moment, il lui devient impossible d'aller à l'école, elle reste donc aux côtés de sa mère, qui prend en charge son éducation, quand bien même la maladie dégrade sa mémoire et ses facultés. Cette obsession pour Amelia, aussi bien durant son calvaire qu'après sa mort, marque Loomis pour le restant de ses jours."

L'une des filles qui avaient fait une tête d'émoji épouvanté ouvrit le cagibi pour y jeter un œil. Elle en sortit une poupée. "Ça fout trop les boules", dit-elle en riant. Sam avait envie de lui taper sur la main. N'aurait-elle pas dû lui demander l'autorisation avant de toucher la poupée ? Mais au moins étaient-ils intéressés. Elle les convia dans une autre pièce. "La chambre de Clara, qui était aussi son bureau."

La moitié des élèves regardaient leur téléphone. Sam pressa la cadence.

"Comme nombre de couples mariés relativement aisés, les Loomis avaient chacun leur chambre. Vous pouvez voir qu'il y a ici de nombreux livres et un bureau au lieu d'une coiffeuse. Bien qu'il y ait une bibliothèque au rez-de-chaussée, cette chambre devient le cabinet de travail de Clara. La bibliothèque était le domaine de son mari, Henry. Quand son dernier enfant part au pensionnat, en 1895, Loomis s'inscrit à l'université de Syracuse, qui était mixte depuis sa fondation en 1870. En fait, il y avait autant de femmes que d'hommes parmi les étudiants de premier cycle de l'université, ce qui dut sembler très moderne à Loomis. Elle a quarante-cinq ans et suit les cours avec une grande passion. Pas de chorale de jeunes ou d'autres distractions pour elle. L'étudiante dans la force de l'âge est concentrée et, comme vous pouvez l'imaginer, assez impressionnante."

Pouvaient-ils l'imaginer ? Sam pensait que non, mais elle leur laissa le bénéfice du doute.

"Elle étudie les sciences, sa passion. Elle est major de sa promotion, devançant ses camarades de sexe masculin. Elle rejoint la faculté de médecine de l'université de Syracuse, qui ne comptait alors qu'une poignée d'étudiantes. En parallèle, elle prend la tête du combat pour le droit de vote des femmes dans la région et fonde la Société de tempérance de Central New York. Elle est également l'une des pionnières d'une sorte d'ancêtre du planning familial, la Ligue pour un peuplement réfléchi."

Une fille de seize ans, souriante, posée, leva la main. Elle ressemblait beaucoup à Ally. Sam lui rendit son sourire mais la vit dresser un sourcil réprobateur. Ce qui ressemblait aussi beaucoup à Ally.

"*Quid* de ses lettres à Elizabeth Cady Stanton ? Les fameuses « lettres de Loomis » ?" Ces foutues lettres. Elizabeth Cady Stanton ne valait pas mieux que Loomis, elle était peut-être même pire, mais dans la région, Stanton était une héroïne, la sainte de Seneca Falls, exemptée de toute critique.

"Les lettres, oui, dit Sam en fronçant les sourcils. Loomis était impressionnante, extraordinaire, même, à certains égards. Mais dans d'autres domaines, hélas, c'était une femme de son temps, qui partageait bien des défauts et des aveuglements de son époque." Est-ce que ça l'excusait vraiment ? Qu'elles étaient bêtes, ces lettres. De même que certains de ses pamphlets.

Sam l'admettait, certaines maisons historiques lui inspiraient de l'envie. Elle songeait à toutes les femmes de la région qu'elle aurait pu travailler à faire connaître : Amelia Jenks Bloomer, qui avait inventé – ou du moins popularisé – le port du pantalon chez les femmes, les *"bloomers"*. Là, vous aviez quelque chose de concret à montrer aux gens. Tenez, regardez, des *bloomers* à fesses bouffantes, ce qu'il y avait de plus proche du pantalon pour les femmes de l'époque. Là-bas, Sam aurait pu s'adresser à des écoliers qui auraient tout de suite saisi ce que la situation avait d'injuste et de ridicule pour les femmes, qui en auraient même été choqués. Ils auraient saisi que les vêtements, dans leur matérialité, opprimaient les femmes, les définissaient, les limitaient. Pas compliqué, et après ça, le cours de l'Histoire apparaît comme un pur progrès. La maison de Bloomer était une bâtisse italianisante à corbeaux surmontée d'une tourelle carrée pleine de fenêtres qui se dressait au milieu du toit.

Ou Adelaide Alsop Robineau, génie de la céramique Arts and Crafts de Syracuse et éditrice du magazine *Keramic Studio*. Sa maison, "Quatre Vents", abritait son atelier et se trouvait dans la rue qui portait son nom. Sam aurait pu inviter cette fille du genre d'Ally à y découvrir les vernis chatoyants mais terreux, elle aurait pu parler du mouvement Arts and Crafts, de la culture artisanale et c'eût été tactile, beau, un indéniable bienfait.

La maison d'Harriet Tubman, elle, se trouvait à Auburn, à une cinquantaine de kilomètres à l'ouest de Syracuse. Voilà un bon endroit où travailler. Sam n'aurait pas à y surmonter les regards sceptiques que lui valait cette figure plus obscure, compromise qu'était Clara Loomis. Une maison de brique nue, austère, pourvue de superbes fenêtres à guillotine à deux châssis mobiles de six carreaux chacun.

Ou Mère Ann, la visionnaire qui fonda une colonie de shakers près d'Albany. Une meneuse unique en son genre, utopiste, soucieuse des femmes. Qui voulait tant les libérer qu'elle abolit le sexe. Ah, s'imaginer dans ce bâtiment : tous les assemblages à queue d'aronde et les lignes épurées du mobilier des shakers. Loin du style cacophonique de cette maison à colonnes encombrée.

Mais au lieu de ça, elle avait Loomis, ses conneries eugénistes flippantes, sa défense bavarde (et dénuée d'ironie) du "contrôle génétique". Tout ceci était décrit dans une plaque qui, par euphémisme, la présentait comme une "initiatrice du planning familial", point de vue très sélectif sur sa Ligue pour un peuplement réfléchi, au nom déjà si suspect (mais elle avait fondé une autre association qui était pire encore, la Société pour l'horticulture des espèces, beurk). Mais soyons justes, Loomis avait vraiment aidé des femmes à accéder à la contraception sous la forme de diaphragmes primitifs (qu'on désignait sous le nom de "dés à coudre") et elle avait même pratiqué des avortements, ce qui demandait un courage remarquable. Sam n'était pas censée évoquer les avortements non plus, mais elle le faisait. Ni fantômes, ni avortements. Mais Sam jugeait que la figure de Loomis serait bien plus intéressante (et pertinente) s'ils l'assumaient dans toutes ses dimensions au lieu de ne mettre en avant qu'un aspect isolé de sa pensée. Ce n'était pas Margaret Sanger, mais elle était en avance sur son temps en ce qu'elle avait compris que libérer la sexualité de l'enfantement était central pour l'émancipation des femmes. (Du reste, Margaret Sanger n'avait-elle pas écrit un texte du genre "Pourquoi les femmes pauvres ne devraient pas avoir d'enfants" ? Ou était-ce Emma Goldman ? C'était l'une de ces femmes révolutionnaires/socialistes/partisanes du contrôle des naissances. Il y avait des relents d'eugénisme, là aussi.)

"Elle croyait en la suprématie blanche, en ces trucs de nazis sur la pureté génétique des lignées", dit la fille, dont Sam commençait à trouver le visage familier. Cette ville était si petite. Allait-elle au même lycée qu'Ally ?

Sam soupira. "Elle s'intéressait à la génétique, oui, mais sans considération de race ou d'ethnicité. Elle espérait que les maladies, comme celle qui avait emporté sa fille, seraient éradiquées. Et très tôt, elle a été sensible à l'idée qu'on pouvait être, euh, frappé par la grâce divine – elle utilise l'expression de « clarté spirituelle »."

Sam avait du mal à l'expliquer parce que ça lui paraissait cinglé à elle aussi.

"Elle pensait vraiment que le talent pour la foi religieuse pouvait être héréditaire et que les gènes étaient quelque chose qu'on pouvait élaguer pour obtenir un résultat idéal, comme en horticulture. En fait, c'est précisément la métaphore qu'elle emploie.

— Donc elle pensait qu'il fallait accoupler des gens pour sélectionner certains traits et que ceux qui ne les avaient pas ne devaient pas se reproduire.

— Oui, dit Sam. En gros." Leur conversation commençait à ennuyer les autres, qui consultaient leurs téléphones.

"C'est des trucs de nazis.

— Pour être juste, rappelons que c'était antérieur au nazisme, l'aboutissement logique de la mise en culture des êtres humains n'apparaissait donc pas aussi funeste à l'époque qu'aujourd'hui. En quelque sorte."

Cette fille ignorait probablement certains des pires aspects de la vie de Loomis. Qu'à l'adolescence, après avoir vu sa sœur aînée mourir en couches, Clara s'était enfuie pour aller vivre dans une communauté chrétienne perfectionniste, la communauté d'Oneida, où, mineure, elle était devenue l'une des adeptes de John Humphrey Noyes, cinquante-sept ans, champion de l'eugénisme spirituel et du mariage complexe. Du fait de sa supériorité spirituelle, il était clair que le père Noyes avait pour devoir non seulement d'être le "premier mari" des jeunes femmes, mais d'engendrer une grande partie des enfants planifiés, tandis que des hommes plus jeunes et moins avancés dans leur quête religieuse n'avaient, eux, pas le droit de procréer. D'après la rumeur, Noyes était le père du premier enfant de Loomis, Margaret, bien qu'Henry Loomis, qui avait également fait partie de la communauté, l'ait élevée comme sa fille. Clara et Henry quittèrent la communauté et conclurent un mariage conventionnel, et non plus complexe, mais à en juger par sa correspondance, Clara avait conservé certaines des idées douteuses de Noyes sur la "culture" intentionnelle.

Les élèves sortirent en file indienne. Le téléphone de Sam tinta. Elle le regarda, espérant qu'il s'agisse d'un SMS même si la sonnerie était différente, plus de l'ordre du ping que du ding. C'était une image que quelqu'un (nom d'utilisateur : "Queen Soutifah") tentait de lui envoyer par AirDrop alors qu'ils quittaient la pièce : une photo de Hitler encadré d'ornements et de motifs floraux. Une fenêtre Refuser/Accepter s'affichait. Sam haussa les épaules et appuya sur Accepter. En plein écran, une légende apparut sous l'image : continuez à édulcorer. Sam hocha la tête.

Même Elizabeth Cady Stanton, Stanton aux pieds d'argile, Stanton la raciste qui, dans son aigreur, avait qualifié les hommes noirs d'"inférieurs" lorsqu'ils avaient obtenu le droit de vote avant les femmes, aurait mieux valu que Clara Loomis. D'une part, elle était pour ainsi dire à l'origine de tout le mouvement suffragiste. D'autre part, sa grande maison simple et rustique de Seneca Falls valait mieux que le décor néogrec prétentieux qui servait d'écrin au réformisme suspect et timbré de Clara.

Une notification tira Sam de sa rêverie. Yelp l'alertait de la publication d'un nouvel avis sur la Maison Loomis (une étoile).

Marlee S.
C'était flippant, mais les différences du passé, c'est flippant. L'histoire est flippante. Tu crois que c'est des humains, mais en fait non. Des photos, des fantômes, des salles qui sentent le renfermé. Clara Loomis était une femme médecin, ça, c'est plutôt cool. Elle pratiquait des avortements, mais par eugénisme. Pas cool. Et elle a fait partie de la secte d'un prédateur sexuel. La maison Loomis, un sacré sketch.

Sam répondit aussitôt :

Commentaire de Sam R., de la maison Loomis
Merci pour votre visite. Oui, la dimension eugéniste est flippante. Mais les droits des femmes, l'abolition de la propriété privée, la défense des choix individuels en matière de procréation ? Ne pourrions-nous pas démêler ces combats des fourvoiements et préférer l'analyse à l'anathème ?

Sam referma son ordinateur dans un claquement théâtral. Cette petite inquisitrice ? Sam la replaçait maintenant, elle était dans la classe d'Ally au lycée. Même si ce n'était pas une amie d'Ally, nul doute qu'elle avait reconnu sa mère.

12

“Voilà pour les nouvelles d’Ally”, dit Matt. Sam l’avait écouté raconter qu’Ally était occupée à étudier, à organiser des visites d’universités et à travailler à ses devoirs sur les start-up pour les JDA. Sam était assise en face de lui à la table de leur cuisine. Enfin, de la cuisine de Matt. C’était étrange de revenir, d’être dans cette maison. Sam avait peine à croire que leurs vies continuaient sans elle.

“Le conseiller universitaire l’incite à se décider tôt pour Carnegie Mellon. Mais la fac qu’elle vise, celle qu’elle veut vraiment…

— Je ne peux pas parler d’admission à l’université, là. Vraiment pas.”

13

L'année passée, Matt avait suggéré qu'ils s'attachent les services pour le moins coûteux d'un conseiller universitaire. La stratégie de ce dernier consistait à anticiper tous les scénarios ("à tirer parti des atouts" d'Ally, comme il disait), ce que Sam considérait comme une erreur ; ça encourageait leur fille à se livrer à de basses manigances alors que, comme elle le dit alors à Matt, Ally avait une dignité et une gravité remarquables pour son âge qu'il pouvait être bienvenu de respecter. Ils mangeaient des plats à emporter dans leur salon et discutaient à voix feutrée tandis qu'Ally faisait ses devoirs dans sa chambre.

"Mais elle est d'accord avec le conseiller, rétorqua Matt, comme si elle n'avait pas été conditionnée par la culture éducative, par le conseiller lui-même ou par eux.

— Alors je déclare mon obstruction de conscience à ce processus.

— Tu veux dire « objection »…" Mais il s'arrêta net.

Sam sourit.

Ils en restèrent là, se contentant d'achever leur dîner. Sam se fichait que sa fille aille dans telle ou telle université ; ça n'avait aucune importance. Enfants et parents étaient saisis d'une véritable psychose, d'un désespoir terrible, d'une anxiété profonde qui dépassaient les bornes de la raison. Toute la vie de votre enfant ne semblait plus se réduire qu'à ce seul objectif. Lors du rendez-vous avec le conseiller, Sam avait eu envie de hurler : Les universités ? Les cursus de prestige ? Mais vous mesurez à quel point nos enfants sont dans la merde, vous êtes conscient de ce qu'ils vont connaître au cours de leur vie ? Et puis Sam comprit de quoi il retournait, quel était l'objectif tacite. Il s'agissait de leur assurer une place dans les canots de sauvetage. Tout le monde savait, plus ou moins clairement, quels désastres se profilaient. Et tout le monde savait aussi que ces places sur les canots de sauvetage étaient à vendre, étaient réservées, au fond, à ceux qui passeraient la sélection. À l'approche du chaos, alors que la catastrophe annoncée se déployait, être pauvre ou même simplement de classe moyenne voulait dire être balayé dans une épouvantable conflagration d'inondations, d'ouragans, de fissures dues à la fracturation hydraulique, de séismes, de températures extrêmes, de pandémies, de sécheresses, d'incendies, de glissements de terrain. Ceux qui auront de l'argent disposeront d'une pièce de survie climatique, genre d'abri anti-bombes, ou d'une trappe de secours menant vers l'une des rares contrées encore habitables. Voilà ce qui était en jeu dans ces *Hunger Games* que constituaient les procédures de sélection à l'entrée de l'université. Mais – au grand soulagement de Matt lorsqu'elle lui confia plus tard le fond de sa pensée – Sam n'avait rien dit de tout cela au très coûteux conseiller universitaire, pas plus qu'à Ally. Maintenant, elle le regrettait. Elle s'était tue parce qu'elle savait qu'Ally était sur une trajectoire qu'elle ne pouvait plus interrompre. Mais elle ne voulait y prendre aucune part.

C'était peut-être pour ça qu'elle était partie – pour ne pas avoir à participer à cette tâche déplaisante et sournoise qui consistait à encourager leur fille à arracher sa place avec les dents.

14

“Tu sais que je n’ai pas envie d’entendre parler de stratégies pour l’université”, dit-elle.

Une lueur d’agacement passa sur le visage de Matt. Hum hum. “Que tu en entendes parler ou non, ça reste important pour Ally. Elle doit décider où postuler, et il t’arrange peut-être d’y voir un obscur complot des privilégiés, mais il ne s’agit pas de ça. Notre fille doit déterminer quel est le meilleur endroit où passer les quatre prochaines années, ce qui pourrait t’intéresser.

— A-t-elle parlé de moi ou de la séparation ? demanda Sam.

— Non”, dit Matt. Il parut se reprendre, s’adoucir. “Désolé. Elle ne m’a rien demandé. Avez-vous eu le moindre contact ?”

Sam secoua la tête. “Pas vraiment. Je lui envoie des textos et je suppose qu’elle les lit. Mais elle ne répond pas. Je pense – ou j’imagine – que j’arrive peu à peu à plaider ma cause.

— Sam, depuis quand le problème c’est que tu ne lui parles pas assez ?”, dit-il, ce qui la blessa. Il trouvait qu’elle discutait à vous assommer et supposait que tout le monde partageait ce sentiment. En un instant, elle sentit sa colère envers Matt la hérisser de la tête aux pieds. Elle bascula même contre le dossier de sa chaise, s'éloignant de lui. Elle imagina Ally et Matt parlant de ses logorrhées, appréciant d'avoir un peu de calme à la maison. En l'absence de Sam, ils passaient probablement des heures en silence. Ils dînaient en silence, prenaient leur petit-déjeuner en silence.

"Que veux-tu que je fasse d'autre ? dit Sam. Elle refuse de me parler.

— Je sais, je sais. Ça finira par changer."

Sam hocha la tête.

"Laisse-lui juste…

— Je sais, je sais, dit Sam.

— Comment est la maison ? T'as installé les détecteurs de monoxyde de carbone ?

— Oui", dit-elle. Mais ce n'était pas le cas, pas encore.

"Il fait froid ?"

Avril et mai avaient été affreux. Des restes de neige sale traînaient en tas hideux. Boue, pluie glaciale, vent féroce. Le printemps le plus froid, le plus humide dont Sam ait le souvenir, avec des températures frôlant encore zéro degré la nuit.

Elle haussa les épaules. "J'ai quatre stères de bois. Je fais un feu le soir. Il y a des courants d'air, du froid qui souffle directement de l'extérieur par endroits, mais tant que je peux me blottir devant une bonne flambée, ça va. Et on est au mois de juin, ça va se réchauffer.

— Cette maison est très mal isolée, dit Matt. Quand il n'y fera pas froid, il y fera chaud." Il claqua des doigts. C'était vrai. Déjà, quand le soleil de midi tapait, il lui était arrivé d'avoir chaud.

"Ouaip", dit-elle. Durant les chaleurs estivales, Matt aimait l'air climatisé à une température constante de vingt degrés. Comme dans une capsule hermétique. Elle ferait ce que les gens faisaient avant : garder les fenêtres fermées durant la journée et les ouvrir la nuit. Boire de l'eau fraîche et ne pas faire d'effort physique.

"Est-ce que l'exterminateur est passé ?

— Oui, c'était assez cher. Il y a beaucoup de points d'entrée."

Matt parut horrifié. Il était vrai que Sam entendait trottiner des créatures la nuit. Mais ça non plus, ça ne la dérangeait pas.

Matt plongea alors la main dans la poche intérieure de sa veste et en sortit un stylo Cross doré. Avant, elle adorait le voir en costume et, au lieu de regretter qu'il ait si totalement embrassé un mode de vie "rangé", elle trouvait ça séduisant, comme s'il était adulte, les deux pieds bien sur terre, et qu'elle était son lien avec le monde de leur jeunesse, le monde qu'il avait laissé derrière lui. Avant, elle adorait dénouer sa cravate et le ramener jusqu'à elle. Quand avait-elle cessé de le faire ? Au lieu de le ramener à elle, elle en était venue à le suivre.

Matt sortit son portefeuille, y trouva un chèque plié. Il l'étala sur la table et le remplit. Puis il le tendit à Sam. Une fois de plus, il tentait de l'amadouer par son aide financière, et une fois de plus, ça marchait.

"Merci, dit-elle. C'est plus qu'il ne m'en faut.

— Écoute, c'est notre argent. Tu n'as pas à me remercier."

Elle acquiesça, bien consciente qu'il cherchait à gagner du temps parce qu'il pariait sur leur réconciliation. Mais elle n'avait pas envie de se rebiffer aujourd'hui. Elle était faible. Pauvreté factice, indépendance bidon. Elle se disait qu'elle avait seulement besoin de temps pour s'adapter, pour obtenir des jours de travail supplémentaires ou trouver un deuxième job.

"Je veux dire, le temps qu'on tire les choses au clair, je veux m'assurer que tu aies tout pour équiper la maison." Il sourit. "Tout ce qu'il te faut, Sam, pour ton confort et ta sécurité."

Mais je n'ai pas envie de confort, ça ne se voit pas ? pensa-t-elle sans le dire.

"Et même si tu te fiches désormais de ton confort et de ta sécurité, fais-le pour moi. Pour Ally." Il posa ses mains sur celles de Sam. Il savait bien la déchiffrer, jadis, déduire ses pensées de son expression. Apparemment, il en était toujours capable lorsqu'il s'en donnait la peine. Foutu Matt, il fallait qu'il devienne prévenant et facile à vivre au moment où elle avait besoin de rester en colère contre lui. Il rangea son stylo dans la poche de sa veste et leva les yeux, regardant Sam, puis les baissa, épuisé. Sa tristesse le vieillissait et, à tant courir, il avait le visage émacié. On aurait dit un homme mûr dans un film sur la crise de la cinquantaine. Un cliché. Mais dans ce genre de film, ce serait lui qui la quitterait, non ? Donc pas si cliché que ça. Matt, Matt, Matt, songea-t-elle.

Lorsqu'ils s'étaient installés ensemble, il y avait très peu d'argent. Il était encore étudiant en droit et elle travaillait comme serveuse. Ils rangeaient soigneusement ses pourboires dans des enveloppes dédiées à divers postes de dépense, tels que "loyer" ou "courses". L'une d'entre elles portait la mention "plaisirs", et toutes les deux, trois semaines, ils utilisaient cet argent pour sortir, se faire un resto pas cher et un ciné. En rentrant, débat enflammé sur le film (ils étaient rarement d'accord), puis vin (un joint à l'occasion) et sexe (ils avaient atteint leur régime de croisière). Suivis de nouvelles discussions, souvent sur leur avenir. Elle ne le lassait jamais. Il riait même (voire surtout) lorsqu'elle faisait des blagues idiotes (parfois à base de calembours). Qu'il était facile, à cette époque, de faire beaucoup avec très peu. Qu'ils en étaient loin aujourd'hui. Notamment parce qu'une bonne partie de leur avenir relevait désormais du passé. Mais pas seulement pour ça.

"On a vraiment foiré ce truc-là", dit-elle, agitant la main entre eux deux. Il pinça les lèvres, acquiesça. Elle détourna le regard. Voilà maintenant qu'il était tendre, vulnérable, attentionné.

Trop tard.

15

Syracuse a inspiré la Cité d'Émeraude, la capitale du pays d'Oz (même si les gens n'y croient pas). L. Frank Baum a grandi avec cette grande ville verdoyante qu'est Syracuse à l'horizon, si verte qu'elle paraît d'émeraude. On la surnommait jadis "la ville du sel", quand la récolte du sel était sa raison d'être. Mais la chambre de commerce l'a rebaptisée la Cité d'Émeraude, officiellement, pour contrecarrer l'image d'une ville qui ne serait que neige à longueur de temps. Et à cette période de l'année, fin juin, elle était vraiment émeraude. Sam courut de sa maison jusqu'au lac puis rentra par un autre chemin. Elle prêta attention aux parcs, d'une grande maturité, et aux triangles de verdure un peu partout, luxuriants artefacts hérités d'une époque plus prospère. La fonte des neiges et les pluies incessantes du printemps alimentaient les arbres, les pelouses et les buissons durant l'été. Sam adorait le pic de densité du mois de juin, mais elle préférait la ville au cours des semaines qui précédaient, avant qu'elle n'arrive au faîte de son verdoiement estival. Fin mai, les arbres à fleurs s'étaient diaprés d'une explosion de roses et de blancs allant du corail vif à la plus pâle des rougeurs. Sam humait ces arbres, les remarquait à chaque coin de rue, qu'ils se dressent devant des masures laides et défraîchies ou de coquettes demeures au jardin soigneusement agencé. Ils semblaient prospérer malgré le manque d'attention, comme si l'hiver lui-même les rendait plus forts, plus vifs, plus roses. Tous les ans, le printemps était lent à venir et, tous les ans, les fleurs passaient bien trop vite, avaient disparu début juin. Une forte averse ou une bourrasque les jetait au sol et, pendant quelque temps, un tapis rose rendait les rues ravissantes. Sam savait alors que Syracuse n'était pas la Cité d'Émeraude, mais la ville rose. Les fleurs l'émouvaient et lui inspiraient une tristesse d'une profondeur inexplicable. La rapidité de leur cycle l'effrayait et lui donnait envie de hurler stop, stop, stop. Du calme, ça va trop vite. Cette apparition-disparition lui pesait, rendait le phénomène presque trop douloureux pour qu'elle s'en réjouisse.

Sam courut puis ralentit le pas. Lorsqu'elle approcha de sa maison, elle s'aperçut que la porte d'entrée était légèrement entrouverte. Elle se figura aussitôt la jeune femme désespérée de l'autre jour. Elle s'élança vers la porte et la poussa. Elle resta sur le seuil et contempla son intérieur. Les chaises renversées autour de la table, les tiroirs des placards laissés grands ouverts, en suspens, comme des bouches béantes. Son lit au matelas coûteux à moitié tombé du sommier. Tout semblait avoir été touché, manipulé, dérangé. Pourquoi viendrait-on retourner sa maison ? Mais bien sûr, il s'agissait d'un simple cambriolage, non de quelque sordide et mystérieux outrage. Du reste, quels objets de valeur pouvait-on bien lui prendre ? Son vieux MacBook, bingo, il avait disparu. Et le chargeur de son téléphone. Une bouteille de single malt ridiculement chère, à moitié vide, qu'elle avait prise à Matt par mesquinerie, de la nourriture (des boîtes de thon pêché sans nuire aux dauphins, du beurre de cacahuète bio, du chocolat noir 70 %). Elle n'avait pas de télé. Son armoire à pharmacie : bien sûr, c'était le premier endroit qu'on avait fouillé et, ma foi, ç'avait dû être une sacrée déception. Elle jeta un œil dans la salle de bains. Sa crème pour le visage et celle à la progestérone naturelle avaient été jetées par terre. Elle n'avait pas de médicaments, et certainement pas d'opioïdes, pas même un somnifère ou un Xanax, seulement de l'huile de CBD pour dormir, qu'on avait prise (marchait pas de toute façon), et un flacon d'aspirine, qu'on avait laissé.

Sam fut fière d'avoir si peu d'effets personnels, s'en félicita, puis elle se rappela sa petite boîte à bijoux laquée, une chinoiserie ancienne, et constata qu'elle avait disparu. Elle prit une grande inspiration. Elle ne contenait pas beaucoup de pièces de valeur. Sam avait déjà donné à Ally les puces d'oreilles en diamants de sa mère pour son seizième anniversaire. Les seules choses vendables étaient une grosse bague en or sertie d'une améthyste, un bracelet rivière gravé et une très jolie montre que Sam avait oublié de mettre aujourd'hui. Elle s'en fichait, vraiment. Mais elle tenait aux petites babioles qu'Ally lui avait offertes au fil des ans, à son anniversaire et pour la fête des Mères. Des bagues en argent et des boucles d'oreilles bon marché. Qui n'avaient de valeur que pour Sam. Elle se mit à pleurer en y pensant. Ce n'étaient que des trucs, des choses bêtement sentimentales. La petite Ally les avait choisis pour elle et ils la reliaient au passé. Voilà tout. Avec ce coffret, elle perdait aussi son alliance en platine, gravée de la date de son mariage. Elle avait prévu de la léguer à Ally, mais qui veut d'une alliance provenant d'un mariage raté, de toute façon ? Vestige d'une promesse rompue ? Ally en aurait été furieuse. Désormais, elle n'avait plus à se soucier de ce qu'elle allait en faire. Elle était au mont-de-piété.

Sam remit sa maison en ordre. Pas de véritable dégât. Mais elle était de plus en plus bouleversée à mesure qu'elle remarquait et réordonnait tout ce qui avait été touché. Quelqu'un (pas la jeune femme désespérée de l'autre jour ; cette pensée ressurgit et elle l'écarta de nouveau, idée improbable, idiote, comme si tout ce qui lui arrivait s'enchaînait logiquement au lieu d'être tout bonnement arbitraire), une personne quelconque s'était introduite et avait fouillé dans toutes ses affaires. Avide et pleine de besoins. Et elle avait fait vite pour ne pas se faire prendre. Sam y percevait néanmoins une forme d'hostilité. Cette personne était-elle vraiment obligée de vider entièrement les tiroirs sur le sol ? De renverser les chaises, de toucher à toutes ses affaires ? Non, elle n'avait pas besoin d'y mettre tant de rage. Et Sam sentit monter en elle une colère, un ressentiment puis une peur. Elle se dit qu'elle devrait appeler la police, faire poser des verrous.

Elle ne mit pas longtemps à ranger. Elle se fit une tasse de café, s'installa à la fenêtre et fuma l'une de ses deux cigarettes aux plantes de la journée. Au lieu de fumer des cigarettes normales ou de vapoter, elle avait opté pour ces cigarettes à combustion rapide, vides, sans nicotine, qui donnaient quand même le cancer du poumon mais ne rendaient pas dépendant. “Fabriquées avec amour et clarté d'esprit à Portland, Oregon.” Elles sentaient bon et lui permettaient de ponctuer ses journées solitaires. Elles l'apaisaient.

La sensation qu'on avait violé son intimité mit un long moment à se dissiper. Quelqu'un les avait-il repérées, elle et sa maison ? C'était forcément l'un de ces êtres éteints qui vivaient à la rue, ceux qui lui faisaient peur la nuit. On avait remarqué son emménagement. On avait remarqué que la maison n'était plus vide. On avait remarqué sa vulnérabilité.

Elle jeta un regard autour d'elle. Elle adorait cette maison, elle en était fière, elle était pleine de vanité bourgeoise. Même si ses effets étaient modestes, elle aimait la sensation que chaque chose était à sa place. Mais aimer cet endroit précis, s'y sentir chez elle, signifiait aussi vivre dans ce quartier et dans cette ville. Elle se refusa à appeler la police. Rappelle-toi Dorothy Day. Sam ne devait-elle pas en arriver à partager ce qu'elle avait ? À laisser les portes ouvertes, à ne posséder que ce dont elle avait strictement besoin ? Tout ce qui était en trop devait être donné, elle devait vivre avec le moins possible. Sam n'en était pas encore là. Elle continuerait de verrouiller sa porte. Mais si quelqu'un voulait vraiment entrer, ce ne serait pas très difficile. Et pas de police.

“Allô ?” fit sa mère. Sa voix rendait Sam émotive lorsqu'elle était dans cet état.

“Bonjour, dit Sam, la gorge un peu serrée.

— Qu'est-ce qui ne va pas ?”

En aucun cas Sam ne pouvait parler du cambriolage à sa mère.

“Ally ne me parle toujours pas. Ne me répond toujours pas”, dit Sam, déversant toutes ses émotions dans ce bac d'auto-apitoiement. Sa voix peinait à affleurer tant Ally lui manquait ; elle commença à sangloter, puis se reprit.

"Oh, chérie, je sais. Je lui ai parlé il y a quelques jours.

— Qu'est-ce qu'elle a dit ?

— Ton départ la rend triste, mais elle essaie de se montrer forte, et ça se manifeste par de la colère.

— Ouais, dit Sam.

— Mais elle t'aime, c'est pour ça qu'elle est si fâchée, bien sûr.

— Peut-être. Elle veut rester concentrée sur sa moyenne et son dossier pour l'université. Sur ses classements JDA.

— C'est beaucoup de pression, l'année de première.

— Je sais, je sais, dit Sam. Je suis affreuse comme mère, comme épouse. Et comme fille. Mais au-delà de ça, je suis terrible comme personne, en fait.

— Pas du tout." Sa mère passa en revue les preuves du contraire. Sam pouvait compter sur elle pour ça. Il était idiot de sa part d'appeler son unique partisane pour lui demander de plaider sa cause. Mais ça la rasséréna. Ça se voyait, non, qu'elle avait encore besoin d'elle ? Lily ne voyait-elle pas combien elle était nécessaire, qu'elle était la seule personne dont Sam accepte l'aide ?

"Ally me manque tellement, dit Sam. Et toi aussi.

— Toi aussi, tu me manques. Et si tu venais me voir ? dit Lily.

— Oui, dit Sam. Je viendrai ce week-end.

— Je ne peux pas, ce week-end, dit Lily.

— Pourquoi ?

— Le suivant, peut-être. Reparlons-en demain."

Après avoir raccroché, Sam alluma sa seconde cigarette et envoya un message à Ally :

Mamie dit que tu lui as parlé.
Je crois que je vais aller la voir le week-end prochain, si tu veux venir.

Chapeau. Utiliser sa mère pour attendrir sa fille.

Il faisait trop chaud pour faire un feu et le whisky s'était envolé. Sam allait se coucher. Elle était en train de ranger les allumettes dans la vitrine attenante à la cheminée lorsqu'elle le vit. Elle en fut suffoquée. Un carreau manquait sur sa cheminée. Ils avaient pris l'un de ses carreaux moraves vieux de cent ans. Le vert dans le coin en bas à droite, raison pour laquelle elle ne l'avait pas remarqué plus tôt. Il était petit, s'était décollé. Il fallait le resceller.

"Non, non, non, non", lança-t-elle en s'agenouillant, passant son doigt sur la pierre effritée. Pourquoi prendre un carreau ? Pour lui faire du mal, clairement, en faisant du mal à cette vieille maison. Pour s'en arroger un morceau, en guise de trophée. Qui sera peut-être balancé dans la rue quelque part.

Sam était une étrangère, une intruse, une fausse habitante du quartier. Son confort, au milieu de tant d'inconfort, était une forme d'affront. Cela n'avait rien de personnel tout en l'étant furieusement. Cela n'avait rien d'agressif tout en l'étant franchement.

Il valait mieux qu'elle aille se coucher. Le soir, les lumières au-dedans la rendaient visible de tous au-dehors. Elle les éteignit toutes, sauf celle du porche d'entrée. Elle se sentit invisible, en sécurité et s'allongea sur son lit. Elle était accablée de fatigue et sombra aussitôt dans un sommeil merveilleux, bienveillant.

II

ALLY

1

“Racontez-moi tout, dit-il. Tel que vous vous le rappelez.”

Alors elle le fit :

“Je crois que les tensions ont commencé quand j’avais dans les quatorze ans, vers la troisième. Je me souviens de tous ces matins où il y avait une version différente du clash. Genre, je descends l’escalier, pressée parce que j’essaie d’être à l’heure pour le bus, mais à peine réveillée aussi. Je tasse dans mon sac à dos tous les livres que je peux et dont j’ai besoin, donc ça me tire sur l’épaule. Tout ce que je veux, c’est un verre de jus de fruits. Elle va essayer de me faire manger des toasts, je vais en prendre une minuscule bouchée et laisser le reste. Tous les matins, elle entend mes pas dans l’escalier, et, tous les matins, son sourire disparaît quand elle me voit. Son sourire revient, mais je sais que je vais y avoir droit.

« Bonjour ! »

Je hoche le menton, la tête baissée, les cheveux devant le visage.

« Jus de fruits ?

— Je vais le chercher. » Fous-moi la paix. Juste une fois.

« Tu vas te brosser les cheveux dans le bus ? »

Bingo. Je hoche la tête. Avale mon jus de fruits d'un trait, évite son regard.

« Chérie », fait-elle, une pointe de déception dans la voix. Comme si elle regrettait de devoir faire une remarque, et parce que c'est tellement rituel que c'en est assommant.

« Quoi ? » dis-je, d'un ton plus méprisant que je n'aurais voulu. Tout doit être exprimé sur un ton juste en deçà de la colère, sinon elle risque d'exploser. Et j'ai vraiment pas l'énergie, là. Elle regarde ma poitrine – *ouais, elle mate mes seins*. Je baisse les yeux, et mon pull, un col V, a un peu glissé, on voit le haut de mon soutif et de mon décolleté. Je le remonte.

« Tu te souviens de ces tops que je t'ai achetés ? Avec ça, t'as pas à t'inquiéter que ton pull descende et découvre ton soutien-gorge. »

Je hoche la tête, sans la regarder. « C'est bon, il va rester couvert. Tu vois ? »

Elle pince les lèvres. C'est pas fini. J'avance vers la porte pour sortir.

« Tu as tout ? Ventoline, lunettes, téléphone ?

— Ouais », dis-je.

Elle dégaine ma Ventoline, qui traînait sur la table basse de la salle télé. Question piège. Je la lui prends. J'ai droit à son sourire maternel version « qu'est-ce que tu ferais sans moi ». Je m'apprête à repartir.

« Bonne journée, ma chérie. »

Je hoche la tête. Elle me serre dans ses bras, avec mon sac à dos et tout. J'en fais autant, la mine renfrognée. Je ne peux pas ne pas le faire ; elle en a besoin.

« À plus, maman.

— Amuse-toi bien ! » Et là, elle ne peut pas s'en empêcher : « Brosse-toi les cheveux ! »

Il y a d'autres versions du clash. Comme quand on achetait des vêtements. C'était toujours une joie.

— Exemple ?

— On est à Marshalls ou autre. Elle tire du portant une espèce de top à smocks hideux, qui fait plus sac que sage, et me fait : « Et ça ? » Je secoue la tête avec véhémence, elle soupire et secoue la sienne comme si, vraiment, rien ne me plaisait. Puis je trouve un top bandeau rouge, taille XS, et je sais que c'est du délire mais quand elle me provoque, je peux pas m'en empêcher. Elle fait genre, euh, non. Mais j'ai réglé mes paramètres à l'extrême – je sais qu'elle cédera sur quelque chose de beaucoup plus proche de ce que je veux.

— Mais vous vous habillez de façon plutôt classique, maintenant.

— Oui, je dois porter une tenue formelle pour les congrès des JDA. Et je me sens bien là-dedans, alors je me suis mise à m'habiller comme ça tout le temps. Elle ne sait pas quoi en penser, elle ne fait aucun commentaire, comment le pourrait-elle, mais je crois que ça la perturbe. Autant les fringues un peu trash la rebutaient, autant le style businesswoman est contraire à son goût.

— Vos désaccords portent-ils, ou portaient-ils toujours sur les vêtements ? demanda-t-il.

— Non. Y a d'autres trucs."

2

Le téléphone d'Ally tinta. Vers neuf heures, tous les soirs, sa mère lui envoyait un message. Ally le lisait toujours, elle laissait même ses accusés de réception activés pour que sa mère sache que ses messages étaient bien reçus, mais elle ne répondait pas. Mais cinq nouveaux messages ? Jusqu'ici, sa mère n'en avait jamais envoyé plus d'un. C'était un prodige de modération maternelle que de n'envoyer qu'un message chaque soir, et pourtant il en allait ainsi depuis presque trois mois. Sa mère n'avait jamais manqué un soir (prévisible) et n'avait jamais envoyé plus d'un message (inattendu). Peut-être avait-elle fini par craquer et par succomber à son besoin d'en faire trop dès lors qu'il s'agissait d'Ally, d'aimer Ally, de suffoquer Ally. "Suffocante", c'était le mot, et quand elle y pensait, elle imaginait une gigantesque maman phoque. Ally se demanda un instant s'il pouvait y avoir une racine commune entre le verbe "suffoquer" avec deux *f* et le substantif phoque avec *ph* – latinisation d'une racine grecque, peut-être ? Ally avait fait cinq ans de latin, et l'une de ses manies d'intello était de déplier les mots, de se renseigner sur leur histoire. Et l'une des raisons pour cela, c'était qu'elle aimait placer des mots nouveaux (enfin, nouveaux pour elle) dans ses copies. Et puis son vocabulaire l'aidait à être la major de son niveau chez les JDA. Elle utilisait parfois un dictionnaire de synonymes, mais c'était la source d'embarrassantes impropriétés, parce que le dictionnaire prétendait que certains mots avaient le même sens alors que pas vraiment. Chaque mot avait un sens différent quand on creusait un peu, ce qu'elle s'était mise à faire. Elle avait même une appli sur son téléphone qui lui donnait les dérivés et l'étymologie des mots à partir d'une vingtaine de dictionnaires (elle savait que "-logie"/ *logos* signifiait connaissance ou étude, mais elle était perplexe qu'*etumos* veuille dire "vrai"). Et une autre appli lui donnait le sens des morphèmes et de leurs dérivés. Mais elle n'ouvrit pas l'appli pour chercher "phoque". Au lieu de ça, elle appuya sur l'icône verte à bulle blanche et la liste de ses conversations apparut. Elle découvrit qu'elle avait cinq messages parce qu'il y en avait qui ne venaient pas de sa mère. Une bombe étincelante éclata – s'épanouit, vraiment – dans son ventre lorsqu'elle vit le point bleu lumineux à côté de la lettre N puis du nom "Nina". Dans la semaine, lorsqu'il lui avait dit que, peut-être, il lui enverrait des messages, elle avait remplacé le nom de Joe par "Nina" dans ses contacts, au cas où quelqu'un jouerait les curieux. Pour cette même raison, elle avait aussi désactivé les notifications des messages sur son écran de veille, ne conservant que le son d'alerte. Son père ne commettrait pas d'indiscrétion, elle en était à peu près sûre. Il manquait de curiosité pour autrui ; l'idée que les autres puissent avoir une vie par-delà la surface ne lui serait jamais venue à l'esprit. Raison pour laquelle il n'avait pas vu venir le départ de la mère d'Ally. Mais alors, pas du tout. Sa mère, elle, n'hésiterait pas à l'espionner. Ce n'était pas la curiosité qui lui manquait. Elle se sentirait coupable, bien sûr, mais l'histoire prouvait à Ally que sa mère pouvait franchir la ligne jaune dès lors qu'il y allait de sa fille. Toutefois, sa mère ne les approchait plus, elle et son téléphone. C'était une sorte de miracle, l'un des nombreux trucs incroyables qui s'étaient produits cette année : qu'Ally ait réussi à tenir sa mère si longtemps à distance et qu'elle n'en soit pas moins en vie, qu'elle marche, existe et soit toujours pleinement elle-même sans sa mère. Pardon, correction. Plus pleinement elle-même. Et chose tout aussi incroyable, désormais il y avait Joe, son Joe, quelqu'un que personne n'aurait même l'idée de soupçonner. Parce que Ally était la dernière personne à qui on prêterait ce genre d'histoire. Clairement, son père ne se doutait de rien. Ni ses profs. Ni les filles du lycée. Elle parvenait à le leur cacher à tous – autre surprise. Elle était prudente et, manifestement, plutôt douée pour garder des secrets. Elle savait aussi que, peut-être, elle n'anticipait pas assez les conséquences, se refusait à envisager ce qui se passerait quand la chose finirait par se savoir. Elle ne pensait qu'à une chose : elle voulait que ça continue. Il était donc essentiel que ça demeure secret. Elle changeait même le code de déverrouillage de son téléphone toutes les semaines ou presque.

Lorsque Ally était en troisième, sa mère avait surveillé son téléphone grâce à une appli nommée Suivi familial. Super idée/nom. Sa mère recevait des notifications l'informant des numéros qu'Ally avait appelés ou auxquels elle avait envoyé des messages, et à quelle heure, même si l'appli n'en dévoilait pas le contenu. Bonjour la confiance. Qui plus est, Ally avait été la dernière élève de son âge à avoir un smartphone. Pourquoi ? Parce que sa mère l'avait élevée comme une p****n d'amish, voilà pourquoi, insistant pour qu'elle n'ait qu'un téléphone à clapet rudimentaire pour les urgences, téléphone qu'elle avait perdu plusieurs fois, de façon peut-être en partie volontaire (quoique totalement inconsciente). Ally devait bien admettre qu'elle était moins fascinée par les potentialités de son smartphone que certains des élèves de sa classe. À son quatorzième anniversaire, quand son appareil lui fut remis, ce fut une déception, ou peut-être avait-elle déjà pris l'habitude de faire sa vie sans que son téléphone en soit une composante déterminante. Son quotidien en fut peu affecté, à ceci près que ses parents l'appelaient ou lui écrivaient sans arrêt et qu'elle pouvait écouter Spotify lorsqu'elle sortait courir. Elle pouvait travailler, préparer ses disserts pour les JDA sur Google Docs lorsqu'elle était dans le bus ou faisait la queue quelque part. Et puis elle pouvait chercher des idées ou des mots dès qu'ils lui passaient par la tête, et ça, ça lui plaisait bien. Quant à rester en contact avec ses amies, il n'y en avait que deux en qui elle avait vraiment confiance. Et elle était tellement habituée à ne pas être sur Snapchat qu'elle ne s'était jamais inscrite. Elle avait entendu dire que faire durer leur *streaks* en stressait vraiment certains. Deux garçons en avaient un qui durait depuis 380 jours. Et interrompre un *streak*, c'était – bref, c'était débile, tout ça. Ne pas en être était un gage de maturité. Et les applis sur le mode "Pose-moi une question" – où des ados se livrent en pâture à des commentateurs anonymes. Une invitation à la cruauté : "Nomme ma plus grande qualité / mon pire défaut ?” Ils semblaient vraiment le chercher. Au départ, Ally pensait que, hélas, ils surestimaient la bienveillance des hordes anonymes. Puis elle avait compris : de l’attention malveillante, c’était toujours de l’attention. Donc, même si elle refusait de l’admettre, sa privation initiale avait peut-être eu du bon. Elle était contente de ne pas avoir attaché trop d’importance à son téléphone. Jusqu’à ce qu’elle rencontre Joe. Jusqu’à ce qu’elle ait Joe.

Joe.

Quand tout le reste la gavait, elle pensait à lui et se sentait mieux. Son seul nom, dans sa tête, suffisait. Même s’il lui arrivait aussi de l’articuler, de le murmurer, presque, rien que pour le sentir dans son corps. Comme un mantra. Les mantras, pensait-elle, étaient comme les cantiques, une façon de transformer les mots en vibrations abstraites mais signifiantes. On partait d’abord du sens du mot, qu’on perdait de vue alors qu’il nous traversait le corps (la bouche, les oreilles), puis on en revenait au sens, mais en l’éprouvant cette fois de toutes ses fibres.

Joe.

• N Nina. Le point devant le nom, lourd de messages non lus. Elle s’obligea à savourer ce sentiment.

• N Nina
ma douce ! tu me manques…

C’était nouveau que Joe lui écrive. D’habitude, ils s’appelaient. Elle sortait courir et s’arrêtait au parc pour qu’ils puissent se parler sans être entendus. Tous les jours. Il ne voulait pas qu’ils s’écrivent. Il fallait rester prudent. Elle lui avait dit qu’il était

“Nina”, l’avait convaincu que ce serait sans risque. De toute façon, les barrières tombaient ; il leur était devenu impossible, à l’un comme à l’autre, de résister à la tentation de les franchir.

Ally appuya sur le point. Ah, la microseconde durant laquelle la fenêtre glissait vers la gauche avant de s’ouvrir.

La bulle de texte emplit l’écran. Ainsi que trois autres bulles en dessous. Il était si excitant de recevoir tous ces messages de lui qu’elle les lut en diagonale puis se força à aller lentement, à les lire un par un.

ma douce ! tu me manques, tu fais quoi ?

Elle en frémit presque. Elle eut peur de recevoir un jour un message de Joe et de ne plus éprouver cette floraison dans son corps. Comment ça marchait, un tel sentiment pouvait-il disparaître comme ça, un beau jour ? Quelle triste considération – mais elle n’imaginait pas qu’il puisse s’estomper. Elle renonça à essayer de lire lentement.

tu peux m’envoyer une photo de ton beau visage ?

ou de n’importe quel bout de toi ? d’un parfait petit doigt, peut-être ?

(fleuri tout ça, dsl. c ta faute.)

Elle savait que ce qu’elle faisait était dangereux, mais c’était aussi la chose la plus excitante qui lui soit jamais arrivée. Elle ne se savait pas capable d’être cette personne, cette adulte. Elle ne se savait pas capable d'une telle inconduite, d'une telle témérité, d'une telle insubordination. C'était fantastique, vraiment, et elle n'avait ni peur ni le sentiment d'avoir perdu le contrôle, comme sa mère aurait probablement voulu le lui faire croire. Elle se sentait pleinement maîtresse d'elle-même – ses notes étaient parfaites, mais, au-delà de ça, elle se sentait une autre. Elle se regardait dans le miroir et voyait la joie irradier. Elle se sentait en prise avec l'adulte qu'elle serait. Ce reflet lui donnait confiance dans ce qu'elle savait. Par exemple, qu'à peu près tout ce que tes parents te disent passé l'âge de treize ans se révèle faux – relève, sinon de la manipulation, du moins de la distorsion au nom d'on ne sait quelle fin supérieure qu'ils refusent de reconnaître. Elle aurait aimé que les adultes "avisés" qui comptaient dans sa vie lui parlent franchement, lui laissent un peu d'espace pour décider ce qui était bien et ce qui était dangereux. En plus, ce n'était pas comme si Joe ne prenait pas de risque. Elle avait presque dix-sept ans et lui vingt-neuf, donc, techniquement, c'était un détournement de mineur, ça confinait au viol, au rapt. Ce mot la faisait tiquer, non seulement parce qu'il ne décrivait en rien son expérience, mais aussi parce qu'il dérivait de *rapere*, qui signifiait "s'emparer d'un bien". À l'époque où les femmes étaient considérées comme des choses que l'on pouvait s'approprier. La vérité, une fois encore, était tout autre. Elle n'était la propriété de personne et Joe ne lui prenait rien, au contraire, il lui donnait tout.

La sexualité ne ressemblait en rien, elle non plus, à ce que tout le monde disait. Ce n'était pas de l'ordre du consentement éclairé, comme en cours d'éducation sexuelle, du script à base de "puis-je" et de “oui”. C’était un pacte suicidaire, et l’égal partage du risque et de la transgression contribuait à rendre l’affaire excitante. Ils avaient tous les deux besoin du danger pour que la relation soit équilibrée. De son côté, Ally pouvait être découverte par ses parents. Elle pouvait tomber enceinte. Et si elle lui envoyait des photos, il les aurait sous la main, pourrait un jour les diffuser pour lui nuire. Parce que les messages allaient s’accompagner de photos, n’est-ce pas ? Ils savaient tous les deux sans le dire que l’un n’allait pas sans l’autre. Y songer, envisager cette transgression, contribuait à la sensation de floraison. S’il y avait une chose que tout le monde lui avait serinée depuis le CM2, c’était qu’il ne fallait jamais envoyer de photos dénudées à qui que ce soit. Ne croyez pas les garçons lorsqu’ils vous promettent de ne jamais les montrer à personne ou de les supprimer. Mais – et en cela elle était romantique, au fond, même s’il pouvait en paraître autrement – elle lui enverrait des photos. À quoi bon le sexe et l’amour si on ne faisait pas entièrement confiance à l’autre ? Si on était déjà en train d’anticiper la rupture et les conséquences de l’“après”, on était simplement de mauvaise foi.

Elle avait lu Sartre, mais elle avait également lu Kant, et elle avait lu Rawls. Ou en tout cas, elle avait lu leurs pages Wikipédia, qui étaient assez développées. Elle savait ce qu’était la mauvaise foi. Ce que tous les adultes soucieux de vous vous conseillaient était dégradant, grossier. Du genre, si vous envoyez une photo de vous dénudée, ne montrez jamais votre visage. Tellement cynique, là encore. Ce qu’ils voulaient, c’était en fait qu’on se désincarne, qu’on dissocie son identité de son corps pour “se protéger”. Tout est perdu d’avance si on attend si peu du monde. Si on attend si peu des autres. D’ailleurs, de quoi vous protégeaient-ils, dans l’hypothèse où le cliché fuiterait du téléphone d’un garçon pour se répandre à travers l’immensité de l’internet ? De l’humiliation (apparemment profonde et pouvant conduire au suicide) de voir son corps exposé aux regards. D’être montrée dans un moment de désir intime. Le message était clair : notre moi “intime” doit être source de honte. Et la photo serait là pour toujours, prévenaient-ils. Pas moyen de la gommer une fois qu’elle est dans la nature. Ce qui, avant, la terrifiait. Mais cette terreur l’avait quittée. D’un côté, les adultes soucieux de vous disaient vouloir promouvoir un rapport positif au corps, mais à y regarder de plus près, ce dernier leur inspirait énormément de méfiance. Quand elle serait vieille, Ally serait contente qu’on trouve encore des photos d’elle jeune si on se donnait la peine de taper son nom dans une barre de recherche et de cliquer sur Images.

Bref, ce que tout le monde disait ne s’appliquait pas vraiment à elle. Elle le comprenait, à présent. D’ailleurs, Joe ne la trahirait pas, mais s’il le faisait, ce ne serait pas tant le sort de ses images qui l’inquiéterait que celui de leur relation. L’envoi de photos – la décision d’en envoyer – était donc acté. Ou du moins négociable. (Ses simulations comportaient souvent des points négociables – elle comprenait que toute proposition pouvait être débattue.)

La première fois qu’ils se retrouvèrent en tête à tête, dans une chambre d’hôtel, il était de passage à Syracuse pour affaires. Au lieu de descendre en ville, il prit une chambre au Sheraton du quartier de l’université. Ally n’eut aucun mal à convaincre son père de la déposer à la Bird Library, la bibliothèque universitaire voisine qui était en accès libre et ouverte jusqu'à minuit. Elle expliqua qu'elle avait un travail de recherche à faire, ce qui était presque toujours le cas, cette partie-là n'était donc pas un mensonge. Et puis elle avait son permis, maintenant, alors tout devenait plus facile.

Le fait que Joe soit l'un de ses TE (tuteurs extérieurs), l'un des amis de son père, en fait, n'était pas glauque. C'était excitant. Intéressant. Elle l'avait connu par l'entremise des JDA, qui mettaient en place des tutorats entre de jeunes gens prometteurs et des responsables ou entrepreneurs locaux (décevant sur le plan étymologique, le mot "entrepreneur" dérivait simplement du verbe "entreprendre", qui, si on creusait un peu, signifiait "prendre en main", ce qui la faisait rire). Son père les appelait les "jdas", comme s'il s'agissait d'un mot et non d'un sigle, quand bien même Ally le corrigeait : "C'est J-D-A, pas JDA.

— Dans ce cas, il devrait y avoir des points entre les lettres, dit un jour sa mère, sans lever le nez de son livre.

— Exactement", ajouta son père en riant. Elle détestait lorsqu'ils étaient de mèche pour se moquer de choses qu'elle prenait au sérieux. "C'est l'abréviation de quoi, déjà ?

— Jeunes dissidents américains, dit sa mère.

— Jeunes disrupteurs américains, dit Ally. Non, mais pitié !"

Sa mère leva les yeux vers elle et sourit. "Des disrupteurs. C'est vrai. Qui cassent des trucs et tout."

Ally soupira de lassitude. "Des innovateurs. Ils ne cassent pas les choses, ils les transforment de l'intérieur. Des gens porteurs d'idées nouvelles qui secouent le monde tel qu'ils l'ont trouvé en vue de l'améliorer.

— Et qu'est-ce qu'ils secouent, en fait ?

— Le statu quo, dit Ally.

— Hum hum. À force de profits ? En « montant » – et là, sa mère fit des guillemets avec ses doigts – des boîtes ?

— Écoute, il serait peut-être temps que t'émerges des années quatre-vingt. Y a pas que la destruction du capitalisme qui vaille sur terre.

— Mais ta mère est marxiste, ma chérie", dit son père. Ses deux parents s'esclaffèrent à ces mots. Ally soupira bruyamment et se dirigea vers la porte de la cuisine.

"Je sais, dit sa mère d'une voix basse, à présent, parce qu'elle craignait qu'Ally ne s'en aille fâchée. Je sais que ça t'apporte beaucoup. C'est le nom que je trouve un peu *too much*."

Ally s'arrêta. Elle ployait sous la charge de tous ses livres et de son sac à dos et chancela en voulant se retourner vers ses parents. Elle parla par-dessus son épaule, les yeux braqués sur sa mère :

"Non seulement tu te fondes sur un paradigme cruellement dépassé. Mais tu vis ici, dans cette maison, dans cette banlieue tranquille, de cette façon, et tu voudrais que je sois dissidente ?

— T'es à la rame avec ta dissidence de daronne, Sam", dit son père, hilare.

Ally émit un grognement sonore, se tourna vers la porte battante de la cuisine et la poussa de tout le poids de son corps, de ses livres et de son sac à dos.

"Allez, il plaisante, dit sa mère.

— C'est toi qui m'énerves, pas lui", dit Ally, maintenant prise d'une inexplicable fureur.

À travers la porte de la cuisine, comme si elle ne pouvait pas l'entendre, la voix sonore de sa mère : "Naturellement, c'est moi qui l'énerve et pas toi.

— On devrait pas s'en prendre aux JDA, aux J-D-A, je veux dire. Vraiment. C'est une organisation remarquable, dit son père.

— C'est une secte", dit sa mère, cette grande gueule impénitente et stupide. Elle ne s'arrêtait donc jamais ?

"Allons bon, dit son père.

— Je t'assure. Ils ont leur propre jargon, bon sang. Le patois shooté aux acronymes des glands de la Silicon Valley.

— C'est parti pour le *bashing* des phallos de la tech, dit-il.

— RVO, ratios de vertu optimale. Économie du partage. Évolution dynamique. Évolutivité cachée. Blockchains bêta. Internet des objets de proximité. LSR – limitation stratégique de responsabilité. Données participatives exploitables…

— T'inventes, là, dit-il. Interrogations par plateforme ! Haptique de pair à pair ! Épistémologie par drone !

— Pas mal, celui-là", dit sa mère.

Rires à foison. Ils se croyaient vraiment malins.

"Sérieusement, c'est un peu sectaire. Ils la font tellement travailler qu'elle est en manque de sommeil, facile à endoctriner. Des disrupteurs, ben voyons. C'est un club de jeunes bûcheurs qui se donne des airs modernes et excitants pour attirer le chaland.

— Chhh", dit son père. Mais sa mère avait totalement ouvert les vannes.

"Tu sais que je l'ai vue lire Ayn Rand ? À ton avis, ça lui vient d'où ?"

C'était Joe qui lui avait offert le Rand. Elle essayait de l'apprécier. Au moins, Rand était une femme. Ally trouvait à la fois étrange et fascinant que tant de héros libertariens soient des femmes. Nombre de textes fondateurs de ce courant de pensée étaient l'œuvre de femmes. La plus bizarre, c'était Rose Wilder Lane, la fille de Laura Ingalls Wilder, l'autrice de *La Petite Maison dans la prairie*. Elle avait écrit un texte majeur du libertarianisme et peut-être même coécrit les livres de sa mère (livres que sa propre mère avait lus à Ally, livres qu'elles dévoraient l'un après l'autre, se ruant chaque soir sur leur chapitre, comme liées par un pacte secret). Mais Ally fut déçue par Rose Wilder. Ses essais n'étaient pas aussi bons que les romans de Laura Ingalls Wilder, qu'elle les ait écrits seule ou non. Ils étaient dénués de vie, de… quel était le mot ? Sentiment ? Corps ? Choses ? Ils n'étaient faits que d'idées et d'assertions.

"*La Source vive.* Je ne l'ai jamais lu, mais je me souviens de cette scène dans le film avec Gary Cooper."

Et maintenant elle avoue qu'elle ne l'a même pas lu.

"Roark, l'architecte surhomme, décroche un gros contrat pour l'immeuble moderniste et non conformiste qu'il a dessiné – si nouveau, si pur – puis, à la faveur d'une péripétie d'une grande subtilité, on lui dit oui, vous pouvez le construire, *mais* vous devez coller une imitation du Parthénon tout le long de la façade et compromettre entièrement votre vision supérieure…

— Je suis contente qu'elle le lise. C'est bien d'être curieux du monde. Il faut que tu fasses confiance à sa capacité de discernement."

C'est ça, bon courage. Ally enfonça ses écouteurs dans ses oreilles.

Un jour, Ally parlerait à sa mère de Joe et Sam resterait médusée. Ally avait les yeux rivés sur ses bulles de message, sur son téléphone qui luisait, miraculeux. Maman ne se doute pas à quel point je suis loin d'elle. Sa mère, elle le savait, imaginait qu'elle lui confierait toutes ses histoires de garçons, qu'elles seraient comme des copines à une soirée pyjama. Maman le désirait tant. Mais il était vraiment dur de lui accorder ça, ou même d'admettre qu'elle aussi, elle en avait assez envie. Non, pas pour le moment ; c'était si entièrement à elle, si exquis ainsi cloisonné, isolé du reste de sa vie.

3

Si discrète soit-elle quant à leur relation, ses activités JDA étaient étroitement liées à ses activités Joe. Les JDA employaient le mot "entreprise" à l'envi. Chaque rubrique du cours impliquait d'étudier auprès d'un disrupteur, et Joe était l'un d'entre d'eux. Certains TE étaient appelés DT, disrupteurs de terrain. C'étaient des gens qui travaillaient dans le monde des affaires mais le refaçonnaient. Qui entreprenaient de renouveler foncièrement la façon dont les gens envisageaient un sujet. (Le mot "entreprendre" prenait tout son sens dans ce contexte, lui qui venait de *prehendere*.) Il s'agissait de tout reprendre à la base et de faire preuve d'imagination. De répondre à la question : Pourquoi ne pas trouver un moyen de gagner de l'argent en créant quelque chose qui nous fasse avancer dans le bon sens. Tout le monde y gagne. Prenons l'environnement, par exemple. Lorsqu'elle avait évoqué les cauchemars que lui causaient la montée du niveau de la mer, l'idée de vivre dans un monde gorgé d'eau, à jamais inondé, cauchemars où, juchée sur un toit, elle attendait l'arrivée des secours en regardant des eaux répugnantes monter, monter jusqu'au moment où elle se réveillait moite, en nage, Joe lui avait dit que des entrepreneurs trouveraient des moyens d'atténuer les effets du changement climatique. Il y a tellement d'argent à gagner que les meilleurs esprits s'y emploieront si on ne leur met pas de bâtons dans les roues. L'esprit de ruche, le génie de la motivation économique conjugué au pouvoir qui est en jeu, libérera l'intelligence de l'EGO (l'entreprise gouvernée par les objectifs). Il y aura un Bill Gates de l'apocalypse climatique. Tu le sais bien, Ally. Les compétences sont là, avait-il dit, et peut-être que c'était vrai. Ce que cherchaient les disrupteurs de terrain, c'était ce qui avait le plus d'impact sur le plan culturel, voire social. Tout en étant vraiment viable financièrement. La réussite était une caractéristique essentielle des DT – oui, ils gagnaient de l'argent, parce que c'était l'étalon du succès et la preuve que leur entreprise était viable – et cette réussite avait pour conséquence de transformer définitivement le paysage, de briser le statu quo pour le reconfigurer. Ça casse *et* ça passe, voilà comment Joe revisitait le fameux dicton.

Joe était un promoteur qui s'employait à rénover et reconvertir des structures existantes avec une "sensibilité pour la préservation du patrimoine". Comme il l'avait expliqué durant son exposé devant la promotion d'Ally, il était expert dans l'art de mettre à profit les niches fiscales et les aides publiques consenties pour la rénovation du patrimoine et le développement économique tant au niveau de la ville que du comté et de l'État. Bien qu'il ait son siège à New York, il avait monté un projet de réhabilitation du James Hotel, un bâtiment historique mais délabré du centre de Syracuse. Construit en 1915, cet hôtel avait connu la splendeur puis des temps difficiles après une modernisation de pacotille dans les années 1970. Il avait laissé place à une triste boîte de nuit, puis à un restaurant qui avait coulé, pour finalement venir s'ajouter, il y a cinq ans, à la liste des bâtiments désaffectés du centre-ville. Grâce à l'intervention de Joe, il était entré dans le giron du groupe Hilton, c'est-à-dire dans le moule d'une grosse multinationale d'aujourd'hui, mais n'en avait pas moins retrouvé sa gloire passée, grâce à une restauration fidèle et de bon goût. Même la mère d'Ally reconnaissait qu'il était somptueux. Contrairement à tant d'autres chantiers de rénovation, disait-elle, celui-ci témoignait d'une vraie sensibilité, d'un rapport à l'histoire. Avant même que Joe ne devienne son TE, Ally l'avait rencontré avec ses parents. Son père était l'un de ses avocats, ils se rendirent donc en famille à l'inauguration de l'hôtel. Le hall d'entrée avait recouvré tous ses attributs d'origine, d'immenses lustres dorés munis d'une kyrielle d'ampoules apparentes comme ceux de Grand Central, la gare de New York. Les loges de bois de la réception, conçues par Gustav Stickley, étaient également intactes, ainsi que les casiers réservés au courrier de chaque hôte. Bien sûr, sa mère eut un orgasme en entendant le nom de Stickley. "Le coup de grâce, dit Joe, c'est ce qu'il y a au-dessus." Contre toute attente, Ally s'aperçut qu'il était jeune, mignon et qu'un mec en costard, c'était sexy. Il pointait le doigt vers une grande fresque qui recouvrait tout un mur.

"C'était devenu un mur de miroirs après une rénovation douteuse dans un style « moderne » chic. Puis un restaurant a pris la suite et laissé les choses en l'état.

— Car qui n'a pas envie de se regarder manger, je vous le demande ? dit son père.

— Tout juste ! Par chance, la plupart du temps, ils ne s'embêtaient pas à tout défaire, ils se contentaient de recouvrir l'ancien. Je ne vous raconte pas la surprise quand on a découvert cette fresque en enlevant les miroirs. Elle date des années 1930.

— Elle est magnifique. J'adore ce style WPA*, dit sa mère.

— Façon Diego Rivera, ajouta Ally.

— Oui, exactement. Très impressionnant", dit Joe en lui souriant. Son attention était comme une drogue.

"Ma mère m'a abreuvée de toutes les icônes de la gauche, dit Ally, et Joe rit. Les icônes de l'iconoclasme." Il rit de nouveau, les yeux rivés sur elle, totalement sous le charme, à l'évidence. Ce qui était fou, mais elle le sentait, elle le savait, même si elle n'avait pas la moindre expérience de ce genre de moments. Elle avait lu des livres et vu des films mais ce sentiment restait unique, comme si elle avait été transportée par pont aérien jusqu'à l'âge adulte avec toutes ses promesses, tous ses possibles. Elle eut la sensation que son adolescence taciturne, misérable était sur le point de s'ouvrir sur quelque chose qui lui correspondait infiniment mieux. Et c'est ce qui se produisit.

Ce qui était drôle, c'était que la fresque, que sa mère qualifia de magnifique, ne l'était qu'au premier regard, ou si on n'en prenait qu'une vue d'ensemble, circulaire. Y dominaient des bruns terreux, brossés et des dorés doux, chaleureux. Les personnages de

* À l'époque du New Deal, de nombreuses fresques sont financées à travers la Work Projects Administration (WPA), l'agence fédérale créée pour employer les millions d'Américains frappés par la Grande Dépression.

la composition étaient plaisants. C'était surpeuplé mais généreux. La technique aussi, les hachures des rayons de soleil, les lignes, les formes. Mais le sujet, une histoire de Syracuse, était provincial en diable. Il était traité à la façon d'un primitif médiéval rassemblant dans une même image tous les personnages qui s'étaient succédé à travers les âges et les plaçant dans des perspectives différentes selon l'événement illustré. Ici, de malheureux Iroquois, cantonnés dans la marge, bien sûr. Là, des immigrants creusant un canal à côté d'une suffragette à écharpe blanche près d'autres femmes à l'air braillard. Derrière eux, les premières flèches de l'université de Syracuse. Et, bien en évidence au premier plan, un Noir enchaîné (!) surplombé par deux Blancs à l'air préoccupé. Ally ne dit rien ce jour-là mais ne fut pas surprise quand, quelque temps plus tard, des clients s'élevèrent contre ce personnage d'homme enchaîné. La controverse fut telle qu'il fallut compléter la fresque d'une plaque informative. C'était Ally qui l'avait suggéré à Joe et il lui en avait su gré. La plaque expliquait que la scène représentait "Le sauvetage de Jerry", un incident historique au cours duquel les abolitionnistes de Syracuse avaient défié la loi sur les esclaves en fuite de 1850, qui pénalisait l'assistance aux fugitifs et le refus, par un agent de l'État, de procéder à leur arrestation. Tirant parti de la centralité de la ville et de ses voies commerciales (rail, canaux, chariots), des habitants de la région faisaient passer des esclaves évadés au Canada.

Ce genre d'activisme exigeait des moyens, vous savez. C'étaient des disrupteurs, comme Joe. Mais la fresque restait problématique parce que l'homme asservi – Jerry – y semblait trop passif et que les

Blancs ressemblaient plus à des propriétaires qu'à des libérateurs. Finalement, le Hilton décida de suspendre un petit rideau devant l'image controversée. Cet échec était-il à mettre au compte du peintre ou du spectateur ? Ally hésitait.

Retrouver Joe à New York constitua une escalade dans leur relation. Parce que les choses s'intensifient, n'est-ce pas ? Rien n'est immuable. Et elle savait que, une fois encore, elle arriverait à se débrouiller. Les JDA organisaient là-bas un colloque estival. Bien sûr, c'était encadré de près. Mais il y avait du temps libre. Après le pointage du coucher, elle s'éclipsa. Annie, avec qui elle partageait sa chambre, ne savait pas tout (qui était Joe au juste, par exemple, ou qu'il s'agissait de quelqu'un qu'ils connaissaient tous par les JDA), mais ce qu'elle savait, elle ne le dirait à personne. Ce serait leur secret.

Ally ne dit rien à sa mère ; elle dit certaines choses à Annie. Enfin, pas au début. Au début, il n'y avait que Joe et Ally. Plus tard, elle laissa entendre à Annie qu'elle avait un copain plus âgé qu'elle et qu'ils avaient couché ensemble. Mais pour les photos, personne ne saurait. Il aurait ses photos, elle aurait son âge : la détente parfaite. "Détente", voilà encore un mot qu'elle avait appris, mais en cours d'histoire, pas aux JDA. Au sens géopolitique, il était synonyme d'apaisement, de sécurité. Mais seulement au prix d'une tension, celle de "l'équilibre de la terreur". Quel concept ! Lorsqu'elle lui enverra son premier nu, elle lui fera une blague sur ce thème, lui dira qu'il a maintenant quelque chose sur elle et qu'ils sont donc égaux face au risque. Pour Ally, le féminisme – l'émancipation – consistait à trouver comment être à égalité en termes de pouvoir et de risques.

Elle appuya sur le déclencheur de son téléphone. Elle lui envoya une photo de son petit doigt, comme il l'avait demandé. Mais entre son petit doigt et son annulaire, elle pinçait son téton, rose et plissé.

III

SAM

1

Voyez les mères : couperosées dans leur legging de yoga étiré, versions bouffies, fanées de leurs filles, lestes et vives. Que leur était-il arrivé ? se demandait Sam. Prise de poids rampante (depuis les grossesses, depuis le divorce) ; préménopause ; vaisseaux sanguins variqueux, étoilés (trop de chardonnay) ; taches de kératose ; un relâchement généralisé. Beurk, le temps condamnait toute beauté à la ruine, même ces mamans gâtées des *suburbs*. Mais pire encore ? Voyez les autres mères : rayonnantes et violemment musclées dans leurs bottines et leurs jeans ultra slims, venant chercher leurs filles bouffies et couperosées, informes versions de leurs mères.

Ces deux types de mères – tout type de mère – étaient affreux.

Sam rôdait au YMCA des *suburbs*, où Ally prenait des leçons de tennis. Elle faisait le trajet jusque là-bas pour soulever des poids, mais aussi dans l'espoir d'apercevoir Ally. Les leçons s'achevaient à dix-huit heures. Les mères arrivaient en flux régulier pour venir chercher leurs filles, ce qui n'arrangeait rien à l'état émotionnel de Sam. Elle scrutait les femmes et les filles d'un œil sans pitié, devinant qui était à qui. Il n'était pas difficile de reconstituer les paires et elle en avait la gorge nouée, les larmes aux yeux. Elle pouvait pleurer ou hurler pour à peu près n'importe quelle raison ces temps-ci. Elle faisait comme si de rien n'était, mais elle se sentait en rupture avec ces femmes, différente, elle qui jeûnait et avait cessé de se maquiller, avait des poussées d'adrénaline et des cheveux ras, hérissés, qui faisaient ressortir les rides de son front et aux coins de ses yeux. Mères et filles (certaines en avaient même deux, les morfales) partaient bientôt passer la soirée ensemble, faire ce que font les familles avec adolescents. À savoir… quoi, déjà ? C'était il y a, combien, deux mois et demi, et déjà ça semblait dater d'une autre vie. Conduire. (Je peux conduire, maman ?) Aller au supermarché. Dîner / ne pas dîner. (Arrête tes régimes / de te priver. Mais tu le fais bien, toi.) Regarder son téléphone. (Rire. Quoi ? Rien. Ou elle prend pitié et vous montre le mème.) C'était tout : une série de détails ordinaires, inconscients, de la vie. Mais pas insignifiants, malgré les apparences. Ah, quelle tendresse elle avait pour ces moments-là. Pourquoi tant de choses ne se remarquent-elles que dans la rupture, dans la perte, dans la nostalgie et les regrets pour ce qu'on a laissé derrière soi ? Mères et filles partaient ensemble et passaient la nuit sous le même toit sans même se rendre compte de la chance qu'elles avaient.

Aucun signe d'Ally. Elle s'était évanouie. Sam regarda son téléphone : aucun chiffre sur le carré vert à bulle blanche, pas de messages non lus. Elle appuya quand même dessus. Elle fit défiler les messages qu'elle avait envoyés à Ally au cours des dix semaines écoulées et vit toutes les bulles bleues empilées de son côté, rien à gauche, pas de bulles grises de la part d'Ally. Une réponse, juste une, ça ferait plaisir. Ne pas réclamer, ne pas se montrer avide de son attention ou de ses réactions. Ça ne marchait jamais de leur montrer qu'on avait besoin d'eux, jamais. Non qu'elle en sache beaucoup sur la vie des autres mères et de leurs filles. Mais elle était à peu près sûre d'une chose : ça ne marchait jamais de montrer à Ally qu'elle avait besoin d'elle.

Ça me tue de n'avoir aucune nouvelle de toi.
Tu peux juste répondre, s'il te plaît ?

t'essaies de m'apitoyer ?

Ben, oui, et alors ?

Non, ça ne marcherait pas.

Sam enfonça le téléphone dans son sac de sport et cessa d'espionner ces pauvres femmes et leurs enfants. Oui, elles portaient un vernis à ongles de hipster d'une couleur culte assortie à leur peau pour donner l'impression d'avoir des mains de mannequin. Oui, elles s'étaient fait faire un balayage d'un blond cendré froid ou d'un blond miel chaud en parfait accord avec leur teint. Et alors ? Elles étaient toutes avec leurs filles, non ? Et de toute évidence, Sam était une mère désastreuse – et la honte de cet échec refit surface. Sam n'avait pas géré les choses comme elle l'aurait souhaité. Leur rupture semblait être arrivée très vite. Mais elle était en germe depuis bien longtemps, elle le savait, depuis que la beauté que Sam avait toujours vue chez Ally s'était révélée au monde d'une façon nouvelle et puissante. La première fois que Sam en avait été frappée, Ally venait d'avoir quatorze ans.

2

Ally avait descendu l'escalier à grand bruit, pressée qu'on la dépose au centre commercial, où elle allait pouvoir passer du temps avec ses amies. C'était la première fois sans parent pour la surveiller, avec vingt dollars en poche pour manger dans la zone de restauration parmi tous les autres adolescents. Elle déboula dans la cuisine, où Sam était assise. Elle portait un petit kilt qui lui arrivait à mi-cuisses et un petit pull à col V qui révélait les courbes pêche du haut de ses seins. Un pendentif tombait entre eux – un cœur bombé en émail rouge au bout d'une chaîne dorée. Un collier vintage que Sam lui avait acheté, et elle éprouvait un petit plaisir familier chaque fois qu'Ally portait quelque chose qu'elle lui avait offert. Pathétique, vraiment. Mais c'était ainsi, alors Sam commença par un compliment : "Oh, tu portes le collier avec le cœur !"

Peu avant ses premières règles, le corps d'Ally avait changé de façon spectaculaire. De son androgynie enfantine avaient émergé de longues jambes élégantes, une taille de guêpe et de petits seins hauts qui nécessitaient un soutien-gorge. Sa peau n'eut jamais la moindre imperfection. Et pas non plus de nez bizarre d'adolescente, juste un visage de poupée, sans pores, lumineux, toujours rond et juvénile, mais attaché à ce nouveau corps. Ce qui avait été enfantin devenait tout à coup nubile, suggestif, sexuel. Cette combinaison terrifiait Sam.

“Chérie, je vois ton soutien-gorge avec ce pull”, dit Sam.

Ally soupira. “Mais non.” Elle tira sur les épaules de son pull pour que le V la couvre mieux. “Et arrête de regarder ma poitrine !”

Que répondre à ça ? “Il faut que tu portes un top ou un débardeur sous ce pull si tu veux mettre ça au centre commercial.

— C’est une blague ?

— Ally, le pull moulant et la jupe ras des fesses envoient au monde le message que tu es... en quête d’attention, dit Sam. Pour ton corps, ajouta-t-elle, regrettant aussitôt cet ajout.

— Dans ce cas, le monde est pervers. J’y suis pour rien. Faudrait que j’aie honte de mon corps ?

— Non, bien sûr que non, dit Sam.

— Alors pourquoi faudrait que je me couvre ?” L’objection était légitime. Pourquoi faudrait-il qu’elle s’adapte à la concupiscence des hommes ? En quoi était-ce son problème, et non le leur ? Sam pouvait-elle dire à Ally qu’elle n’en était pas arrivée à choisir cette tenue par hasard ? Que le look qu’elle jugeait devoir adopter, cette jupe et ce pull décolleté lui avaient été imposés par des forces culturelles qui convertissent la misogynie en esthétique de centre commercial ? Non, elle ne le pouvait pas.

Sam essaya une autre approche, bien qu’elle lui parût indéniablement rétrograde lorsqu’elle lui tomba des lèvres. “Dans un monde idéal, tu n’aurais pas besoin de le faire. Mais nous ne vivons pas dans un monde idéal et tu ne réalises pas combien il est stressant de se faire aborder par des hommes." Sam soupira. Ally la regarda, les sourcils froncés, les bras croisés devant sa poitrine.

Sam essaya de nouveau, même si, avec Ally, en remettre une couche était rarement fructueux. Sam ne pouvait pas s'empêcher de croire qu'on pouvait tout résoudre à force de parler. "Tu te rappelles ce que je t'ai dit, qu'on peut se découvrir soit en haut, soit en bas, mais pas les deux ? Tu te rappelles ? Mais la combinaison de la jupe ras des fesses et du pull moulant décolleté… n'attirera pas seulement l'attention des garçons de ton âge, mais d'hommes de l'âge de ton père, et ce n'est pas toujours facile à gérer.

— Pouah. Arrête, OK ? Je vais changer de pull, vu qu'apparemment le monde est rempli de pédos." Elle remonta en martelant les marches. "Pourquoi tu m'achètes pas juste une burqa ?" cria-t-elle du premier étage. Et : "On va être en retard, maintenant !" Puis : "C'est pas une jupe *ras des fesses*. Ça existe même pas."

Sam avait détesté tout cet échange. Détestait avoir besoin de couvrir sa fille. Parce que Ally ne comprenait pas encore que le monde était dangereux pour elle. Mais les décisions d'une mère doivent relever de la realpolitik, pas d'une idéologie. De même, lorsque Ally partira à l'université, Sam lui dira de ne pas s'enivrer dans les soirées et d'avoir toujours une amie sur qui compter. Et si ça donne l'impression que ce sont les victimes potentielles qui doivent adapter leur comportement et non les garçons, eh bien soit. Ce qu'il faudrait, c'est que le système qui fabrique des prédateurs sexuels et encourage les hommes mûrs à reluquer des filles de quatorze ans finisse par changer. Mais Sam n'avait aucun contrôle sur les garçons des fraternités qui se mettaient à l'affût de la fille la plus bourrée de la soirée. Elle n'avait aucun contrôle sur les zigues du centre commercial. Sam n'avait de contrôle que sur sa fille. Une mère ne peut pas prendre de risque avec sa fille. Ne peut pas, par sentimentalisme, faire mine que le monde est tel qu'il devrait être. (Sam tenta de ne pas trop se remémorer ses sorties au cinéma entre amis à l'âge d'Ally, quand, après avoir été déposée par sa mère, elle se mettait du noir aux yeux et enlevait le gros pull sous lequel un body serré maintenait et soulignait à la fois la forme et les détails de ses jeunes seins libres.)

Ally redescendit vêtue d'un haut entièrement différent, un chemisier blanc sans manches, à jabot, qui n'était pas décolleté mais bel et bien transparent. On voyait son soutien-gorge. Oh, et puis merde. Sam ne dit rien, conduisit Ally au centre commercial et la déposa devant l'entrée du multiplexe où ses amis l'attendaient. Puis elle alla se garer derrière le bâtiment et, incognito, elle revint côté multiplexe pour suivre discrètement Ally et ses amis. Oui. Quatre heures durant, elle les fila, restant suffisamment loin pour ne pas être vue. Elle feignait d'être absorbée par son téléphone, mais, même dans cette situation, elle jouissait de l'invisibilité des femmes de son milieu et personne ne remarqua la quinquagénaire blanche qui rôdait aux abords des stands, des fontaines, des piliers. Elle apercevait Ally qui riait et que personne n'abordait. Ce ne fut qu'en la regardant de loin, sans être à ses côtés, qu'elle comprit à quel point ce n'était plus une enfant. Et on la sentait pleine d'aisance avec les gens de son âge. Ça lui parut horrible, indigne d'espionner ainsi sa fille. Mais elle ne fit rien pour s'arrêter. Elle ne savait pas quoi faire d'autre.

3

Sam retourna vers la section poids libres de la salle de sport. Elle avait renoncé à apercevoir Ally, mais avait toujours l'intention de travailler ses muscles. De mettre du poids, de se faire violence.

Elle avait commis des tas d'erreurs stupides. Le plus affligeant, c'était que ses réflexes étaient toujours mauvais, à l'évidence – il suffisait de voir le résultat. Et pourtant, si c'était à refaire, peut-être bien qu'elle referait tout à l'identique. Enfin, pas tout. Avec le recul, certains choix paraissaient carrément mauvais.

Les fois où elle avait pisté sa fille grâce à "Localiser mes amis" sur son téléphone. Où elle avait découvert ses mots de passe. Où elle l'avait traquée, épiée, vérifiant son activité sur divers réseaux sociaux, ses mails, ses listes d'amis. Finalement, elle avait cessé, avait désactivé le mouchard, résisté à l'envie de cliquer sur le compte Google d'Ally lorsqu'il s'affichait sous le sien sur la page de connexion. Elle se sentait odieuse. Mais parfois une terreur la prenait à l'idée de ne rien vérifier, surtout lorsque Ally avait commencé à conduire, alors elle paniquait, flanchait et se connectait. (La rechute était facile ; son ordinateur "se souvenait" des mots de passe – il suffisait d'un clic quasi accidentel sur un formulaire de connexion prérempli – et, à cette époque, Ally était assez négligente en la matière. Ou peut-être que le mot juste n'était pas "négligente" mais "insouciante", une forme d'innocence qu'elle avait perdue depuis lors.) Comment résister après avoir lu un article sur une fille victime de harcèlement sur les réseaux sociaux ? Ses imbéciles de parents n'avaient rien su avant son suicide. ("Nous ne savions pas qu'elle avait des abonnés et qu'ils lui tombaient tous dessus.") La petite était influenceuse sur Instagram mais ne supportait pas la pression des j'aime / j'aime pas / commentaires. Était harcelée par des trolls, quelque chose comme ça. Une autre avait une chaîne YouTube dont ses parents ignoraient tout. Le message était clair. Les jeunes mènent des vies secrètes en ligne (donc pas si secrètes que ça). Certains ont un compte "officiel" sur lequel ils publient des choses innocentes au vu et au su de leurs parents et un compte secret, sous pseudonyme, et c'est vraiment là que ça se passe. Il était de la responsabilité de Sam de découvrir et de contrôler ces choses-là. Mais, même lorsqu'elle essayait, elle n'était pas assez versée dans la tech et les réseaux sociaux pour être efficace. Elle se jurait d'arrêter, jusqu'au jour où elle s'inquiétait et où, une fois de plus, elle ne pouvait pas résister.

Sam pouvait soulever quatre-vingt-dix kilos maintenant. Ça faisait partie de son programme force. (Soulever ! Programme force ! Quelle langue naze. "Tu soulèves combien, mec ?") Elle avait un don génétique pour la force athlétique. Son coach, Nico, avait téléchargé ses données brutes sur le site d'analyse génomique 23andMe en vue d'élaborer son programme d'entraînement. Un miracle que son corps se renforce, s'améliore, d'une certaine façon, à un âge si tardif. Elle était à bout de souffle, en nage. Pourquoi soulever des poids était-il si satisfaisant ? Peut-être parce qu'on pouvait rester si souvent au repos sans cesser de "travailler". Ces repos méthodiques, nécessaires, féconds entre les séries.

La dernière fois que Sam avait faibli et contrôlé la vie numérique d'Ally, c'était il y a deux jours. Ally avait désactivé la fonction "Localiser mes amis" sur son téléphone. Et, semblait-il, modifié tous ses mots de passe. Elle lui avait coupé tout accès.

(N'empêche.)

Sam grogna alors qu'elle effectuait une répétition très lente. TST, la voix de Nico dans sa tête. Temps sous tension.

(Au moins.)

Sam inspira quand l'haltère fut en haut et expira, contrôlant la descente. ESC, étirement sous charge. De lentes contractions concentriques et excentriques.

(Ally ne l'avait pas bloquée.)

Sam s'arrêta, se reposa, attendit, son cœur travaillant pour suivre le rythme.

4

En sueur, mais entrée dans sa zone de performance optimale, Sam passa aux *landmine squats*. Satisfaction d'entendre cliqueter les disques ajoutés à la barre. Ses muscles répondirent et gagnèrent en force, mais elle avait toujours l'impression de se donner en spectacle, de se livrer à un cosplay haltérophile pour son propre amusement. Elle rit d'elle-même tout en grognant pour venir à bout de sa série. Ou faisait-elle ça pour faire plaisir à Nico ?

Cela faisait un an que Sam s'entraînait avec lui. Quelqu'un lui avait parlé de ce coach miraculeux. Il avait des adeptes, comme le gourou d'une secte. Il s'avérait que les gens, surtout à certains moments de leur vie, adoraient – réclamaient – qu'on leur dise exactement quoi faire. À l'époque, le sentiment de perdre pied venait de se manifester et Sam pensait encore que le problème était à traiter sur le plan physique : faire du sport, un régime, s'offrir un traitement régénérant qui confinait à la chirurgie esthétique mais qui, *stricto sensu*, n'en relevait pas. Microdermabrasion ou laser. (Tout ce qui pouvait se faire en ambulatoire s'apparentait encore à un soin en spa et non à une capitulation vaniteuse, à une poursuite pathétique et désespérée de la jeunesse perdue.) Certains de ces procédés avaient une utilité plausible au-delà de la simple vanité. Ils réparaient les dégâts causés par le soleil, ce genre de choses. L'argument – même s'il ne s'agissait pas tant du fruit d'une réflexion que d'une contagion parmi les femmes qu'elle connaissait –, ça semblait être que le sexe, le sex-appeal étaient le remède à la dépression ou à la confusion de la cinquantaine. Sam résista aux traitements esthétiques et autres ravalements high-tech. Le sexe n'était pas la solution, elle le savait, car elle et Matt avaient toujours eu une sexualité satisfaisante, des rapports fréquents. Mais la musculation avait suscité chez elle une forme de curiosité. (C'était Alicia, bien sûr. Alicia, une mère de l'âge de Sam aux bras spectaculairement dessinés, lui avait parlé de Nico.) Nico avait vingt-cinq ans et était au sommet de sa forme. Quand il n'était pas en train de sécher, il prenait du muscle. Mais il restait toujours le même aux yeux de Sam : jeune, parfait, invraisemblable. Et il était toujours en train de parler biologie et théories de pointe en matière de musculation. En travaillant avec lui (au gré d'interactions physiques très intimes et pourtant presque totalement superficielles), Sam développa une fascination pour ces mâles épris de science, pas les grosses frappes bodybuildées, mais les athlètes en quête de performance "naturelle", comme Nico. En voiture, lorsqu'elle roulait vers l'une de ses corvées quotidiennes ou roulait tout court, elle s'était mise à écouter des podcasts de fitness hardcore où l'un de ces mecs en interviewait un autre ("Raconte-nous un peu, étape par étape, en quoi consiste ton programme de prise de masse" – tout le monde vous "racontait" toujours tout "étape par étape" dans ces podcasts). Elle avait appris ce qu'étaient la régression lente, les séries pyramidales, le retourné de pneus de camion, "le corps par la science", les stages SEALFIT™ Kokoro inspirés des entraînements des forces spéciales de la marine, le bandage adhésif thérapeutique, la respiration Wim Hof (et celle du guerrier), la boucle OODA (observer, s'orienter, décider, agir), les marteaux d'entraînement, le travail au rondin (des exercices consistant à porter, soulever et tenir en équilibre une lourde bille de bois), les grimpers à la corde, le lancer de ballon lesté, les bienfaits de l'hyper- et de l'hypo-oxygénation pendant l'effort, les *kettlebells*, les AMRAPS (répéter un enchaînement d'exercices autant de fois que possible dans un temps donné), les séries pyramidales inversées, les fibres musculaires à contraction lente par opposition aux fibres à contraction rapide. Se pouvait-il qu'habiter un corps humain soit si compliqué, avait-elle demandé à Nico au bout d'un moment, plus ou moins par plaisanterie. Mais l'humour lui passait au-dessus.

"Ça l'est si tu veux maximiser ton potentiel, si tu veux faire de vrais gains." Que voulait-elle ? Faire des gains ? Qui ne préférait pas les gains aux pertes ? Des gains qu'il était possible de quantifier, de suivre, de mesurer. Il y avait les podcasts et il y avait les vidéos YouTube. Et Nico en chair et en os, l'incarnation du corps masculin cultivé à plein.

Elle ne s'était jamais souciée de ce genre de choses auparavant, mais en était arrivée là. Sa fascination de femme mûre pour ces jeunes hommes ultra-sportifs lui était un mystère. Il n'y avait rien de sexuel là-dedans, vraiment, c'était presque le contraire. Ils la laissaient comme deux ronds de flan, eux et leur solide narcissisme. Ces êtres fabuleux qui n'éprouvaient aucune honte à étaler leur vaniteuse quête de la perfection. Qui s'en vantaient, en fait. Ils n'étaient pas égocentriques ; ils optimisaient. Et, insistaient-ils, ils n'amélioraient pas seulement leur apparence, mais bien leur espérance de vie. Et non seulement ça, mais leur espérance de vie en bonne santé, ce qui voulait dire être bien foutu et se sentir bien, devenir et demeurer un parangon de l'espèce humaine. S'atteler à l'objectif incontesté d'être toujours plus fort, de perdre en graisse, de gagner en masse musculaire. En passant chaque jour des heures à la salle, en mesurant ses macronutriments. En consignant dans des tableaux sa glycémie, sa cétonémie, son rythme cardiaque. Ils se considéraient comme des biohackers, capables de modeler leurs corps à plaisir. Mieux faits, plus forts, meilleurs. Meilleure apparence, meilleure performance.

Mais, se demandait-elle, une meilleure performance en quoi ? De la force pour quoi ? Une meilleure espérance de vie pour quoi ? La rigueur et la discipline, elle comprenait. La communauté, bien sûr, la décharge d'endorphines, totalement. (Les endorphines étaient une forme de morphine endogène ; elles vous procuraient vraiment une sorte de béatitude physique.) Mais cette façon de chérir son espérance de vie, l'obsession de se perfectionner, mais en surface, la focalisation fétichiste sur le corps, la quête acharnée et désespérée d'une amélioration sans fin ? Et même s'il pouvait sembler que se renforcer signifiait ne plus s'affaiblir, que chercher à faire des "gains" stoppait, voire inversait le déclin dont nous faisons tous l'expérience, ça ne pouvait être vrai. Notre corps n'évoluait que dans un sens, non ? Il se tendait, puis se détendait lentement. Les cycles détraqués de Sam étaient un signe clair de la direction que prenait son corps. Pour les hommes, peut-être que cette direction paraissait moins flagrante ? Mais par-delà la futilité des gains physiques, ce qui l'ébahissait, c'était leur insistance continuelle sur la valorisation du moi au moment même où le monde – et ce pays, en particulier – se trouvait dans un état de délitement scandaleux. Crevassé d'inégalités qui ne cessaient de croître, de s'élargir sans fin dans tous les domaines. Et n'étions-nous pas aussi à la veille d'une apocalypse environnementale ? Les gens semblaient plus obsédés que jamais par l'idée du moi – s'entretenir, prendre soin de soi. Dans le contexte actuel, n'était-il pas obscène d'exhiber sa quête de la santé ? On poussait la contemplation de soi jusqu'à étudier la composition de son microbiote intestinal, mais cette contemplation était coupée de toute réflexion.

Aujourd'hui plus que jamais, ça semblait être la plus américaine des myopies, cette attention décomplexée – fanfaronne, même – pour la surface du moi. D'une certaine façon, pourtant, elle était logique. Un repli sur la sphère intime. Hyper-intime et contrôlable : notre cœur, nos poumons, notre chair.

Transplantation fécale, injections de cellules souches, accroissement de la sensibilité mitochondriale. "Sans pause jusqu'à l'échec", dit Nico. "C'est l'histoire de nos vies, non ?", plaisanta-t-elle, mais il se contenta de sourire et hocha vers la barre son menton superbe, ciselé, inébranlable. "C'est parti, Sam !"

Elle fit ses répétitions. Elle avait besoin de la déferlante d'endorphines que provoquait l'effort intense.

5

Après la séance d'haltères, elle se rendit dans l'espace douche, qui était ouvert. Elle entendit des rires. Une femme se douchait avec sa fille, adulte et atteinte de trisomie 21 ou d'un syndrome de ce type. Avec un petit seau, la mère versait de l'eau sur le ventre rond de la fille, et la fille riait et serrait sa mère dans ses bras. Elles étaient nues, joyeuses et Sam ne voulait pas les embarrasser, mais elle était comme hypnotisée. Leurs corps étaient marqués par l'âge (la fille n'avait pas loin de cinquante ans, la mère pas loin de soixante-dix) et Sam n'avait jamais vu de corps vieux en train de s'amuser. Elles ne remarquèrent pas Sam ; elles étaient occupées. La mère lava sa fille à l'aide d'un gant savonneux. Sam se doucha. Elle ne les regardait pas mais les entendait. La fille hurla quand sa mère la rinça. Sam jeta un regard vers elles puis se lava, les yeux baissés vers son propre corps vieillissant.

Il y a un mensonge dans les corps jeunes et athlétiques. Il y a quelque chose d'humain – de touchant – dans le corps mûr, dans sa relation honnête au temps et au déclin. Devant le corps de ces deux femmes, Sam éprouva une forme d'enchantement. Regarder, admirer, accepter l'âge lui procura une lucidité quasi narcotique ; à cet instant, tant qu'il durait, elle pouvait voir et affronter la vie telle qu'elle était vraiment. C'était comme si les gens, pour la plupart, vivaient dans un état de terreur face à ce qui s'annonçait, à ce qui arrivait à leur corps. Et ce n'était pas que de la terreur ; c'était de la honte. La honte que nous inspiraient l'âge et la fragilité de notre corps, nous devions la cacher non seulement aux autres, mais à nous-mêmes. Cet état de terreur et de honte nous rendait désespérés, cruels, féroces à l'occasion. Mais Sam avait sous les yeux le spectacle de l'amour, de la joie, de l'innocence humaines. La mère enveloppa sa fille dans une serviette, en prit une autre pour sécher ses longs cheveux. La fille gémit de nouveau. La mère vit Sam les regarder du coin de l'œil et lui sourit, l'air de dire : Je sais que vous comprenez, je sais que vous nous voyez. Et Sam eut la gorge nouée en constatant combien leurs gestes lui étaient familiers ; il y avait eu un temps où elle avait connu ce genre d'intimité physique. Ce n'était pas de la jalousie qu'elle éprouvait, mais une mélancolie, une vaine nostalgie. Lorsque Ally était petite, elle laissait Sam la laver, la sécher. Elle poussait des cris de joie et il n'y avait de gêne pour personne, tout était facile. Sam enveloppait son enfant propre dans une immense serviette en coton puis la serrait fort contre elle, comme si leurs corps ne faisaient qu'un. La scène dont elle était témoin n'était pas aussi parfaite (le corps d'un enfant n'était pas compliqué, pas lesté du poids de la mortalité ou du déclin), mais presque. Cette mère pourrait connaître cet amour physique, cette proximité maternante pure, pour le restant de ses jours. Qu'est-ce que ce serait de vivre soixante ans d'une telle relation !

Bien sûr, l'arrière-plan de ce tableau était aussi ce qui le rendait poignant. Que deviendrait la fille à la mort de sa mère ? Ou la mère à la mort de sa fille ? Sam savait qu'élever une enfant comme celle-ci était lourd de défis et que le regard quelque peu idyllique qu'elle portait sur les deux femmes procédait de sa propre solitude.

Oui, songea-t-elle. Voilà ce que c'est que cette émotion. La solitude.

6

Dans le sauna, après sa douche (le “stress thermique” améliorait aussi les indicateurs de santé ; c’était du bon stress homéostatique, insistait Nico, mais Sam le faisait seulement parce que c’était apaisant pour ses muscles, promis aux courbatures), elle feuilleta un vieux numéro du magazine *People* qui avait connu bien des suées. Il y avait un article sur la vieille dame qui, une fois de plus, s’était fait arrêter pour avoir pris l’avion sans billet. Le ton de l’article était condescendant, amusé : “Cours, mamie, cours !”, lançait le titre. Marilyn Hartman, la “passagère clandestine en série”, avait encore fait des siennes.

L’histoire de Marilyn obsédait Sam depuis longtemps, depuis le premier article qu’elle avait lu à son sujet quelques années plus tôt : une vieille toquée d’une soixantaine d’années s’était faufilée à bord d’un avion pour Hawaï. Et n’avait été appréhendée qu’une fois arrivée à destination. Elle avait eu droit à un rappel à la loi, mais elle continuait de resquiller. Ce qui interpellait Sam n’était pas ce qui interpellait les autres. Les journalistes tournaient ça à la plaisanterie – une mamie dingo se joue des autorités. Mais lorsque Marilyn réitéra ses transgressions – régulière, consciencieuse, obsessionnelle –, certains articles changèrent de ton. Ce n'était pas une histoire amusante ; c'était une triste histoire de maladie mentale et de pauvreté. Marilyn était un objet de pitié. Elle souffrait d'un trouble cognitif. Et tout cela était vrai, probablement. Mais ce qui fascinait Sam, c'était autre chose encore. D'abord, il y avait sa photo – celle prise au commissariat – sur laquelle elle souriait humblement, semblant s'excuser d'attirer les regards. Sam pensait que cette femme, Marilyn, passait inaperçue parce que personne n'avait envie de la voir. Elle incarnait l'insignifiance des vieilles dames. C'était une très étrange conjonction de privilège (pas de prison pour vous) et de déconsidération (parce que vous êtes franchement inoffensive). C'était insultant – comme s'il était entendu qu'il s'agissait là d'une créature innocente. Un juge finit par l'admonester, diagnostiquant la raison de son récidivisme. "Je crois que vous êtes accro à toute cette attention", dit-il avant de la relaxer. Sam était outrée par cette condescendance et ce manque de considération. Ce refus d'accorder à Marilyn la moindre substance, la moindre puissance.

Sam avait programmé une alerte Google sur Marilyn, qui déconcertait tout le monde en continuant ses resquillages, sans être écrouée pour autant, du moins durablement. On ne cessait de la relaxer, en partie parce qu'elle ne tramait rien de particulier – elle n'avait d'autre intention que de faire un tour en avion ou de passer un peu de temps à l'aéroport. (Cette opiniâtreté impressionnait Sam – ces voyages sans but et ce désir, ce besoin de fréquenter les aéroports et les avions.) Mais elle échappait aussi à la prison parce que les gens la trouvaient sans danger. Et nichée dans l'inoffensif, elle était protégée.

Paradoxalement, cette protection l'invisibilisait en même temps qu'elle l'avantageait. Pour être vue, il aurait fallu qu'une femme comme Marilyn y aille vraiment fort. Qu'elle se mette en colère. Devienne démesurément, spectaculairement grosse ou musclée. Qu'elle soit gueularde, odieuse. Dangereuse. À moins qu'il ne soit possible d'embrasser son invisibilité et d'en faire quelque chose. Un pouvoir secret. Quelque chose de bien.

Sam commençait à ruisseler de sueur. Sa vue se brouillait. Le dernier article qu'elle avait lu sur Marilyn racontait qu'elle avait été bannie de l'aéroport d'Heathrow. Malgré cela, elle était non seulement restée à l'aéroport mais était parvenue à déjouer les contrôles de sécurité et à embarquer dans plusieurs avions. Elle était acharnée et nul ne se souciait d'elle. Elle opérait sur une bande passante clandestine ; elle existait à peine.

Cet article ébranlait aussi Sam pour une autre raison. Dans son état actuel, qu'est-ce qui la distinguait de la passagère clandestine en série ? Était-ce seulement l'argent ?

Oh mon Dieu. Sam transpirait, mais en plus de la transpiration, elle s'était mise à pleurer. Était-elle vraiment en train de s'apitoyer sur son sort ? Émue aux larmes par son sentiment d'insécurité, par ses peurs, par sa vulnérabilité chérie ? Cet émoi nombriliste lui donna la nausée. Quelle faiblesse. Mais ! Sans l'argent de Matt, que ferait-elle, que serait-elle ? Elle ne pourrait même pas travailler comme serveuse ou intérimaire ou vendeuse. Elle était trop vieille. Et ce n'était pas parce qu'elle était trop fière. Elle n'était pas si fière que ça. Elle n'aurait aucun mal à travailler dans un *diner* ou comme aide-enseignante. À conduire un bus, à travailler au département des véhicules motorisés ou à la poste. Des boulots comme ça, elle les ferait, mais même ceux-là semblaient improbables à son âge. Elle pourrait faire partie des gens qui vérifient les tickets de caisse à Walmart, les agents d'accueil. On recrutait des gens âgés, chez Walmart. À quoi ressemblerait sa vie si tel était son job ? Qui serait-elle ? N'empêche, une part d'elle-même avait envie de voir, envie de savoir. L'exemple de la clandestine, de la vieille vagabonde la rendait curieuse. Tout retrancher et voir ce qui reste.

L'une des raisons qui l'avaient si longtemps arrimée à sa vie dans les *suburbs* était devenue l'une des raisons de son départ, une autre "vraie" raison : l'argent. Elle était terrifiée d'avoir tant besoin de l'argent qu'elle avait. Quand elle était jeune, ce n'était pas un drame d'être pauvre. Avant ses trente ans, elle savait se montrer flexible et même combative. Mais passé quarante-cinq puis cinquante ans, les choses avaient changé. Elle avait quitté Matt mais continuait d'accepter son argent. (Et il y avait toujours des excuses pour en accepter davantage. Elle avait besoin d'argent pour remplacer l'ordinateur volé, par exemple.) Ce qu'elle était chanceuse, reconnaissante, ce qu'elle était mariée à son argent. Elle s'essayait à la vie sans le sou d'une façon totalement sûre et contrôlée (lâche) : De combien ai-je vraiment besoin ? Quel est mon strict minimum ? Puis-je être Dorothy Day si je touche une pension de mon ex ? Et si vous renoncez à l'aisance, est-ce que ça fait de vous un autre type de pauvre ? Si vous y renoncez vraiment, pas si vous bidonnez comme elle, comme dans *Les Voyages de Sullivan*. (Voilà comment s'appelait ce film. Elle s'en souvenait, finalement.) Si elle ne vivait que de l'argent qu'elle gagnait, prenait un deuxième job voire des bons d'alimentation, serait-elle dans le même bateau que quelqu'un qui a galéré toute sa vie ? Non, elle le savait pertinemment.

Non seulement elle acceptait de l'argent de Matt ("Notre argent", ne cessait-il de répéter, "OK, notre argent", admettait-elle), mais, un peu plus d'un mois après son départ, elle s'était remise à coucher avec lui. Il ne passait pas la nuit chez elle, bien sûr. Mais elle couchait avec Matt.

7

Elle l'attendait pour midi. Un plan entre midi et deux par une chaude journée d'août. Particulièrement chaude pour deux corps serrés dans son lit étroit. Elle refusait de faire installer un climatiseur. (Pas dans cette fenêtre magnifique. Et puis changement climatique / extinction planétaire. Ah, ça, avait-il dit. Quelqu'un avait glissé un autre carton élégamment imprimé à la presse dans l'encadrement de sa porte. RÉVEILLEZ-VOUS : ECT. Et cette fois, elle avait élucidé l'acronyme : Extinction à court terme.)

Ce serait la quatrième fois qu'ils faisaient ça. Ça commençait à devenir régulier. La première fois, il était passé pendant sa pause déjeuner au prétexte de lui faire signer un papier ou de lui apporter son courrier. OK, ce n'était peut-être pas un prétexte, à l'évidence il ne prévoyait ni n'espérait rien. Mais elle avait lu sur son visage qu'il avait eu envie de la voir. De la regarder de près. Cette expression bien particulière, quand il ne souriait pas et gardait les yeux ouverts, fixes, braqués sur elle, quand il la voyait vraiment elle et non le duplicata d'une Sam déjà vue cent fois, cette expression la chargeait de désir. Et lui rappelait l'intensité de leur relation lorsqu'ils s'étaient rencontrés, dans les années 1990.

8

Il marchait à côté d'elle lors d'une manifestation pour le droit à l'avortement. Il n'avait pas de pancarte à la main mais elle, si (au marqueur sur rabat de carton aplati : "les femmes contre les femmes contre les femmes"), et il lui avait dit que c'était drôle. Il lui avait aussitôt plu. Il faisait BCBG avec sa chemise bien boutonnée, son pantalon de toile et sa ceinture en cuir marron. Ça changeait des hommes qu'elle avait l'habitude de voir aux manifs pour les femmes. Pas de bonnet rasta sur dreads blondes. Pas de badge La Terre d'abord ! ou du Front sandiniste. OK, il était très beau. Superbe. Fallait-il ou non faire confiance à un homme qui se rendait seul à une manifestation pour les droits reproductifs ? Fallait-il ou non faire confiance à un homme beau ? Le point de départ, ce n'était pas la pancarte, en fait. Le point de départ de Matthew et Sam, c'était lorsqu'elle l'avait surpris en train de la regarder.

Le dispositif de sécurité était très dense ; les rues étaient bordées de policiers en tenue antiémeute qui les parquaient et les désolidarisaient de la ville. Une contestation à dose vaccinale, voilà le sentiment que ça lui donnait, assez absurde. Elle se força à défiler tout de même. Deux mois plus tôt, elle avait pris part à une manifestation contre la guerre du Golfe. Elle était coincée derrière des activistes d'un "Parti de la paix et de la liberté" aux pancartes préimprimées. Ils étaient vaguement sectaires, de mauvaise foi et juste un cran au-dessus des imbéciles du mouvement de Lyndon LaRouche*. C'était la raison pour laquelle elle détestait les manifestations, mais que faire d'autre ? Elle ne voulait pas la guerre, ni être complice du bellicisme et du patriotisme écœurants de George Bush. Au nom de, etc. Mais, même si elle savait pourquoi elle devait être là, les manifestations, telles qu'elles se déroulaient dans son secteur, la mettaient mal à l'aise et n'avaient guère d'effet. Alors elle était contente de laisser cet homme marcher à ses côtés. Des slogans étaient lancés et répétés, mais ils se trouvaient dans une zone étrange où l'on entendait deux séries de slogans aux rythmes concurrents. À sa gauche, une femme s'époumonait avec le groupe de devant, tandis qu'à côté d'elle, une autre se joignait au groupe de derrière. Matthew lui jeta un regard au milieu ce pêle-mêle et ils se mirent à rire. Puis il remarqua sa pancarte humoristique et, lorsqu'ils atteignirent Central Park et que les gens se massèrent autour des orateurs, il lui proposa de rompre les rangs. (Une préfiguration de ce qui fonctionnerait entre eux – Matt trouvait Sam drôle et Sam adorait le faire rire.)

* Mouvement politique marginal né dans les années 1960 autour d'idées de régulation de l'économie, puis caractérisé par une très forte personnalisation, des vues conspirationnistes et antisémites et un développement international (en France, il est représenté par le parti Solidarité et Progrès de Jacques Cheminade).

“On ne va rien voir et rien entendre, dit-il. Ça te dit qu’on aille se mettre au chaud, boire quelque chose ?” La journée était belle, mais glaciale.

“Ouais”, dit-elle, et elle lui emboîta le pas pour franchir le cordon de police, traverser la Cinquième Avenue et gagner Madison, un monde de business, d’hommes et de femmes en costume qui paraissaient bien plus adultes qu’eux, qui, à midi, n’étaient pas en train de travailler mais de manifester. Elle plia son carton en deux et le poussa dans la fente d’une poubelle. Il posa légèrement sa main au milieu du dos de Sam et la guida vers un restaurant en sous-sol. L’heure du déjeuner était pratiquement passée et la clientèle était clairsemée. Ils prirent place à une petite table contre le mur. Cet espace était probablement là depuis toujours, dans une version ou une autre. Il y régnait cette bonne vieille atmosphère new-yorkaise, de dévouement pittoresque au commerce, qu’elle trouva étrangement réconfortante après la manifestation.

“J’aime voir des hommes et femmes d’affaires à l’œuvre”, dit-elle. Matthew lui sourit mais haussa les sourcils. “Ça veut dire que tout le monde n’est pas inquiet. Tout le monde n’est pas aussi affolé que moi. La vie continue. Pas de raison de paniquer.”

Il hocha la tête, considérant l’idée sans être convaincu.

“Ce que je veux dire, c’est que personne n’est hystérique. Personne ici ne pense à Saddam Hussein ou aux fœtus à naître.

— Parce qu’ils pensent à l’argent, dit-il.

— Oui, c’est vrai. D’une certaine façon, c’est rassurant. Les adultes gagnent toujours de l’argent. Ce n’est pas la fin du monde.

— Ou alors, c'est la fin du monde et quelqu'un va trouver un moyen de gagner de l'argent jusqu'au bout. Jusqu'à la toute dernière seconde." (Il avait de l'esprit. Il était de gauche. Il la trouvait drôle.)

Elle sourit, acquiesça. Avala une gorgée de whisky. Sans demander, il leur avait commandé chacun un whisky. La gorgée la réchauffa et la galvanisa. Elle était galvanisée et il était beau. Il l'appréciait et son attention la rendait heureuse. Tout était encore à venir, l'air était chargé de possibles. Ils ne s'étaient même pas embrassés pour l'instant. Ces moments-là, radieux, c'était un bonheur sans mélange, non ?

"Je me demande, dit Sam, si rencontrer un homme seul à une manif pour les droits reproductifs des femmes le rend plus fiable ou plus louche qu'un homme rencontré dans le métro, à un spectacle ou dans un bar.

— Bonne question", dit-il. Il but une gorgée de whisky. "Et voilà qu'à cause de moi t'as quitté la manif, tu t'envoies un whisky en plein après-midi et tu chantes les louanges du commerce, cette force stabilisatrice.

— Et la situation risque encore d'empirer", dit-elle, se surprenant à lui effleurer le bras. Il sourit ; puis son sourire s'estompa doucement. Il reprit une gorgée de whisky, plongea son regard dans son verre, puis dans les yeux de Sam. Elle ne les détourna pas et sentit la chaleur entre eux. Il se pencha vers elle et elle ferma les yeux, attendit. Un baiser doux : les lèvres de Matt se pressèrent contre les siennes. Une première fois, puis une seconde. Il s'écarta et, lorsqu'elle rouvrit les yeux, il la regardait toujours. Il lui prit la main et la leva vers son visage. Il la tourna pour exposer l'intérieur de son poignet. Il baissa la tête, ferma les yeux et, très doucement, très lentement, pressa ses lèvres sur le poignet de Sam. Son baiser déclencha un frisson de plaisir qui l'irradia tout entière. Elle lui faisait confiance, réalisa-t-elle, et elle sentait que quelque chose de majeur advenait, déjà, incontestablement. Elle avait envie qu'ils aillent immédiatement chez lui ou chez elle. Elle était en train de tomber amoureuse de lui, à cet instant précis. Elle avait envie de franchir d'un bond ce nouveau portail qui s'ouvrait dans sa vie.

Elle l'emmena chez elle parce qu'il avait un coloc. Elle non. Elle avait un appart qu'elle sous-louait très peu cher et en toute illégalité dans Jane Street, du côté de la Huitième Avenue. Elle pointa le doigt vers le Corner Bistro qui jouxtait l'entrée de son immeuble. "Ils ont un super jukebox", dit-elle. Elle prévoyait déjà de l'y entraîner pour écouter du John Coltrane, manger un morceau et discuter jusqu'au bout de la nuit.

Au lit, il était lent, sûr de lui, attentionné. Il était concentré sur ses orgasmes à elle, ce qui, pour Sam, était inédit.

"Je n'ai jamais rien connu de tel, dit-il.

— Moi non plus", répondit-elle. Faits l'un pour l'autre.

Des années plus tard, après la naissance d'Ally et l'érosion progressive de leur relation, Sam découvrirait que cette façon si attentionnée de faire l'amour pouvait, elle aussi, tourner à la routine, à l'ordinaire, n'être plus que cette gesticulation des corps qui n'atténuait en rien la solitude des cœurs. Mais ce tout premier après-midi, sur son lit, sous sa couette de satin rose vintage, ils étaient là tout entiers, sans réserve, purement joyeux.

9

Cette nouvelle version d'eux. Son dos couvert de sueur. Il sentait bon. Il lui semblait musclé, fort, familier. Mais étrange, aussi : lui, dans son lit de nonne, dans cette maison, dissocié de leur vie dans les *suburbs*. Il était vrai que leurs orgasmes étaient particulièrement forts. Les vieux gestes, les vieilles habitudes avaient quelque chose de différent. Il était par terre, à genoux, courbé vers elle. Elle était assise au bord du lit, les cuisses écartées, les hanches en arrière. Il se pencha et passa sur elle sa langue – il connaissait l'endroit qu'elle aimait ; il mit un doigt (des doigts) en elle et pressa de l'intérieur vers sa langue, à l'extérieur. Voilà qui, additionné à la posture gênante de ses hanches, était presque insoutenable. Une sensation de précision et d'imprécision, d'imminence qui refusait de culminer, qui prolongeait son paroxysme, qui lui faisait tout arrêter dans sa tête et dans son corps à part ces minuscules points de pression jusqu'à ce qu'elle jouisse, tonitruante, convulsive, soulagée. Oui, leurs étreintes étaient faites de gestes familiers, mais rebrassés et reconstitués.

Elle reprit son souffle, le regarda. Il sourit.

“Ça, dit-elle, esquissant un geste vers lui.

— On verra bien ce que c'est. Peu importe", dit-il. Il se redressa. Il faisait trop chaud, à deux, dans le lit minuscule. Elle se leva, enveloppée du drap. Fouilla dans son sac et en sortit une cigarette. Il rit. Elle haussa les épaules.

"Je vais fumer à la fenêtre", dit-elle. Il la regarda ouvrir la fenêtre à mailles de plomb. Elle s'installa dans un fauteuil, en partie couverte par le drap, et fuma.

"On dirait une fille dans un film de la Nouvelle Vague", dit-il.

Elle rit, parce qu'elle n'était pas franchement une fille ; elle était une femme, vieille, dure. Quand serait-elle en phase avec son âge ?

"Qu'est-ce qu'il y a de si drôle ?

— Rien", dit-elle, exhalant sa fumée. Il l'observait.

"J'aime cette nouvelle coiffure", dit-il. Sam passa sa main dans ses cheveux courts. Ils étaient hérissés mais souples, amusants à toucher.

"Et mon nouveau corps ?" Elle s'était raffermie depuis qu'elle l'avait quitté.

"J'aime ton nouveau corps, j'aime ton ancien corps. J'aime tous tes corps.

— Bonne réponse", dit-elle.

Ils baisèrent encore une fois avant qu'il ne reparte au travail.

C'est quelque chose. Quoi ? Peu importe.

Le lendemain, il téléphona. "Tu devrais faire mettre l'air conditionné, dit-il. Je vais appeler Isaac pour le faire installer.

— Non, répondit-elle.

— Ta maison ne sera ni abîmée, ni modifiée. Il suffit d'utiliser tes bouches d'air chaud pour faire circuler l'air frais.

— Je viens de te dire que je n'en voulais pas", dit-elle, haussant le ton, s'échauffant. Dieu qu'il faisait chaud dans sa maison. Ou avait-elle une bouffée de chaleur ? Peu importe. Elle n'avait pas de temps à perdre avec ça !

"Je paierai si…

— Je ne veux pas de clim, putain. Si ça ne te plaît pas, rien ne t'oblige à venir.

— OK, OK, dit-il. Du calme, Sam."

Elle détestait qu'on lui dise de se calmer. Elle écarta le téléphone de son oreille et essuya un filet de sueur qui coulait sur sa tempe. Elle changea d'oreille.

"Stop, dit Sam. Écoute. On peut continuer à se voir, mais je ne veux plus de ton aide, que ce soit sous forme d'argent ou de conseils non sollicités, d'accord ?"

Il y eut un long silence.

"D'accord, dit-il. Bien sûr."

Elle raccrocha. Son acquiescement l'exaspéra. Ou peut-être était-ce le fait qu'il avait hésité avant d'acquiescer. Elle resta assise à transpirer, à bouillir, refusant la clim même si ça pouvait l'aider à dormir. Butée. Mais ce qu'elle éprouvait parfois excédait la colère. C'était une rage viscérale, volcanique, dont la source en elle avait quelque chose de pressant, d'irrécusable. Une rage sourde à la raison.

10

L'une des amies de Laci, Gina, lui fit la surprise de lui rendre visite à la maison Clara Loomis. Elle lui tendit un fascicule photocopié et agrafé. Il avait une existence matérielle, tangible, brouillonne ; ce n'était pas un PDF, reproductible à l'infini. Il portait les marques de sa duplication : les photos abstraites à force de contraste et les caractères estompés ou coupés par endroits sur les bords. Page de titre : "Hérésiarques et autres infidelles", par le collectif Xero Zine de Central New York (Gina, quoi).

"Les hérésiarques, c'est un peu les hérétiques ultimes. Bref, des infid-*elles*. Tu saisis ?" dit Gina.

Euh, ouais.

"Dans infidèles, il y a « elles », expliqua Gina.

— En effet, dit Sam. J'avais remarqué.

— J'ai mis ta Clara dans la liste. Je me suis dit que vous pourriez le proposer dans la boutique."

Le fascicule renfermait des biographies de femmes. Les photos n'étaient pas terribles, mais Gina avait aussi inclus des dessins, qui étaient plus nets et avaient quelque chose de frappant. Chaque page comportait aussi un gros bloc de texte exposant l'hérésie propre à chacune de ces femmes. Sam feuilleta la brochure, s'arrêtant sur Elizabeth Cady

Stanton, Mary Ann Shadd Cary, Rosa Parks, Rachel Carson, Mary Daly. Sam hocha la tête.

“Et ce que je voulais que tu voies, c’est ça : qu’est-ce que toutes ces femmes ont en commun ?” demanda Gina.

Sam secoua la tête, sourit.

“Lorsqu’elles commettent leurs prétendues hérésies, elles ont toutes un certain âge. Elles sont mûres. À mi-parcours, au *mezzogiorno*, ménopausées, post-réglées, tu vois ?

— J’ai toujours des règles, dit Sam.

— Plus pour très longtemps.”

Sam haussa les épaules.

“Et puis tu dégages une grosse énergie ménoplosive. Tu l’as ? C’est « explosive » et « méno... »

— Je l’ai, putain.

— Autrefois, on appelait ça le changement de vie. Le Changement, dit Gina.

— T’as quel âge, toi, en fait ?

— Vingt-deux.”

Sam hocha la tête. “Tu sais qu’en anglais, dans ménopause, y a *men* ? Hommes...” On pouvait y jouer à deux, à ce petit jeu.

“Exactement ! s’exclama Gina. Tu piges. Je sais que tu piges.

— Tu sais, je crois que le terme « post-usagées » serait encore plus approprié.”

Gina ouvrit des yeux exorbités. “C’est horrible...”

Sam sourit. C’était ironique, enfin, plus ou moins, mais apparemment, Gina ne captait pas cette fréquence.

Gina en remit une couche : “Tu veux que je te dise comment on devrait appeler ça ? « *Suprafertilitis.* » Par-delà la fertilité. La dépasser, la transcender.

— Ça va être dur à populariser."

Quand Gina fut partie, Sam entassa les zines sur le présentoir "Plus d'informations", près de la porte. Tout le monde pensait que Sam traversait une sorte d'effondrement de la cinquantaine. Sam décida qu'elle préférait le terme "climatère". Le climatère féminin, cette étape critique, profonde, changeante de l'existence. Elle n'était pas ménoplosive. Elle vivait son climatère. Mais bon, d'accord : il lui arrivait d'exploser, par moments, même, sa colère était telle qu'il lui arrivait de se faire peur.

Voilà encore une vraie raison de son nécessaire changement de vie : sa putain de rage. Elle avait toujours été une personne émotive, prompte à rire ou pleurer ou crier. Mais cette fois, c'était d'un autre ordre. Ses accès de colère notables avaient connu une escalade qui la perturbait, d'autant plus qu'ils continuaient à s'intensifier. Les temps étaient à la colère, bien sûr. Mais ce qu'elle éprouvait se classait dans une catégorie à part.

11

La première fois qu'elle avait remarqué quelque chose, un changement de sa disposition personnelle, de son tempérament (appelons ça comme ça), c'était l'année dernière, après ses débuts aux poids avec Nico. Elle s'entraînait toute seule au YMCA du centre-ville, dans la salle des poids libres. Un espace vraiment spartiate, au sous-sol, ouvert jusqu'à tard le soir. Il y avait des barres, des haltères, des bancs de musculation et de l'équipement de boxe. Pas de multistations, d'elliptiques ou d'engins de ce genre. Et la fréquentation semblait cent pour cent masculine. Ce soir-là, il y avait trois hommes, tous dans la vingtaine ou la trentaine, et Sam. Elle commença par mettre deux disques de vingt kilos sur la presse à cuisses. L'un des jeunes types – un mâle grêlé, bedonnant, moche – la regarda trimballer deux autres disques jusqu'à la barre, en glisser un de chaque côté et les fixer de façon sécurisée, comme elle avait vu son coach le faire. Le moche continua de l'observer. Sam ne leva pas les yeux. Elle n'avait pas envie de voir son air amusé et condescendant. Elle sentait un petit courant d'air chaud sur son cou. Super, elle allait avoir droit à un public, tout ce dont elle rêvait, un badaud à la mords-moi-le-nœud.

Elle décida de l'ignorer. Elle se glissa sous la charge, posa ses pieds sur le plateau et se prépara à pousser afin de pouvoir débloquer le levier de sécurité.

"Hé..."

Elle savait qu'il allait dire quelque chose, elle le savait, putain.

"T'es sûre que tu veux charger à ce point ?"

Ce qui se produisit ensuite confinait à l'état dissociatif. Elle fut animée par une force intérieure qui, une fois libérée, gagna en intensité. Plus tard, elle raconterait en plaisantant à Matt, à son amie Emily, à Ally et même à son médecin qu'elle était devenue un peu enragée. Mais la vérité, elle ne l'avoua qu'à sa mère au téléphone : ce qu'il y avait eu d'étrange dans cette sensation, c'était qu'elle était irrésistible.

"Alors j'ai dit : « Je sais ce que je fais », mais d'une voix qui n'était pas ma voix habituelle, tu sais ?

— Comment ça ? demanda Lily.

— Elle était plus grave et vraiment porteuse d'un avertissement, genre « pas un mot de plus ! ».

— Parfait, dit Lily.

— Non, dit Sam. Après, j'ai déblatéré. J'ai dit : « Pourquoi tu me parles ? Parce que je suis une femme, tu penses que j'ai besoin de ton aide. » Je parlais fort, d'un ton un peu hargneux. Les autres hommes m'ont regardée, puis ont détourné les yeux. J'enfreignais une certaine étiquette. Mais je savais que j'avais raison et qu'il avait tort. Je crachais mes mots : « Parce que je suis une femme, tu penses que je ne sais pas ce que je fais. Mais fous-moi donc la paix. Si j'ai besoin d'aide, j'en demanderai. »

— Oh, Sam", dit sa mère. Puis elle ajouta : "Bravo.

— J'étais troublée après ça, et gênée, et je commençais à me demander si j'avais mis trop de poids.

Alors je suis partie, sans ranger les disques que j'avais sortis. J'ai tout envoyé chier. Mais j'étais tremblante."

Lily soupira. "Tu avais raison.

— Tu sais ce que j'ai réalisé ?

— Quoi ?

— Que cette pensée, cette indignation devant son arrogance, n'avait rien de nouveau pour moi. J'ai réalisé que j'avais ressenti ça toute ma vie. Mais autrefois, je l'aurais pensé au lieu de le dire. Si j'avais dit quelque chose, j'aurais enrobé ça dans une formule de gratitude, j'aurais…

— Tu l'aurais remercié de sa sollicitude, tu en aurais ri."

C'était vrai. Sam se riait volontiers de tout. Et elle savait que les hommes trouvaient son rire radieux et séduisant.

"Ouais. J'aurais flatté son ego masculin, avant de refuser gentiment son aide. Pire, j'aurais flirté, plaisanté ou joué les humbles.

— Je le sais bien, dit sa mère. Mais encaisser et s'écraser, ça a aussi un prix."

C'était vrai, Sam le savait. Mais dans la rage disproportionnée, l'ébranlement qui l'accompagnait, on laissait aussi un peu de soi. Le contrecoup était pénible. Ce sentiment d'avoir perdu tout sens de la mesure. Et celui, déroutant, de ne plus se reconnaître. Comme si on sortait de son corps, comme si on était possédé.

L'incident suivant se produisit à bord d'un avion, quelques mois plus tard. Elle se rendait à Los Angeles pour voir son amie Emily. Ils avaient embarqué par microcatégories ridicules. Ses compagnons de voyage se disputant tous l'espace. Elle était arrivée la première et avait facilement logé son bagage à main aux dimensions appropriées dans le compartiment au-dessus de son siège. Elle était soulagée d'avoir triomphé d'une épreuve stressante (vais-je trouver de la place, tout va-t-il bien se passer ?), mais c'est alors qu'un passager de dernière minute, un retardataire tirant une valise à roulettes gigantesque (excédant largement le gabarit autorisé pour un bagage à main, constata-t-elle) remonta l'allée. Il souleva sa grosse valoche et tenta de la fourrer dans le compartiment de Sam. Son compartiment à elle, à sa place à elle. Ça ne rentrait pas. Il bloquait le passage. La masse des passagers impatients enflait derrière lui et, clairement, il était sous pression. Il essaya de rentrer sa valise les roues les premières, puis dans l'autre sens. Et enfin de côté, et Sam le voyait tout brasser dans le compartiment. Elle braqua les yeux sur son ventre, dans son sweat à capuche. Il pense avoir droit à autant de place qu'il veut, c'est ça ? Il lui en faut plus que les autres. Puis elle le regarda sortir un peu son sac – toucher à son sac à elle, à son modeste sac convenablement et antérieurement rangé là. Elle inspira, poussa un "Euh" d'avertissement, d'attention-je-te-vois, qu'il ignora, puis elle le regarda pousser, non, tasser son sac dans le coin afin de faire de la place pour sa valise.

"Attention à mon sac ! s'écria-t-elle enfin. Y a mon ordinateur dedans, merci de ne pas l'écraser." Elle avait le visage brûlant. Elle était la seule à parler. Les gens se livraient à cette tâche d'embarquer et de ranger leur bagage en grommelant, sans échanger un regard. Tout le monde transpirait la souffrance de devoir adhérer à cette procédure déplaisante, mais personne ne disait rien. Il se mit sur la pointe des pieds pour donner une dernière poussée à sa valise.

Son bagage était rangé, il pouvait s'asseoir. Sam se leva brusquement, lançant un regard noir à son sweat à capuche – pas à son visage. "Mon sac", fit-elle, déjà vaincue. Elle se campa devant lui, scruta le compartiment. Elle aperçut son sac écrasé dans le coin, prisonnier de la valise à roulettes. Elle poussa la valise – *tu vas voir ce que ça fait* – mais aucune marge. À travers la toile de son sac, elle sentit que son ordinateur était coincé sous la pression de ce bagage à roulettes dures qui forçait sur son bien, qui en compromettait sûrement l'intégrité structurelle. Mais le type au sweat était passé à autre chose, s'était installé dans un siège. Le flot se massait maintenant derrière elle, bouillant d'une énergie fébrile, impatiente. "Mon sac aussi, il a besoin de place !" grogna-t-elle à personne en particulier, le poussant jusqu'à ce que l'ordinateur tombe un peu dans la toile, échappe au moins à la pression du compartiment. Elle était outrée. Elle avait droit aux trente-quatre litres d'espace prévus par son billet. Elle reprit place, sentant des rougeurs lui monter aux joues et s'y fixer, lui donner chaud. Personne d'autre n'avait émis la moindre plainte, le moindre son.

Elle était dans son droit, dans son bon droit. Son bagage était petit. Elle avait suivi les règles, clairement énoncées sur le gabarit placé à la porte d'embarquement. Certes, elle avait eu l'avantage d'arriver la première. Elle se sentait minable de défendre ce petit privilège, de s'accrocher à ce pauvre acquis. Elle savait que protéger jalousement ces petites choses était ridicule, mais elle ne pouvait pas s'en empêcher. Elle avait envie de hurler. Elle était dans son droit, mais sa grogne laissa place à un sentiment de honte, d'humiliation. Elle était devenue cette horrible grincheuse. Qui pestait contre ses compagnons de voyage s'ils osaient toucher à ses affaires dans le compartiment à bagages. Le pire, c'est qu'ensuite, elle compensa en se montrant super sympa envers tout le monde : steward, voisins, elle essaya même de croiser le regard du type en sweat pour lui sourire. Elle se força à distribuer sourires et signes de tête doucereux, fit semblant d'être équilibrée, stable, calme. Personne n'était dupe. "Merci infiniment !" lança-t-elle au steward lorsqu'il lui servit son eau gazeuse relevée d'une rondelle de citron moisie.

Elle savait de quoi elle avait l'air : d'une vieille bique aigrie. Inadaptée aux pressions du monde. Et si elle en avait l'air, c'était parce qu'elle l'était. Inadaptée, intraitable. Inflexible. Comment était-elle devenue comme ça ? Si impatiente, si chatouilleuse ? ("Chatouilleuse" était vraiment le mot. Ne me touchez pas, ni moi ni mes affaires.)

Mais le pire n'était même pas là ; elle devait reconnaître qu'il y avait des endroits où ses déchaînements de hargne ne lui procuraient aucune honte, ces derniers temps, confinaient même à ce qu'elle aurait pu décrire comme d'authentiques accès de plaisir. Au volant, par exemple.

Lorsqu'elle était dans sa voiture, dans son espace fermé, privé mais vitré, lorsqu'elle conduisait, elle alimentait un flot régulier d'invectives, de jurons lancés aux autres conducteurs. À un carrefour à quatre stops, elle attendait son tour, contrairement à d'autres. Certains ralentissaient à peine à l'approche du stop, l'obligeant à freiner brusquement pour leur laisser une priorité extorquée. "Va te faire foutre !" criait-elle. "Connard", éructait-elle, et pire encore. Le torrent de jurons se déversait de ses lèvres sans plus s'arrêter. À l'intersection de l'I-690 et de l'I-81, par un tour de force qui semblait sorti de la tête d'un ingénieur fou (cherchant à saboter l'idée même d'insertion), la bretelle d'accès fusionnait promptement avec la voie de droite et s'évanouissait. C'était l'insertion ou la collision. Ce qui n'empêcha pas le conducteur roulant à côté d'elle de lui refuser le passage, l'acculant presque au bout de la voie d'accélération. "Non mais tu te fous de ma gueule ?" beugla-t-elle en klaxonnant. Elle fit une embardée et parvint enfin à s'intercaler. "T'es censé laisser les gens s'insérer, espèce de gros égoïste !" Son corps était brûlant et elle sentit l'énergie toxique de la rage se déverser dans ses veines. Son rythme cardiaque s'accéléra et elle en eut des tremblements. Son système nerveux sympathique plongea son corps dans un délire synaptique. Cortisol, tension artérielle, adrénaline : elle en sentit la vague déferler en elle. Et rien qui s'apparente à de la honte, nulle part.

Ils devinrent coutumiers, ces moments privés de fureur au volant. Un panneau annonçait la fermeture d'une voie. Les deux files allaient devoir fusionner. Les voitures étaient censées s'insérer tour à tour. C'était le principe de la fermeture éclair – on vous passait des vidéos là-dessus à l'auto-école. Et pourtant, un type (à coup sûr ou presque, c'était un homme) décidait de remonter la bande d'arrêt d'urgence à toute blinde puis de couper la file. Il roulait jusqu'à ce qu'il ait dépassé tout le monde puis s'insérait dans le flot. "Fermeture éclair, doubleur de mes deux !" Une autre fois : "Tu dois être tellement important, tellement plus important que les autres !" Ces mecs – une fois, y en a un qui avait essayé de s'insérer devant elle après un resquillage flagrant. Il ne daignait même pas la regarder. Il partait du principe qu'elle se laisserait intimider. "Dans tes rêves, dit-elle, se collant au pare-chocs de la voiture de devant. Jamais tu ne passeras devant moi après avoir grugé !" La civilisation en dépendait, de sa résistance à ces doubleurs.

Puis, un jour de janvier neigeux, merdique, elle dépassa vraiment les bornes. Elle allait se garer sur un parking plein et aperçut une voiture (un pick-up, en fait, un énorme pick-up rutilant) garé à cheval sur deux emplacements. Cette vue l'emplit d'une rage aussi profonde que pathétique. Ce n'était pas une erreur, cette personne s'était délibérément garée par-dessus la ligne, s'arrogeant deux places. Probablement pour que personne n'abîme sa carrosserie. Pour que personne n'ouvre ses portières à proximité des siennes. Les autres, hein, tant pis pour leur gueule. Elle ralentit, resta en arrêt devant le pick-up, stupéfaite de cette outrecuidance. Ou alors il ne s'était pas donné la peine de regarder où étaient les lignes, ce qui était aussi égoïste et arrogant. Et maintenant, les autres devaient tourner en rond sur le parking pour trouver une place. Elle aurait dû ravaler sa colère, laisser courir. C'était ce que faisaient les gens normaux. Les gens normaux et fonctionnels. Au lieu de ça, elle coupa le moteur. Elle descendit de voiture et se dirigea vers le pick-up. Elle avait sa clé à la main. Elle songea : Connard, espèce de gros connard, et pointa sa clé – la tenant à trois ou quatre centimètres de sa hanche tout en longeant le pick-up. Elle passa – pressa – la clé contre le flanc du véhicule mal garé. Elle la sentit mordre et érafler la tôle à mesure qu'elle avançait. Sur le moment, elle ne s'inquiéta pas à l'idée qu'il s'agissait là d'un acte de vandalisme sérieux, d'un délit caractérisé. Au contraire, elle éprouva un élan de plaisir et un merveilleux soulagement. Le soulagement qu'enfin, justice soit faite. Elle se dit : je suis la justicière des parkings ! *Et elle rit aux éclats.* Elle ne jeta même pas un œil à la ronde pour vérifier si quelqu'un l'avait vue. Elle l'imagina découvrant la rayure, imagina sa colère impuissante. L'espace d'un instant, elle en fut enchantée ; cela l'emplit de lumière.

Mais. S'il regagnait son pick-up, là, maintenant ? Les gens qui possédaient ce type de pick-up étaient du genre à vous flinguer ; on se faisait tabasser pour une bagnole rayée. Elle se hâta de remonter en voiture. Il a de la chance que je ne l'aie pas embouti, songea-t-elle. Et elle démarra en trombe pour aller se garer loin, très loin de là. Elle était contente, mais plus satisfaite. Elle était encore en colère. Encore plus en colère. Son geste avait décuplé sa fureur, c'était absurde que la satisfaction soit de si courte durée. Elle était garée, c'était passé – quoi, au juste, elle l'ignorait. Elle savait qu'elle n'avait aucun droit d'être en colère, aucune raison. Mais l'heure était à ce sentiment de déraison. La rage était dans l'air, stupide, impulsive. L'âge de déraison.

Les bornes s'estompaient. Il y avait des choses qu'elle était capable de faire non par pur goût de la transgression, ou de l'agression, mais du fait d'une certaine porosité, d'un flou dans la perception de ses limites, peut-être. Par exemple, s'il y avait la queue aux toilettes des femmes (toujours), pourquoi ne pas simplement aller dans celles des hommes ? Elle était prise d'une pulsion, puis d'un refoulement minime de cette pulsion.

Le coup de clé, cependant, c'était la ligne rouge, un indicateur clair. Elle n'en fit l'aveu à personne – pas même à sa mère, sa championne. Sam ne savait plus se tenir. Vous lanciez la machine puis regardiez votre vie se désintégrer.

12

“J’ai besoin de reporter ta venue.” Sa mère téléphona alors que Matt était en train de se rhabiller. Sam mit son doigt devant sa bouche pour qu’il se fasse discret, mais lorsqu’elle irait chez elle, elle comptait bien dire à sa mère qu’elle le “voyait”. (Elle savait que sa mère approuverait, ce qui l’agaçait et lui faisait plaisir à la fois.)

“Encore ? Il y a si longtemps que je ne t’ai pas vue. Pourquoi ?

— J’avais des rendez-vous à prendre et je ne suis plus libre cette semaine.”

Sam ne dit rien. Lily ne cessait de repousser sa visite. “D’accord, bien sûr. Je viendrai le week-end prochain, alors.

— Il se peut qu’Ally vienne le week-end prochain.

— Ah bon ?” La voix de Sam se brisa.

“Je sais que c’est dur. Elle fera la route toute seule.

— C’est bien, j’ai envie qu’elle te voie.

— Je t’aime, ma chérie. Ne t’en fais pas, je t’en prie.

— Moi aussi, je t’aime.

— Reparlons-nous quand j’aurai vu Ally.”

Elles raccrochèrent.

“Lily va bien ?” demanda Matt. Il avait beaucoup d’affection pour la mère de Sam, qui le lui rendait bien. Et avant même de pouvoir répondre, Sam fondit en larmes. “Oh non, Sam.

— Ça va”, finit par dire Sam, mais c’était un mensonge. Lily n’allait pas bien. “Elle me manque, c’est tout.” Matt s’assit à côté d’elle et lui passa la main dans le dos.

“Je sais, dit-il. Je le savais.”

Matt pensait avoir tout compris, l’avoir comprise, elle. Mais elle vivait sa compassion comme une sollicitation de plus.

“Tu devrais y aller, dit-elle.

— OK”, dit-il.

La première hypothèse de Matt était erronée. L’élection n’était pas ce qui avait catalysé le départ de Sam. Franchement, le monde lui avait paru injuste et brisé toute sa vie durant. L’élection n’en était qu’un exemple grossier. Ce n’était pas ça. Ce n’était même pas la maison, réalisa-t-elle. Mais, elle devait bien l’admettre, la dernière hypothèse de Matt était meilleure. De toutes les raisons, de toutes les choses qui lui faisaient perdre la tête, s’il ne fallait en retenir qu’une, c’était forcément Lily, sa mère.

13

Par un jour clair et froid de février, elle était partie deux jours chez Lily. Sa mère vivait seule près d'un hameau de la vallée de la Mohawk, à une heure quarante-cinq à l'est de Syracuse. Dix ans plus tôt, quand le père de Sam était mort, Lily avait vendu leur appartement new-yorkais pour acheter cette jolie petite maison à la campagne.

Sam adorait la maison de sa mère. C'était une habitation excentrique, à la fois rustique, hippie et moderniste, construite dans les années 1970 par un menuisier aussi talentueux que décalé. Elle était petite, de plain-pied, faite de verre et de bois de récupération, adossée à une colline avec vue sur la vallée et son patchwork de fermes. La façade sud était entièrement composée de doubles vitrages, procurant un chauffage solaire passif, et un espace ouvert abritait cuisine et séjour. Un grand poêle à bois en fonte émaillée en constituait la pièce maîtresse. C'était vraiment cosy, un bain de lumière et de chaleur miraculeux, en hiver, probablement grâce au chauffage par rayonnement installé sous les sols de béton couverts de tapis. Sa mère vivait modestement mais les tapis étaient somptueux. Outre les tapis, il y avait des étagères de livres sur les murs sans fenêtres et un tableau peint par l'un des ex de sa mère. (Sa mère était l'une de ces femmes dont les ex restent amoureux pour le restant de leurs jours.) Elle avait un canapé d'angle, ancien et lourd. La cuisine était fonctionnelle, équipée d'une grosse cuisinière à gaz et d'une grande table ancienne en bois de fruitier qui servait également de bureau. C'était la maison parfaite pour une personne seule. Sam en éprouvait la sérénité, sentait qu'au réveil, on devait s'y sentir bien. L'été, Lily entretenait religieusement le jardin entourant la maison. Elle avait des carrés potagers pour les légumes, des fleurs qui s'épanouissaient les unes après les autres tout au long de la saison. Pour autant, elle ne vivait pas en ermite. Elle voyait des amis en ville ; conduisait un petit SUV. Elle avait la télé, une bibliothèque à proximité et une bonne connexion internet. Elle était seule, mais pas solitaire. ("D'ailleurs, j'ai la compagnie de Raisin Sec." Raisin Sec était son berger allemand au nom inexplicable, un chien de neuf ans, sérieux, qui avait tendance à venir poser sa tête pensive sur votre genou. Sam reconnaissait que Raisin Sec était adorable et d'excellente compagnie, une vraie réclame pour l'amour canin. Il levait même la tête pour écouter quand sa mère prenait la parole.) C'était exactement ce que Lily souhaitait. Et vraiment, elle semblait plus heureuse que lorsqu'elle vivait à New York, même si Sam aurait aimé qu'elle habite plus près de Syracuse.

Une fois par mois environ, Sam lui rendait visite et restait pour la nuit. Chose remarquable, la maison ne comportait pas de chambre d'amis (on en conclura ce qu'on voudra), mais une partie du canapé d'angle se transformait en un lit confortable.

Avant, lorsqu'elle venait avec Ally, elles campaient toutes les deux sur le canapé, s'offraient une *pyjama party*. Lorsque Ally était toute petite et que sa mère habitait encore à New York, elles grimpaient toutes les trois dans son lit. Chuchotant dans le noir, étouffant des rires. Sam faisait volontiers le pitre dans ces moments-là. Lorsqu'elle passait du temps avec sa mère et sa fille. Parfois, elle était si heureuse qu'elle se livrait pour elles à des danses bouffonnes, rejouait des scènes de film, exécutait des gags. Sam chantait mal, Sam dansait mal, mais elle aimait faire l'imbécile. Elle avait un clown intérieur. Souvent, elle entonnait des chansons inventées pour amuser sa fille. Et quelques adultes : sa mère, et Matt lorsqu'il était avec Ally. C'était l'arme secrète de Sam, la bouffonnerie, et c'était une forme de confiance, au fond. Elle se rappelait ce qu'elle éprouvait lorsqu'elle amenait Ally à s'exclamer : "Mais ce que t'es bête, maman !" Et que tout le monde s'esclaffait.

14

Lors de l'une de leurs dernières soirées ensemble dans l'appartement de ses parents à New York, Ally, Lily et Sam se couchèrent toutes les trois dans le grand lit de sa mère. Ally avait six ans et ça l'excitait plus que ça ne l'aidait à s'endormir. Elles "lisaient", mais Sam et Ally ne faisaient que chuchoter, et de temps en temps Ally lançait une question ridicule ("Mamie, pourquoi les chats retombent toujours sur leurs pattes ?"). Levant à peine les yeux de son livre, Lily secouait la tête, surjouant l'exaspération, et Sam et Ally partaient d'un rire volcanique. Enfin, elles se calmèrent. Sam se leva pour aller aux toilettes, et à son retour, elle se mit à interpréter une publicité de son enfance qui lui était soudain revenue à l'esprit. Une publicité pour un parfum.

De but en blanc, elle en entonna le jingle stupidissime, à jamais gravé dans son cerveau d'enfant :

"Je peux faire bouillir la marmite", chanta-t-elle en se déhanchant à travers la chambre avant d'envoyer valser son attaché-case imaginaire.

"Faire frire le bacon", poursuivit-elle, secouant une poêle invisible d'un geste suggestif, l'autre main posée sur son déhanché.

Lily était hilare et Ally fut prise d'un fou rire.

“Et jamais, jamais je ne te laisserai oublier que tu es un homme, car je suis uuuuuune femme, Enjoli.”

Sam s’arrêta, en proie au rire, et s’effondra sur le lit, hors d’haleine.

“Qu’est-ce qui a bien pu te faire penser à ça ? fit Lily.

— Tu t’en souviens ?

— Oh que oui, dit sa mère.

— Ce qu’elle était naze, cette pub. Censée séduire la femme active moderne.

— C’était quoi ?” demanda Ally. Alors Sam chercha la publicité sur YouTube et elles la regardèrent. C’était exactement comme dans son souvenir, aussi idiot que dans son souvenir.

C’était génial d’être dans le lit avec elles deux, de les faire rire. Elle se rappelait très bien ce moment, et s’il était si mémorable, c’était, notamment, parce que tout semblait si facile. Il y avait une joie et une fluidité naturelles dans leurs relations. À l’époque, leur plaisir à être ensemble, leur amour semblaient éternels. Elle rêvait de pouvoir retrouver ce moment, non seulement de le revivre mais, au fond, d’y demeurer à jamais.

À présent, tout allait si vite qu’elle avait peine à suivre. Pour la première fois de sa vie, elle ne voulait pas de ce qui l’attendait, de l’avenir. Ce qu’elle voulait, c’était ce moment et tous les moments ordinaires qui l’avaient précédé et suivi. Elle parvenait à se replonger dans les jours qui avaient entouré cette soirée, dans la routine simple de cette époque de leurs vies. Et tout lui paraissait mieux qu’aujourd’hui.

15

C'était au cours des semaines qui avaient précédé sa visite de février que Lily avait commencé à se montrer étrangement distante envers Sam, à atermoyer lorsqu'elle essayait de fixer une date. Avant, sa mère leur rendait visite, elle aussi – pour assister à l'un des concerts ou des matchs de foot d'Ally. Et pour les fêtes, bien sûr. Mais Lily avait mal à un genou et cette longue route devenait trop éprouvante pour elle. Cela faisait six mois que Sam faisait les trajets. Mais les deux dernières fois qu'elle avait dit vouloir venir, sa mère avait invoqué une excuse quelconque. Un rendez-vous médical, en général.

“Qu'est-ce qui ne va pas ?

— Rien, la routine, à partir d'un certain âge, tu as des examens et des rendez-vous de routine.”

Puis Lily ne pouvait pas la recevoir parce qu'elle avait son club de lecture. Ou une réunion de sa cellule locale de résistance, qui était à peu près composée des mêmes personnes que son club de lecture. De plus, elle était trop fatiguée pour recevoir en ce moment.

“Tu me le dirais si quelque chose n'allait pas ?

— Oui. Je suis fatiguée, c'est tout. Ne t'inquiète pas, je t'en prie.”

Sam croyait que si elle parlait de ses peurs aux autres, les exprimait tout haut, elles perdraient leur valence et l'empire qu'elles avaient sur elle. Ou peut-être était-ce plus égoïste que ça. Elle voulait que sa mère la rassure, lui dise que tout irait bien, alors qu'à l'évidence, rien n'irait bien, ni n'était de nature à rassurer quiconque. Sa magnifique mère allait sur ses quatre-vingts ans.

Finalement, Lily avait consenti à une visite. Sam arriva en fin d'après-midi. Elle prit un bain chaud dans la baignoire extra-large de sa mère tandis que cette dernière leur concoctait une soupe épaisse à base de légumes de son jardin congelés l'été passé et de "saucisses fantastiques" qu'elle avait achetées au marché. Sam huma les effluves d'ail et d'épices, ferma les yeux et s'abandonna contre la porcelaine. Elle aurait bien voulu amener Ally, mais Ally avait tant de travail scolaire. La prochaine fois.

Elles dînèrent et Sam donna à Lily les dernières nouvelles de sa petite-fille. Sam livra également des anecdotes amusantes et un peu médisantes sur les visiteurs de la maison Clara Loomis, et brossa les portraits plus qu'un peu médisants des femmes qui avaient pris part avec elle à la réunion du groupe de résistance locale. Elles revinrent sur la cérémonie d'investiture, la Marche des femmes, autant de sujets dont elles avaient déjà parlé au téléphone. Elles étaient toutes deux fatiguées et ne tardèrent pas à aller se coucher. C'était chaque fois le matin qu'elles discutaient vraiment, qu'elles se détendaient. Peut-être parce qu'elles étaient venues à bout de toutes les nouvelles et menus bavardages la veille au soir. Ou peut-être parce que rien ne détendait mieux Sam que le fait de dormir sous le même toit que quelqu'un.

Sam fut réveillée par l'odeur du café. Les yeux ensommeillés, elle contempla sa mère qui était assise à la table et portait son mug à ses lèvres. Derrière elle, la vallée et l'horizon. Le ciel était parsemé de nuages bas, horizontaux, dont l'aube mordait les franges de rose et d'or.

Lily ne regardait ni la vue, ni Sam. Elle écrivait dans un carnet. Elle avait écrit deux livres : un recueil d'essais personnels et un roman. Elle prétendait travailler à un troisième livre, un recueil de nouvelles, mais quinze années s'étaient écoulées depuis le dernier, alors qui savait ? Sa mère semblait très concentrée. Sam hésita à l'interrompre. Elle ferma les yeux et se blottit dans la chaleur de la couverture. La couverture sentait la lessive à la lavande de sa mère. Raisin Sec dormait aux pieds de Sam.

Sam ne parvint pas à se rendormir, mais elle garda le silence et continua à observer sa mère. Lily paraissait frêle, sa mine semblait soucieuse. Mais elle pensait, elle écrivait. Au bout de quelques minutes, elle tourna la tête vers Sam et sourit.

"Bonjour ! Je t'ai réveillée, chérie ?

— Non, dit Sam. Je me réveille hyper tôt en ce moment." Elle s'assit sur le canapé, enfila les chaussons chaussettes hideux mais chauds ainsi que l'épaisse robe de chambre de flanelle que sa mère gardait exprès pour elle. Elle s'approcha du poêle à bois et se réchauffa les mains. Sa mère lui tendit une tasse de café noir et fort. C'était le meilleur moment de la journée, de toute journée. Le café, la chaleur et l'odeur du poêle, les attentions de Lily. Sam s'efforça de ne pas ternir son plaisir par des pensées morbides, mais elles n'étaient jamais loin, ces temps-ci. C'était comme si, en toutes circonstances, quelque chose tambourinait sous elle en sourdine. Ajoutant un contrepoint élégiaque à presque toutes ses joies. Est-ce que ça voulait dire ça, vieillir ? Que le peu de temps qui lui restait ne serait jamais plus à l'abri du souci ? La morbidité serait-elle un peu plus prégnante chaque année ?

(Un jour, elle avait demandé à sa mère comment elle concevait l'avenir maintenant qu'elle allait sur ses quatre-vingts ans.

"Sachant que je n'ai probablement guère d'avenir, tu veux dire ?

— Non, avait répondu Sam, mais c'était bien ce qu'elle voulait dire.

— Honnêtement, je n'y pense pas", avait conclu Lily.

Sam avait espéré des paroles de sagesse, mais peut-être que c'en était.)

La maladie de sa mère, quelle que soit l'affection ou la pathologie qu'elle lui cachait, ne lui parut réelle qu'après coup, lorsqu'elle l'eut quittée et se trouva sur la route du retour. Parfois, au sein des conversations, Sam trouvait un éphémère refuge. Il venait de son empressement à remplir l'air de paroles, à interroger, à parler et à écouter. Ce n'était pas seulement que les mots lui permettaient d'obtenir ce qu'elle voulait si elle continuait à les manier. Elle était convaincue que si elle posait la bonne question, il y avait l'espoir d'une relation ou d'un échange quelconque. "Qu'est-ce qui ne va pas ?" suivi de la réponse, fût-ce de cette dérobade merdique : "Je n'ai pas envie d'en parler", c'était déjà quelque chose, une affaire entendue entre elles. Elles étaient en vie, unies dans la conversation ; l'air était bruissant de leurs paroles, qui constituaient la matière première et brouillonne de la vie. Et ces paroles seraient un support pour le souvenir, lui confèreraient un surcroît de réalité, défini et façonné par les mots.

Mais dans la voiture, durant son long et morne trajet du retour par autoroute, même si elle écoutait la radio ou un podcast, et surtout si elle écoutait de la musique, Sam trouvait un espace pour ses pensées au-delà de son propre bruit. Ce n'était pas qu'elle ait besoin que le monde se taise ; elle avait besoin de se taire elle-même. De cesser de parler et d'accabler sa mère de questions, d'assertions, de suppliques. Lorsqu'elle n'était ni en train d'écouter, ni en train de parler, Sam pouvait penser. Pas ruminer – ça, c'était pour le milieu de la nuit, peuplé de ses ressassements hystériques. Cette façon de penser là était plus sobre et plus vaste, et n'était généralement pas déclenchée par ce qui faisait écho à ses peurs, mais par le simple fait d'être au monde, sans essayer d'obtenir ni d'accomplir quoi que ce soit outre une tâche ordinaire, comme traverser l'État en voiture.

Elle écoutait un podcast santé auquel elle s'était abonnée. Quelqu'un y parlait de gènes. D'épigénétique, c'est-à-dire de la façon dont, apparemment, on pouvait influer sur l'expression de ses gènes, sorte de méthode de développement personnel vendue sur le mode "hackez vos gènes" et vous aussi, vous pourrez échapper à ces maladies. Et de "snips", sortes de défauts liés aux maladies d'Alzheimer et de Parkinson, aux cancers, aux maladies cardiaques et au diabète. Comme si prendre de la choline et dormir profondément allait vous permettre de surmonter votre destin génétique. La conversation se porta ensuite sur un conseil de l'invitée, une docteur en quelque chose qui était aussi capable de soulever trois fois son poids à la salle de sport : faire pousser des germes de brocoli pour pouvoir consommer du sulforaphane, très actif, et ainsi bloquer un signal génétique défectueux. Quelle drôle d'idée de penser que notre corps avait seulement besoin d'un petit réglage, d'une intervention à notre portée, pour être parfait, intact, lavé de toute erreur, de toute imperfection. Pareil désir visait, bien sûr, à abolir notre destin, à corriger l'erreur fatale contenue dans le code, à échapper au bug qui conduirait à notre mort. À réécrire le code. À nous reprogrammer. Mais peut-être le code était-il parfait, fabriqué (sinon conçu) pour s'autodétruire d'une façon unique et imprévue, que nous ne contrôlions pas plus qu'Atropos lorsqu'elle coupait avec ses ciseaux notre fil de mortel, malgré toutes les plantes germées et les gélules de compléments purs déposées en offrande à ses pieds.

Sa mère était malade.

Sa mère allait mourir, peut-être pas tout de suite, mais bientôt. Sam avait tenté de s'obliger à y penser. Elle avait le sentiment de devoir se faire une raison (quelle drôle d'expression, malvenue, comme si l'acceptation pouvait se fabriquer de toutes pièces, *j'ai bien cherché et voici la raison que j'ai choisie de laisser ma mère…*), mais c'était impossible, parce que la fin de sa mère ne lui paraissait pas réelle. Lorsqu'elle était avec elle, à lui parler, à débattre avec elle, à la regarder verser du café dans son mug blanc avant d'y ajouter une sucrette puis de touiller avec sa cuillère, elle se demandait : comment serait-il possible que ça ne dure pas toujours ? Ces détails qui faisaient l'ordinaire de sa mère et de leur relation semblaient aussi immuables et éternels que la terre elle-même, car Lily avait toujours fait partie de son univers. Mais les signes étaient là, toujours, suggérant que le temps était compté et que la stabilité était une illusion. Les mains de sa mère – cette main qui touillait le café – étaient désormais maigres, noueuses et laides. Sa peau jadis parfaite se marbrait, ses veines transparaissaient, son corps était nettement plus ankylosé, moins valide. Comment remarquer ces changements lorsqu'ils se produisent si lentement, si graduellement ? Et pourquoi le devrions-nous ? Nous sommes faits pour ne rien remarquer, pour accepter et rester dans l'instant. Si Sam prenait les mains de sa mère et pleurait dessus, à quoi ça servirait à part à gâcher l'un des moments de bien-être restants, l'un des moments paisibles que sa mère pourrait employer à lui raconter une anecdote sur Raisin Sec, ou à parler avec elle du jardin ou, probablement, de leur sujet préféré, les détails de la maturation d'Ally, Ally étant l'incarnation de ce qui les unissait, et bien plus que cela. Ally, c'était de la génétique additionnée de magie. Elle avait hérité d'elles des bouts de code génétique aléatoires (les "snips", avait dit l'invitée du podcast, ce qui, c'était expliqué, s'écrivait en fait SNP et était l'acronyme de Single Nucleotide Polymorphism, "polymorphismes d'un nucléotide simple"), elle avait observé et appris de leurs comportements, mais elle était devenue quelqu'un d'entièrement inconnu – un nouvel être incandescent, radieux, toujours aussi surprenante pour elles qu'une nouveau-née alors qu'elles voyaient émerger tous les aspects de sa personnalité d'adulte. Dieu merci pour Ally.

"Je lui ai dit que je lui paierais son voyage des JDA cet été, avait mentionné sa mère au petit-déjeuner.

— C'est très généreux de ta part." Jusque-là, sa visite s'était déroulée comme toutes les autres. Sam était assise à table, face à sa mère. Il y avait des fruits rouges que Lily avait récoltés et congelés l'été passé et qu'elle servait avec des scones à la vanille maison.

Tout était parfait. Puis Lily posa sa tasse et c'est alors que Sam sut. Elle sut avant même que Lily ne prononce le moindre mot.

"J'ai besoin de te parler de quelque chose et j'ai besoin que tu m'écoutes sans surréagir, dit Lily.

— D'accord, quoi ? dit Sam, d'une voix déjà trop forte et trop pressante. Quoi ?

— Quand tu arrives à mon âge, quelque chose se produit. Tu comprends que, que tu le veuilles ou non, tu écris ton dernier chapitre. Tout ça – d'un grand geste, Lily désigna la pièce et la vue par la fenêtre – c'est ta dernière demeure, le dernier endroit que tu habiteras. Ce n'est que récemment que j'ai pris conscience de tout ce que je ne ferai jamais : je n'aurai jamais d'appartement à Rome. Je n'aurai jamais d'autre amant. Je ne changerai jamais plus ma vie radicalement.

— Qu'est-ce que tu en sais ? Les gens vivent bien au-delà de quatre-vingts ans de nos jours."

Lily baissa les yeux et sourit. Hocha la tête.

"Plus tu vieillis, plus ton horizon se rapproche et s'amenuise, jusqu'au jour où tu réalises que tu ne verras pas d'autre été, et pour finir, j'imagine, pas d'autre matin.

— Qu'est-ce que tu racontes, maman ?

— Mon médecin a décelé quelque chose et il semblerait que je n'aille pas bien.

— Comment ça, « quelque chose » ? Qu'est-ce qui ne va pas au juste ?

— Écoute-moi, Sam. Je n'ai pas envie d'en parler. Je n'ai pas envie que tu cherches des informations sur internet, des cliniques ou des essais thérapeutiques.

— Oh mon Dieu, tu as un cancer ? Quel genre ? Où ? Quel est le pronostic ?" Sam sentit les larmes affluer. Pathétique, mais c'était comme ça. Elle s'essuya les yeux et désigna le scone sur l'assiette de sa mère. "Tu ne devrais pas manger de sucre, maman !

— C'est ce que je voulais dire. Je n'ai pas envie de conseils ni d'aide.

— Il faut que tu me laisses t'aider. Il faut que je parle à ton médecin.

— Non, je n'ai pas envie d'aide. C'est exactement ce dont je n'ai pas envie."

Sam sanglotait maintenant, s'irritait mais tentait toujours de convaincre sa mère de quelque chose.

"Si c'est sérieux, tu as besoin d'aide. Tu ne peux pas t'en sortir toute seule. S'il te faut quoi que ce soit, je suis là. J'emménagerai ici pour t'aider, dit Sam.

— Sam, dit sa mère calmement.

— Quoi ?

— Emménage ici et je te tue."

Sam rit tout en continuant de pleurer. Elle regarda sa mère à travers ses larmes. Secoua la tête, choquée par sa résistance. Se pencha en avant et posa le front sur la table, de guerre lasse. Puis elle plaça ses mains sur sa tête, comme si le plafond risquait de lui tomber dessus.

"Je ne veux pas être une raison pour toi de chambouler ta vie." Lily posa sa main sur celle de Sam, la retourna, la serra dans la sienne. Sam leva les yeux vers elle.

"Tu veux m'aider ? J'ai besoin que tu sois forte. Te voir craquer ne fait qu'empirer les choses."

Sam se redressa, inspira profondément, se reprit. "Mais pourquoi tu ne peux pas me le dire ? Je peux t'aider pour ce que tu veux, à tes conditions. J'ai besoin d'être sûre que tu as tout ce qu'il te faut.

— Je n'ai pas envie de ça, tu comprends ? J'ai envie que tout soit normal. J'ai envie que tu m'appelles et me racontes ta vie. J'ai envie d'avoir des nouvelles d'Ally et de parler politique. J'ai envie de jardiner et de promener mon chien. J'ai envie que ma vie reste telle qu'elle est et telle qu'elle a été, et ce jusqu'à ma mort."

Sam acquiesça, les yeux irrités, rouges, gonflés. Sa mère lui sourit.

"Merci", dit-elle.

Sam inspira encore un grand coup et poussa un soupir. Elle sentit s'abattre un calme lourd, quelque chose de plus chimique qu'émotionnel, les larmes libérant ou refusant de recapturer un neurotransmetteur au plus profond de son cerveau.

"Je te promets que je te tiendrai au courant quand j'aurai pris mes décisions. Quand j'aurai arrêté mes plans."

La mère de Sam se cramponnait à son mug et la regardait, l'air stoïque, placide. Pas heureuse, mais maîtrisant ses émotions. "Je sais que c'est dur." À l'évidence, elle avait mûri la question et n'avait autorisé Sam à lui rendre visite qu'après avoir tout mis au point. "Mais il faut que tu te prépares à ce qui va venir, Sammy.

— Non, murmura Sam. Non. Tu ne peux pas baisser les bras comme ça.

— Je ne baisse pas les bras. Je suis honnête avec moi-même, avec toi. C'est comme ça que ça se passe, ce n'est pas un secret. À quoi t'attendais-tu ?"

Sam avait envie de lancer quelque chose à travers la pièce, de réduire quelque chose en miettes. Elle n'était pas préparée ! Pas maintenant, pas déjà.

"Mais j'ai encore besoin de toi, dit-elle.

— Je sais, et je suis toujours là", dit Lily.

Dans la voiture, tandis que la femme du podcast dissertait sur les adaptogènes, elle disséquait les paroles de sa mère, en quête d'indices. Elle aurait dû lui demander combien de temps. Sa mère était têtue. Sam concédait qu'elle était tout aussi intraitable. Pire encore, Sam se sentait puérile et égoïste. Sa mère était malade et, réalisait-elle, Sam attendait d'elle qu'elle la réconforte. Vraiment, elle était pathétique. Bonne à rien. Pas étonnant que sa mère ne veuille pas l'impliquer. Elle était incapable de faire face.

Lorsque Sam fut de retour dans son foyer des *suburbs*, elle n'y trouva ni Matt ni Ally. Tous deux avaient envoyé un message pour dire qu'ils ne seraient pas rentrés pour le dîner. Matt, qu'importe. Mais Ally – Sam avait envie de voir Ally, de l'avoir simplement sous les yeux. Ally était censée être le rempart contre la perte de sa mère, le contrepoids. Sam s'installa à la table de la cuisine et mangea des crackers avec des tranches d'un fromage à pâte dure salé en sirotant un verre de vin rouge. Son dîner.

Elle avait juste besoin d'être dans la même pièce qu'Ally. Sam avait merdé sur toute la ligne. Elle avait si mal planifié sa maternité que sa fille allait partir à l'université juste au moment où elle perdait sa mère. Sam suffoqua à cette pensée, soudaine et crue. Elle perdait, elle était en train de perdre sa mère. Elle pleura de nouveau et n'aima pas se trouver dans cet état, en train de pleurer en buvant du vin. Même pour elle, même seule, surtout seule, il en résultait un numéro d'auto-apitoiement intempestif. Ressaisis-toi. Elle ne pouvait pas penser à Lily, pas pour le moment. Sam avait besoin de faire quelque chose, mais à ce stade, elle ne savait trop quoi. Il y eut en revanche des choses qu'elle ne fit pas.

Sam ne dit pas à Matt que sa mère était malade. Ni à Ally. Lorsqu'elle appela sa mère, le lendemain, elle n'en fit pas mention.

Plusieurs semaines plus tard, elle trouva la maison. La maison croulante, nécessiteuse de Highland Street. L'achat de la maison fut un geste instinctif. Ce que désirait Sam, ce n'était pas une planque, une échappatoire ni même un refuge, mais plutôt un endroit où être seule, où passer du temps, où changer. Ce qu'elle était – la somme des cinquante-trois années passées dans ce corps, sur cette terre – était insuffisant face à ce qui s'annonçait. Il fallait manifestement qu'elle change.

Sa seule certitude, c'était qu'elle avait tout fait de travers. Ses préparatifs pour l'avenir étaient insuffisants. Bêtes, futiles, insignifiants.

Maintenant seule dans sa nouvelle maison, elle tenait le coup en fumant une cigarette. Sam était affligée, endeuillée. Avant l'heure. Préendeuillée. Ce qu'il aurait fallu, c'est qu'elle explique la maladie de sa mère à Ally. Ally aurait alors compris pourquoi Sam avait dû mettre sa vie sens dessus dessous, pourquoi elle était si malheureuse. Mais elle ne voulait pas qu'Ally sache pour Lily. Elle était si proche de sa grand-mère ; Sam voulait la protéger de ce terrible chagrin. Ally avait besoin de s'émanciper, non d'être arrimée à sa mère et à sa grand-mère. Jusque dans sa solitude, Sam essayait de trouver ce qu'elle pouvait faire pour Ally.

Elle envoya son message quotidien. Toujours rien. Ce froid entre elles n'aurait-il jamais de fin ?

Sam savait que son amour pour Ally faussait la perception qu'elle avait d'elle. Elle était toujours effarée quand le monde ne se jetait pas aux pieds de sa fille. Parfois, elle se demandait : si Ally était la fille de quelqu'un d'autre, est-ce que je l'apprécierais seulement ? Mais elle était incapable de l'imaginer. Son cerveau n'était pas en mesure de prendre du recul vis-à-vis de sa fille ; de même qu'il nous est impossible de sentir notre propre haleine. La férocité de son attachement à Ally était ce qui lui donnait le sentiment d'être elle-même.

Dès l'instant où elle était née, où elle avait été expulsée du corps de Sam (rien n'était plus commun que la maternité, et pourtant, il n'y aurait jamais rien de banal là-dedans), Ally était devenue le soleil de Sam, sa préoccupation première. Comme jamais auparavant, elle avait eu le sentiment d'avoir une direction, un but, un sens. Ou pour le dire autrement : c'était le sentiment le moins faux qu'elle ait jamais éprouvé, le plus sérieux. Toutes les mères éprouvaient-elles cela ? Les pères ? Non, oui, peu importe. D'une certaine manière, il y avait Ally, puis il y avait tous les autres humains sur terre.

Au début, c'était physique. Le besoin de tenir et de nourrir et de rassurer. C'était ce qu'il y avait de plus beau dans la maternité, répondre à ce besoin. C'était si simple, si complet. Certes, il y avait des moments où elle mourait d'envie de dormir, des moments où elle se sentait totalement esclave, mais il lui suffisait de sentir la tête sur sa poitrine, la main qui se cramponnait à elle, de tenir le dos potelé, parfait contre sa propre main. La toucher, c'était comme prendre une drogue. Le dos, le pied, la jambe, le petit bras ; les lèvres, les oreilles, les orteils, le tout petit nez parfait. Les cuisses, les genoux à fossettes, les bourrelets aux poignets, les doigts charnus et fuselés parés du minuscule ovale de l'ongle. Voyez un peu. Les yeux, ma foi, ils sont toujours restés les mêmes, sont encore les mêmes aujourd'hui. Grands, aux paupières lourdes, marron foncé, bien écartés, bordés d'une profusion de cils. Quelle beauté alors et aujourd'hui encore. Même au plus fort de l'embarras de l'adolescence, Sam l'avait trouvée profondément, remarquablement belle. Était-ce “vrai” ? Les autres la voyaient-ils comme ça, eux aussi ? Peu importait. L'important, c'était que Sam avait éprouvé cet amour constant seize années durant et que c'était ce qu'elle avait jamais ressenti et ce qu'elle ressentirait jamais de plus beau. Et chaque jour il y avait ce pincement lorsqu'elle se souvenait qu'Ally ne lui parlait plus à cause de ce qu'elle avait fait. Elle était partie. Le pincement était là lorsqu'elle lui écrivait chaque soir. Ces messages faussement enjoués qui restaient sans réponse. Même durant leur brouille, cet amour était ce que Sam éprouvait de plus réel, le sentiment qui faisait mentir tous ces autres émois que les gens qualifient d'amour. Elle était excessive, à fleur de peau, tout un tas de choses stupides. Mais elle était constante, sans que ça lui demande le moindre effort. Peut-être était-ce la clé de la constance en amour. Quand on aimait vraiment, il n'y avait jamais de retour en arrière. Ça ne s'entretenait pas, ça ne se cultivait pas comme une fleur rare. Ça ne demandait aucun travail. Ou c'était, ou ça n'était pas.

Lily l'aimait-elle de cette façon ? Bien sûr. Pourtant sa mère la repoussait, l'évitait.

Et Ally, ressentait-elle pour Sam ce que Sam ressentait pour sa mère ? Qu'elle était toute son atmosphère ? Comme si sa mère n'était pas une personne, mais un élément de son infrastructure vitale. Quelqu'un dont l'existence rendait la sienne possible. Une force totalisante – et donc pas tout à fait visible. Sam comptait sur Lily comme sur le soleil ou la terre elle-même. Alors, lorsqu'elle était entrée chez elle et qu'au premier coup d'œil elle avait vu sa mère tassée, petite, fragile – mourante, vraiment –, elle avait remisé cette idée aussi loin de son cœur et de son esprit que possible. Elle avait descendu un verre de vin et tâché de ne rien remarquer. Pas de cruel inventaire des rides de Lily, de ses oublis, de ses traits troublés. La beauté qui l'avait toujours caractérisée était bien là mais elle se brouillait, se dissolvait… la quittait.

Après avoir écrit à Ally, Sam s'installa seule à sa table où elle mangea des quartiers de pomme et des amandes salées. Puis elle alla à sa fenêtre fumer une autre cigarette aux plantes.

16

Ces dernières semaines, Sam travaillait quelques jours de plus parce qu'elle avait besoin de faire des heures sup et avait accepté de renouveler toutes les vitrines. Elle avait proposé à Laci et MH de la retrouver à la maison Loomis, avant d'aller boire un verre ou manger un morceau, peut-être. Elle était en train de fermer lorsque Laci entra, accompagnée d'une jeune femme qu'elle n'avait jamais vue. La jeune femme parcourut la maison Loomis du regard avec une moue pincée, sceptique.

"MH vient ?" demanda Sam. MH n'avait pas répondu à son message.

"Je ne crois pas, dit Laci.

— Ah", dit Sam.

Laci et la fille échangèrent un regard.

"Sam, Tugg. Tugg, Sam, dit Laci. Sam travaille ici."

Tugg ouvrit des yeux immenses et posa les mains de chaque côté de son visage, imitant l'émoji qui pousse un cri d'effroi.

"Oh, par pitié", dit Sam, mais elle en avait assez d'essayer de justifier la vie de Clara. Récemment, quelqu'un avait modifié la page Wikipédia de Clara Loomis et ajouté une section "Controverse sur l'eugénisme", vérifiée et référencée. Sam n'avait même pas le courage de la lire. Et aujourd'hui, lorsqu'elle avait fait son topo sur la fille maladive et préférée de Clara, quelqu'un avait dit avoir lu sur Wikipédia qu'elle était en fait l'enfant de John Humphrey Noyes, le guide spirituel de la communauté d'Oneida, et qu'il "fallait vraiment aborder le problème des abus sexuels en contexte sectaire".

Elle voulait montrer à MH son nouveau projet. Elle était en train de constituer un cabinet de curiosités. De curiosités de Syracuse, comme les gens en collectionnaient et en exposaient au XIXe siècle. Elle faisait aussi imprimer une brochure à la presse, quelques éléments de l'histoire de Syracuse qu'elle avait compilés. Quelque chose à donner aux gens au-delà de la vie de Clara, de sa vie compromise. Un peu de contexte.

"Où est MH ? demanda Sam. Tu lui as parlé ?

— Non, dit Laci.

— MH est cancellée", dit Tugg.

Laci secoua la tête. "On ne la cancelle pas. On la prive d'audience plutôt. Trop de pouvoir et d'influence, et elle en a abusé. On l'endigue, pour qu'elle ne cause pas plus de mal.

— Quoi ? Qu'est-ce qui s'est passé ? Qu'est-ce qu'elle a fait ? demanda Sam.

— Il y a une pétition sur Medium", dit Laci.

Le téléphone de Sam tinta.

"Je viens de t'AirDropper le lien", dit Tugg.

Sam baissa les yeux vers son téléphone et tapota le lien. Elle scrolla et lut. "Ça ne dit pas ce qu'elle a fait.

— Crois les femmes, dit Tugg.

— Mais MH aussi, c'est une femme", dit Sam.

Tugg la regarda d'un air renfrogné.

"Crois les victimes. Plusieurs hommes se sont également fait connaître", dit Laci.

Sam jeta un coup d'œil à sa montre et verrouilla le cabinet de curiosités. Elle fit un geste en direction de la porte puis elle éteignit les lumières. Laci et son amie l'attendirent dehors.

Laci lui dit que c'était sérieux mais qu'elle ne pouvait pas révéler les détails. Sam pouvait la croire sur parole. Pouvait croire la parole des victimes.

"Qui sont les victimes ? demanda Sam. Combien y en a-t-il ?

— Il ne m'appartient pas de le dire", répondit Laci.

À qui "appartenait-il" de le lui dire ? Sam les croyait, bien sûr, mais qu'est-ce qui lui disait que leur conception de la faute grave n'était pas différente de la sienne ?

"C'est mon amie. Je ne vais pas rompre avec elle sans savoir ce qu'elle a fait.

— Je vais te la faire simple. MH est un message d'erreur. C'est un malware. N'ouvre pas la pièce jointe. Supprime. Place dans la corbeille. Vide la corbeille, dit Tugg. Et signe la pétition.

— Oui, dit Laci. Signe la pétition.

— Et partage la pétition, dit Tugg.

— Comment voulez-vous que je condamne quelque chose que j'ignore ? dit Sam.

— Écoute, crois-nous quand on te dit que ça nous a été rapporté et que ça relève de la prédation. Nous ne voulons pas traumatiser les victimes davantage en les faisant parler, en en faisant des cibles", dit Laci.

Sam hocha la tête. Témoigner faisait de vous une cible. Elle savait que c'était vrai. Les personnes accusées ripostaient violemment, sans reculer devant les manipulations. Mais MH ?

“De qui parles-tu quand tu dis « nous » ? Et que se passe-t-il si je ne signe pas ? C’est quoi le but de la pétition, en fait ? dit Sam.

— C’est de savoir qui est de quel côté. Comment chacun se positionne. Ne pas se mouiller, parler de complexité et louvoyer, c’est non. Ces conneries-là, c’est bon pour la génération X”, dit Laci.

Laci avait à peu près le même âge que Sam. Elle appartenait donc comme elle à ladite génération, pour ce que ça valait, à savoir pas grand-chose.

“Y a rien de miraculeux dans le fait de rendre les choses complexes, dit Laci. Trop complexes. Tu crois que ça fait de toi quelqu’un de vertueux, d’honnête, d’empathique. Mais ça fait seulement de toi quelqu’un de faible, qu’est pas foutu de prendre parti.

— Non”, dit Sam. Ou pas seulement, mais elle ne le dit pas tout haut.

“Peut-être que toutes tes nuances, tous tes « en même temps » sont juste une façon de te dédouaner.

— Mais… faut d’abord que je parle à MH.”

Laci secoua la tête.

“Ne te laisse pas berner par son charisme. MH raconte n’importe quoi. Tu sais qu’elle a une maison en bord de lac à Skaneateles ?

— Ah bon ?

— Ouais, la clocharde aux bottes de moto à cinq cents balles. Ne viens pas me faire croire que tu n’as rien remarqué. Tout ça n’est qu’un tissu de mensonges.

— Mais vous êtes amies proches. C’est toi qui me l’as présentée.”

— Ça va être dur à populariser."

Quand Gina fut partie, Sam entassa les zines sur le présentoir "Plus d'informations", près de la porte. Tout le monde pensait que Sam traversait une sorte d'effondrement de la cinquantaine. Sam décida qu'elle préférait le terme "climatère". Le climatère féminin, cette étape critique, profonde, changeante de l'existence. Elle n'était pas ménoplosive. Elle vivait son climatère. Mais bon, d'accord : il lui arrivait d'exploser, par moments, même, sa colère était telle qu'il lui arrivait de se faire peur.

Voilà encore une vraie raison de son nécessaire changement de vie : sa putain de rage. Elle avait toujours été une personne émotive, prompte à rire ou pleurer ou crier. Mais cette fois, c'était d'un autre ordre. Ses accès de colère notables avaient connu une escalade qui la perturbait, d'autant plus qu'ils continuaient à s'intensifier. Les temps étaient à la colère, bien sûr. Mais ce qu'elle éprouvait se classait dans une catégorie à part.

Stanton, Mary Ann Shadd Cary, Rosa Parks, Rachel Carson, Mary Daly. Sam hocha la tête.

"Et ce que je voulais que tu voies, c'est ça : qu'est-ce que toutes ces femmes ont en commun ?" demanda Gina.

Sam secoua la tête, sourit.

"Lorsqu'elles commettent leurs prétendues hérésies, elles ont toutes un certain âge. Elles sont mûres. À mi-parcours, au *mezzogiorno*, ménopausées, post-réglées, tu vois ?

— J'ai toujours des règles, dit Sam.

— Plus pour très longtemps."

Sam haussa les épaules.

"Et puis tu dégages une grosse énergie ménoplosive. Tu l'as ? C'est « explosive » et « méno... »

— Je l'ai, putain.

— Autrefois, on appelait ça le changement de vie. Le Changement, dit Gina.

— T'as quel âge, toi, en fait ?

— Vingt-deux."

Sam hocha la tête. "Tu sais qu'en anglais, dans ménopause, y a *men* ? Hommes..." On pouvait y jouer à deux, à ce petit jeu.

"Exactement ! s'exclama Gina. Tu piges. Je sais que tu piges.

— Tu sais, je crois que le terme « post-usagées » serait encore plus approprié."

Gina ouvrit des yeux exorbités. "C'est horrible..."

Sam sourit. C'était ironique, enfin, plus ou moins, mais apparemment, Gina ne captait pas cette fréquence.

Gina en remit une couche : "Tu veux que je te dise comment on devrait appeler ça ? « *Suprafertilitis.* » Par-delà la fertilité. La dépasser, la transcender.

Laci hocha la tête. “Ce qui te montre un peu à quel point c’est tordu.

— Laisse-moi réfléchir à la pétition.”

Laci la regarda en fronçant les sourcils.

Sam soupira. Elle jeta un œil vers Tugg, qui balayait son écran et tapait des messages. “Désolée, dit Sam. Faut que je rentre. J’ai presque pas dormi cette nuit. Je suis claquée.

— OK, dit Laci. On se parle demain.

— Ça marche.”

Dès qu’elle fut dans sa voiture, Sam envoya un message à MH.

C’est vrai ?

Trois points de suspension animés presque une minute durant. Puis :

Nan.

Non.

Sam ignorait de quoi elles parlaient, même si MH, elle, avait l’air au courant. Tout ce qu’elle savait, c’était qu’MH s’était rendue coupable de quelque chose et que tout le monde la boycottait. En rentrant chez elle, Sam décida d’enquêter. Elle relut la pétition, étudia la liste des signataires. Puis elle se connecta sur Facebook pour la première fois depuis des mois. Ainsi que sur Twitter. Laci/Earl y avait partagé le lien vers la pétition Medium. Il y avait des tas de commentaires sibyllins, certains pour défendre MH, la plupart pour la condamner. Rien de précis. (En creusant un peu, Sam constata que, si elle avait suivi les préconisations de Laci et MH en passant “sous le radar, hors réseau”, si elle avait opté pour la déconnexion, les deux femmes, elles, n’avaient jamais cessé de publier, de commenter et de tweeter.) La dernière déclaration d’MH datait de la veille, une publication croisée déclinée sous forme de tweet, de statut Facebook et de partage Instagram : “Je mets ce compte en veille pour quelque temps. Envoyez-moi un MP si vous voulez parler IRL.” Juste à côté de sa photo de profil de sainte Wilgeforte crucifiée. Sur son mur Facebook, les commentaires avaient été désactivés.

Sam ne fut pas surprise de ne voir ni MH ni Laci à la soirée scène ouverte du Smiley Face, le lendemain soir. Elle décida d’aller jusqu’au bout malgré tout.

Elle se déchargerait de certaines de ses angoisses. Sa vie intérieure déborderait pour devenir vie extérieure. Par ce qui relèverait presque de la confession publique, tout cela quitterait son corps pour se diluer dans l’air.

“Je t’assure – après t’être tenue à ce micro, avoir enduré leur mépris, tu seras toujours là, debout. Tu te sentiras invincible”, avait prétendu MH. Ce que les faits démentirent. Ce fut un désastre.

17

"Je ne suis pas très douée comme personne, parfois", murmura Sam, agrippant le micro des deux mains. Elle fermait les yeux ; ses lèvres embrassaient presque l'appareil. Quelques rires étouffés, à peine, dans la salle clairsemée. Un courant l'électrisa des pieds à la tête. Ses épaules tressaillirent ; elle se concentra. Sam ouvrit les yeux et regarda devant elle. "C'est vrai", dit-elle, presque en colère. Elle regarda bâiller les amateurs de scène ouverte, le public de onze heures du soir. Un *comedy club* franchisé dans un centre commercial de Syracuse. Qu'espérait-elle ? "Mais être une bonne ou une mauvaise personne, j'imagine que les gens s'en fichent. OK, dit-elle. Je suis une mauvaise mère. Ouais, voilà un domaine où il faudrait être bon, où il ne faudrait pas merder." Un unique rire nerveux vint d'une femme à sa gauche. Pas grave. Elle ne voulait pas les faire rire. Ils voulaient du comique et donner aux gens ce qu'ils voulaient ne l'intéressait plus du tout.

"Par mauvaise, je ne veux pas dire négligente, au contraire. Et je ne veux pas dire maltraitante, mais ce mot-là est piégeux, non ? Je veux dire, on peut avoir le sentiment que quelqu'un nous maltraite sans que cette personne ne le voie comme ça, ou ne l'ait *perçu* comme ça sur le coup, vous voyez ?" Désormais il n'y avait plus de rires, on secouait même un peu la tête. "C'est compliqué. On ne sait pas, en fait, ou on ne veut pas savoir." Bien, pensa-t-elle. Bien. "Peut-être que je suis une mauvaise mère." Un grognement audible. "Je suis une mauvaise mère. C'est clair. Casse-bonbons les répétitions, hein ? Mortel, genre vas-y, balance-nous quelque chose. Une vanne. Ou si t'as pas de vanne, une histoire. Ou si t'as pas d'histoire, une dose d'autodénigrement et/ou un gentil petit *mea culpa*, pas vrai ?" Une voix masculine, à peine audible, sur sa droite. Dur d'y voir quelque chose avec la lumière dans les yeux. Elle se tourna, mit sa main en visière et chercha l'interpellateur du regard. "Comment ?" dit-elle au jeune homme occupé à boire ce qui n'était manifestement pas sa première bière.

"Tu nous gaves ! hurla-t-il. La ferme.

— Je t'ennuie ?"

Il hocha la tête, tout sourire. Lui fit un doigt d'honneur.

"Eh bien, c'est réciproque, dit-elle. Tout m'ennuie, chez toi." Pas très brillant comme répartie mais, ce soir, le charme n'était pas au programme. On la huait maintenant, et copieusement. Il n'y avait presque personne dans la salle mais on la huait bruyamment. C'était un bruit facile à faire, qui vibrait depuis le fond de la gorge et permettait à une poignée d'avoir l'air d'une nuée. Ce chahut lui donna des frissons dans le cou, l'électrisa encore un peu.

Elle n'avait pas prévu que les choses prendraient cette tournure, mais elle avait tâché de ne rien prévoir. Elle avait pourtant une idée en tête, elle savait où elle voulait en venir. Le coup de théâtre : elle les laisserait ricaner de la "mauvaise" mère qu'elle était, puis ils s'attendraient à l'une de ces histoires charmantes de mère foldingue, qui fait mine de confesser qu'elle est en fait une trop bonne mère, dont, pour pousser la fausse modestie à son comble, le plus grand tort est d'être TROP AIMANTE. Et cette histoire qu'ils attendaient leur montrerait clairement qu'elle n'était pas du tout une mauvaise mère ; leur montrerait qu'elle était en fait LA MEILLEURE MÈRE QUI SOIT, ou du moins l'une de ces nigaudes de mère très empotées-mais-bien-intentionnées, quelqu'un d'inoffensif, d'aucunement menaçant. Et elle les baladerait comme ça un moment – cette autodétestation badine était si rassurante de la part d'une femme mûre. Mais au lieu de ça, Sam sourit et dit : "Ouais, pour ce qui est de ma relation avec ma fille, Ally… Ce n'était pas exactement de la négligence ni de la maltraitance, mais bon, va expliquer ça à la protection de l'enfance !" Elle le dit sur le ton de la plaisanterie, mais ça ne les fit pas rire et la salle commença à se sentir très mal à l'aise. C'était ce qu'elle visait : malaise, embarras, sensation d'entrer peu à peu en terrain scabreux. Mais lorsqu'elle prononça ces mots, lorsqu'ils franchirent ses lèvres, rien n'alla plus. Il y eut un flottement et, l'espace d'un instant, Sam resta là, muette sous le feu des projecteurs. Puis colère et cris de toutes parts, en rafale. Son visage s'empourpra. Nouvelle salve de huées. Elle ne dit rien, se contentant de fixer le public et les lumières.

Puis les huées, hargneuses et nourries, se muèrent en consignes, en souhaits que le public lui lançait à la figure. Ta gueule, rentre chez toi, dégage.

"Ta gueule, pauvre conne."

Rires. Puis :

“Rentre chez toi, vieille guenon.”

Et voilà. Si facile à faire émerger, toute cette haine envers elle. Ce n’était pas seulement ce qu’elle avait dit ou n’avait pas dit, mais qui elle était en le disant. Qu’elle était facile, mais facile à susciter, la colère. À trouver. C’était la chose la plus ennuyeuse qui soit, le mode par défaut de chaque instant, ces derniers temps. Elle avait raté son coup.

Des mines renfrognées la regardèrent se tourner pour partir. Il y avait quelque chose dans ces regards, elle devait bien l’admettre. Les susciter n’était que trop facile, mais au moins, on la voyait. Elle tira une étrange euphorie de ce face-à-face, de ces visages humains, sans émojis, de cette tranche de vraie vie à l’état brut. Mais au moment d’atteindre le bord de la scène, sa porte de sortie, Sam tourna la tête vers le public. Et elle était là. Ally. Elle était venue. Ally avait bel et bien lu ses messages même si elle n’y avait pas répondu. Sam s’arrêta, réprimant son envie de sauter de la scène pour se jeter aux pieds de sa fille. Elle sourit, lui adressa un signe de la main mais se vit aussitôt telle qu’Ally devait la voir. Elle était ridicule, son monologue embarrassant. La pauvre Ally avait dû écouter sa mère parler d’elle, prononcer son nom, la mêler à son étrange besoin d’humiliation. Sam sentit le sang lui monter au front. Qu’est-ce que j’ai fait. Ally la fixait elle aussi. L’ovale parfait de son visage fit instantanément naître en Sam une déferlante d’amour, mais sa bouche était un trait dur, crispé. Ally secoua la tête, congédia Sam, baissa les yeux et se leva pour partir. Sam cria : “Ally ! Attends !” mais Ally disparut. Sam eut envie de pleurer. Toutes ses rodomontades, ses provocations intrépides, défaites et remplacées par cette honte. (Et par-delà la honte, il y avait le choc : Ally semblait si âgée, si adulte. Et à côté du choc affluèrent les inquiétudes habituelles : Ally avait probablement une fausse carte d'identité mais on ne la lui avait pas demandée. Ally se comportait, se tenait comme une adulte, mais elle n'avait que seize ans – elle était si jeune, si follement jeune qu'elle ne soupçonnait pas à quel point elle l'était, ni ce que ce mot signifiait vraiment.)

Une fois rentrée chez elle, Sam fit les cent pas dans son séjour, une cigarette au bec. (Elle était passée de deux cigarettes par jour à quelque chose comme cinq maintenant.) Bonne chance pour s'endormir ce soir. L'adrénaline et diverses hormones de stress et de contre-régulation libérées par sa prestation et son contrecoup continuaient à circuler à travers son corps. Fébrile, un peu nauséeuse, elle rumina l'idée qu'elle avait réussi à anéantir sa dernière chance de réconciliation.

Dans un geste impulsif, improbable, elle téléphona à Ally. Elle tomba directement sur le répondeur. Puis elle envoya deux messages désespérés :

Où es-tu partie ?

Je suis vraiment désolée – parle-moi, Ally, je t'en supplie

18

Sam sut qu'elle avait dû finir par s'endormir parce qu'elle se réveilla en sursaut à trois heures du matin. Elle enfila ses vêtements, but un café et jeta un coup d'œil à son téléphone. Rien, bien sûr. Ally l'avait bloquée. Elle laissa son téléphone sur sa table (refusant de prendre avec elle ce vecteur de chagrin) et sortit se promener dans les rues. Les nuits étaient déjà fraîches en cette fin du mois d'août, tendaient peu à peu vers l'automne. Elle longea le cimetière et continua vers Park Street. Les lampadaires lui procuraient d'éclatantes flaques de visibilité et lorsqu'elle arriva à un pâté de maisons mal éclairé, une légère peur lui picota la peau, mais elle se contenta de marcher un peu plus vite. Il n'y avait personne dans les rues, pas même les pâles fantômes sous opioïdes.

En atteignant Park Street, elle aperçut des flashs de lumière. Elle prit à droite et regarda dans la direction des éclairs. À quelques dizaines de mètres de là, elle vit une voiture de police, d'où émanaient les flashs. Et deux silhouettes, une femme et un homme, pistolets au poing, se ruèrent vers un lampadaire, et quelqu'un cria : "À terre, à terre !"

Sam s'arrêta où elle était, regarda où ils regardaient.

"Stop ! Tu bouges pas !"

Sam vit une silhouette plus petite passer de l'ombre à la lumière, une bouteille de soda à la main. Il tournait la tête vers les cris. Elle voyait son visage dans la lumière, hagard, terrifié. Il pivota brusquement sur sa gauche. Sam entendit *pam*, écho, puis *pam*, *pam*, écho. La silhouette pivotante poussa un glapissement et s'effondra sur le trottoir, répandant son litre de soda. Une jambe bizarrement repliée. Les deux flics s'élancèrent vers lui, leurs armes toujours dégainées et braquées dans sa direction. Puis ils se penchèrent sur son corps. Sam distingua clairement son visage tandis qu'il gisait là. Il s'agissait d'un adolescent, d'un jeune garçon avec une tête de jeune garçon. Il ne bougeait pas.

L'un des flics passa un appel radio : "Coups de feu tirés. Sujet à terre. Secours requis." La femme rengaina son arme, puis eut l'air de poser l'oreille contre la poitrine du garçon. Les visages des deux flics étaient dans l'ombre, mais les uniformes, eux, étaient clairement identifiables. La femme se releva et adressa à son collègue un signe de tête négatif. Sam voyait son visage maintenant, rouge, pantelant.

"Pourquoi t'as tiré ?" dit-il, d'une voix sonore, secouée.

La femme baissa de nouveau le regard. "Il nous fonçait dessus ; il avait une arme."

L'homme promena le faisceau de sa torche autour du garçon. Quelque chose reluisit, le soda renversé. Il continua à promener son faisceau, cherchant quelque chose à côté du corps sur le sol. (C'était un corps, Sam le savait au fond, voyait bien qu'il ne bougeait pas, le garçon. Et on appelle ça un corps.) Le flic fit un signe de tête négatif. Prudemment, Sam recula d'un pas, s'écartant de la lumière tandis qu'elle observait, mais ils ne la remarquèrent pas. Elle perçut des sirènes au loin.

Elle se retourna vers le croisement, leur tournant le dos, et s'avança sans bruit dans la rue privée d'éclairage. Si personne ne l'avait vue, elle, en revanche, les avait bien vus. Puis elle s'élança dans Highland Street, courant aussi vite qu'elle le put.

Ça devait arriver. Elle s'était insérée, par un effort de volonté elle s'était introduite dans ce monde. (Dans *le* monde.) Elle avait acheté la maison dans ce quartier horriblement pauvre. Elle errait à trois heures du matin, heure à laquelle il n'arrivait jamais rien de bon. Dans l'état d'agitation, d'hypervigilance qui était le sien.

Lorsqu'elle fut largement hors de vue, elle arrêta de courir. Elle s'assit sur le bord du trottoir et tâcha de reprendre son souffle. Son cœur cognait fort et vite dans son corps : elle la sentait, elle l'entendait la pulsation. Elle était en vie. Le garçon ne l'était plus.

Ils devaient être en train d'y penser maintenant. À ce qu'ils avaient fait, de même qu'elle était en train de penser à ce qu'elle avait vu. Son corps tremblait. Elle se sentit mal. Elle n'allait pas tarder à vomir, mais elle n'avait rien dans l'estomac. Elle avait mal au ventre, les tripes nouées. Il faisait si froid, elle avait froid. Une brise s'était levée, soufflait contre elle de petites gouttes de pluie. Elle grelotta et se releva. Froid de ses lèvres au bout de ses doigts, froid qui perçait les semelles de ses baskets et filait à travers les coutures de son jean, celui qu'elle portait depuis une semaine. Il s'était détendu avec le temps et semblait flotter, comme si le froid se nichait dans les interstices entre le tissu et ses cuisses. Le froid la pénétra lorsque le vent qui battait le parc du cimetière l'atteignit de plein fouet, mollissant à peine entre deux horribles bourrasques. Mais le vent lui clarifiait les idées, et elle avait besoin d'avoir les idées claires. (Instinctivement, elle songea à l'automne, au fait que le mois d'août était déjà bien avancé et que cette soudaine chute de température l'avait prise en traître.) Elle aurait pu rentrer, se réchauffer, faire du café. Elle aurait même pu se rasseoir au bord du trottoir, serrer ses genoux entre ses bras, se fabriquer un cocon de chaleur. Au lieu de ça, elle resta plantée là à frissonner.

Mon Dieu !

Un enfant est mort. Un enfant est mort. Un enfant est mort.

IV

ALLY

1

C'était l'idée de Joe qu'elle se rende dans cet épouvantable *comedy club* pour voir sa ridicule de mère. Il ne pouvait pas l'accompagner, bien sûr, mais il pensait que ce serait pour elle une façon de retisser les liens. Sa grand-mère, elle aussi, lui avait conseillé de pardonner à sa mère. Et son père lui-même lui avait dit qu'il était responsable de la rupture. Alors, quand sa mère lui avait écrit le soir de la scène ouverte, Ally avait décidé d'y aller. Elle s'était installée au fond et, pour faire le minimum, avait bu un coca et mangé des tomates-mozza caoutchouteuses et dégoûtantes. Elle avait enduré plusieurs numéros de stand-up affligeants avant que sa mère n'entre en scène.

C'est à peine si Ally la reconnut : mince, vieille, les cheveux en brosse. Elle souriait mais il y avait quelque chose de fébrile sur son visage, comme si elle était animée d'une force étrange et destructrice qui en même temps lui faisait plaisir. Sa mère ne la vit pas. Ally était au fond, dans la pénombre, et l'éclairage de la scène éblouissait Sam. Elle avait la main sur le front et plissait les yeux. Ally eut un peu pitié d'elle ; elle paraissait étrangement fragile malgré ses muscles. Son idiote de mère, en train de se ridiculiser. C'était presque drôle de constater à quel point le public la détestait, mais globalement, c'était le gros malaise auquel Ally s'attendait. Puis elle se mit à raconter qu'elle était une mauvaise mère, évoqua la protection de l'enfance et cita Ally, nommément. Ally fut sidérée. Comment sa mère pouvait-elle l'entraîner là-dedans comme si ce n'était qu'une vaste plaisanterie ? Comme si ce moment, ces interrogatoires n'avaient pas été affreux, traumatisants et regardaient qui que ce soit, putain.

2

“Elle n’a aucun sens des limites, aucune retenue. Ma vie privée. MA vie privée. Et déballer cet incident. Elle n’a honte de rien.

— Qu’est-ce qui s’est passé ? Raconte.”

Joe voulait savoir, et pourquoi Ally se priverait-elle de tout lui raconter ?

“J’avais quinze ans. Je m’étais évanouie pendant un contrôle au lycée. C’était pendant mon premier trimestre de seconde et j’étais obsédée par l’idée d’avoir des notes parfaites. Je savais que c’était dingue, mais j’étais secrètement fière d’être autant à fond. C’était une façon d’être – je suis toujours comme ça. C’est mon tempérament. Mais j’avais abusé en faisant une nuit blanche. J’ai bu du café froid, le fond de cafetière de ce matin-là. Je l’ai mélangé avec du lait d’amande et des tonnes de sucre et j’ai décidé de prendre sur moi. À l’heure de partir au lycée, j’ai commencé à me sentir un peu bizarre. Je n’ai rien dit à personne – en premier j’avais histoire mondiale pour le supérieur, il fallait juste que je tienne le coup pour ça. Maman n’a pas remarqué que je n’étais pas bien, mais je suis assez forte pour donner le change. Elle voyait que je révisais mes cours. J’avais déjà commencé à transpirer.

Le contrôle comprenait un QCM et une dissertation. Toutes les infos étaient là, dans ma tête. Il fallait juste que je me calme et que je passe à l'action. Mais je me sentais moite, j'avais la tête qui tournait. La nausée, aussi. Mon pouls s'est accéléré. Je savais que ce n'était pas une crise d'asthme – j'en avais déjà eu. Je me suis levée pour aller me passer de l'eau sur le visage ou juste pour faire autre chose que vomir. Et paf, je suis tombée dans les pommes. J'ai juste eu le temps de mettre les mains en avant pour amortir mon petit tour sur le sol de la classe. Il s'avère que j'ai fait une syncope vasovagale. « Vaso », c'est le sang. « Vagal », c'est le ventre, le nerf vague. Et « syncope », c'est un évanouissement : de « syn », ensemble et « cope » qui vient de *koptein*, couper. En résumé mon corps a buggé à cause du stress. Mais ça, personne ne le savait. J'aurais pu avoir une tumeur au cerveau ou une arythmie cardiaque. Alors ils ont contacté mes parents et m'ont envoyée aux urgences.

J'étais à l'arrière de la voiture, j'avais l'air hyper mal. Mon père conduisait et ma mère remplissait sa fonction première, se mettre dans tous ses états. Quand on est arrivés aux urgences, j'ai vomi sur le parking. Ils nous ont fait attendre une heure, ce qui a exaspéré mes parents, mais surtout maman. Puis on a eu une chambre et on a attendu une heure de plus. À ce stade, j'étais tellement crevée que j'avais du mal à rester éveillée, et mes parents ne savaient pas si c'était un problème. Devaient-ils m'empêcher de dormir jusqu'à ce qu'on vérifie que je n'avais pas de commotion ou autre ? Il n'y avait ni infirmières, ni aides-soignantes qui puissent répondre à nos questions.

Enfin, quelqu'un m'a examinée. Il m'a inspecté les yeux avec une lampe stylo et je voyais bien qu'il pensait que j'avais pris quelque chose. Disons qu'il avait vraiment beaucoup de progrès à faire niveau relation au patient. Peut-être parce que ma mère n'arrêtait pas de parler, de répéter que j'étais en bonne santé et que ce genre de chose ne m'était jamais arrivé.

Il a ignoré maman, puis il a dit qu'il voulait des analyses sanguines et un scanner pour voir ce qui se passait. Mes parents ont acquiescé.

Après son départ, maman nous a chuchoté : « Vous avez vu qu'il est infirmier praticien ? Toute cette attente, et on n'a même pas droit à un médecin ?

— Peu importe, Sam. Les infirmiers praticiens ont plus d'expérience clinique que les médecins.

— Et les compétences diagnostiques ? Ce n'est pas à ça que servent les médecins ? Comment se fait-il qu'une adolescente en parfaite santé s'évanouisse ? »

C'est à ce moment-là que les choses ont commencé à devenir cheloues, à mal tourner. J'ai fini par avouer à mes parents que je n'avais pas dormi de la nuit et que j'avais peut-être bu trois ou quatre litres de café glacé. J'avais aussi fait semblant de petit-déjeuner, alors je n'avais peut-être rien avalé d'autre que du café depuis la veille au soir. Mais la bonne nouvelle, c'était que je n'avais probablement pas de tumeur et que j'étais tombée sur les mains, sans me cogner la tête. J'espérais que ça les calmerait et, qui sait, qu'on puisse simplement rentrer chez nous pour que je puisse dormir. Mais ma mère a l'art de tout envenimer. A besoin, a besoin de tout envenimer. Et des choses qui ne dépendaient plus de moi – de nous – s'étaient mises en branle.

Donc, là, maman est allée au comptoir où il était en train de saisir ses instructions sur son ordinateur. Elle croit que je n'ai pas vu ce qui s'est passé, mais j'ai tout vu, tout entendu.

Elle lui a parlé de toutes mes radios récentes. Je m'étais fait une entorse au poignet en jouant au foot deux semaines plus tôt. Elle a dit : « D'ailleurs, on était venus ici pour ça. » Quatre mois plus tôt, je m'étais crashée à la patinoire et m'étais foulé la cheville. Et l'hiver d'avant, j'avais eu une commotion cérébrale. Chaque fois, j'avais passé des radios. À ça s'ajoutaient l'orthodontiste et la nouvelle machine à trois cent soixante degrés du dentiste, celle pour les panoramiques – ce qu'elle pouvait la détester, celle-là. « Ses dents vont très bien », elle avait dit, mais elle avait fini par céder et c'était peut-être pour ça qu'elle était si crispée ce jour-là. Elle a dit à l'infirmier qu'elle ne voulait pas que j'absorbe une nouvelle dose de radiations. Pas de scanner.

Il a fini par la regarder en fronçant les sourcils. Il n'a rien dit, s'est reconcentré sur son ordinateur et sa saisie. Comme si elle n'était pas en train de lui parler.

« Excusez-moi », elle lui a fait. En parlant fort. Je savais qu'elle était excédée. « Mais ça vous paraît vraiment nécessaire, le scanner cérébral ? Elle dit qu'elle ne s'est pas cogné la tête. »

Il a cessé de taper sur son clavier et a tourné la tête vers elle en soupirant.

« Oui, c'est nécessaire. Elle a perdu connaissance.

— Mais elle m'a dit qu'elle avait perdu connaissance après être tombée. Elle se souvient qu'elle ne s'est pas cogné la tête. »

Là encore il n'a rien dit. S'est contenté de taper sur son clavier.

« Je ne veux pas qu'elle absorbe encore des radiations.

— Elle a besoin du scanner, c'est mon jugement de praticien et ça correspond au protocole habituel. » En toute honnêteté, on ne pouvait pas dire qu'il y mettait beaucoup du sien. Mais hors de question de se fatiguer à la rassurer. On voyait bien qu'il ne pouvait pas l'encadrer. Il tirait une tête… méprisante, en fait. C'est clair que si ç'avait été mon père, ce connard n'aurait pas fait les choses comme ça. Il s'était fait son opinion ; elle était braillarde, interventionniste, réfractaire.

— Tu as l'air d'être de son côté, dit Joe.

— Jusqu'à un certain point. Mais ensuite elle a tout fait dégénérer, elle a élevé la voix et a catégoriquement insisté pour que je ne passe pas de scanner. D'après son jugement de mère, je n'en avais pas besoin.

Je les voyais se préparer à l'affrontement. Il était de plus en plus silencieux, elle de plus en plus bruyante. Elle lui a dit qu'en fait j'avais fait une nuit blanche et bu des quantités de café. Il l'a regardée et clic, il a cliqué sur son ordinateur. Quand elle a vu sa tête, elle a précisé que ce n'était pas un problème ; je m'étais juste laissé emporter. J'étais une excellente élève. Pourquoi fallait-il qu'elle continue de parler ? Qu'est-ce que ça change que je sois une excellente élève ?

Du coup il pense que j'ai menti sur toute la ligne parce que j'avais omis des précisions. Que nous mentons tous. Tout se passe calmement, mais il y a quelque chose de tranchant dans sa voix, quelque chose d'hostile dans sa façon de nous traiter à partir de là.

Ils ne m'ont pas fait passer le scanner. Mais d'un instant à l'autre, je me suis retrouvée seule dans une pièce avec une assistante sociale, à devoir répondre à des questions sur mon hygiène de vie, allant de ma consommation de drogues à ma vie sexuelle. Lol. Quand tous les résultats d'analyses sont tombés, on a enfin eu le droit de rentrer. Il a jeté un regard noir à ma mère quand nous sommes partis. Et oui, elle lui a souri bien en face au moment de sortir en me tenant par l'épaule, sur le mode « je vous l'avais bien dit, j'ai gagné ».

Un cauchemar, mais c'était fini, non ? Non.

Le lendemain, deux personnes des services de protection de l'enfance se pointent chez nous. Il s'avère que n'importe qui peut vous les coller aux basques en tout anonymat. Motif ? Privation de soins médicaux à mineur. Ha ! Ma mère a éclaté de rire en entendant ça, mais elle les a quand même laissés entrer dans notre séjour. Elle est allée à son bureau pour en sortir mon dossier médical.

« Privation de soins, hein ? Tenez. » Et voilà que toutes les traces de mes visites aux urgences et de mes rendez-vous pour l'asthme, les lunettes, chez le dermato, le pédiatre se sont retrouvées étalées sur la table. Avec tous ces passages aux urgences, j'ai un instant eu peur qu'ils ne changent le motif en syndrome de Münchhausen par procuration ou un truc du genre.

« Je vous explique, a dit maman. L'infirmier praticien qui a fait ce signalement est un connard jaloux de son pouvoir. Il n'a pas apprécié qu'une casse-bonbons dans mon genre ose se faire entendre et le remette en cause. C'était un abruti condescendant et on devrait le virer pour détournement des moyens de l'État. »

Bref, elle avait fait dégénérer les choses et c'est moi qui en ai pâti. Durant l'enquête qui a suivi, j'ai dû convaincre une ribambelle de travailleurs sociaux que tout allait bien. Elle a dû répondre à leurs questions. Papa a dû répondre à leurs questions. « C'est une procédure, a dit papa. Nous devons la laisser suivre son cours. J'écrirai une lettre de réclamation à l'hôpital. Mais c'est la loi. Donc nous nous plions à ce que la procédure prévoit. » Et personne – pas même maman – ne pouvait s'indigner de quoi que ce soit : ils avaient assez de pouvoir pour nous gâcher la vie. Coopération sans faille ou ils pouvaient même débarquer au lycée pour m'interroger. T'imagines ? Toute cette expérience, c'était traumatisant.

— Excès de zèle, dit Joe, secouant la tête.

— Là n'est pas la question. Comme le disait papa, cette rigueur a sa raison d'être. Mettre au jour des maltraitances ou des négligences cachées. Bien sûr, ils ont clos le dossier au bout de l'enquête requise. Mais ça reste inscrit dans un fichier ultra-secret pendant dix ans, au cas où un autre incident se produirait. Nous sommes tous tombés d'accord pour ne jamais en souffler un mot à quiconque – maman m'a fait jurer de garder le secret. Tout ça pour en faire étalage sur scène, au centre commercial Destiny, devant une bande de machos rageux.

— Je suis désolé, Ally.

— Je ne suis qu'une victime collatérale de son immolation.

— Mais je ne crois pas qu'elle ait voulu te faire de la peine.

— C'est exactement ce qu'elle a fait à sa vie, l'immoler." Ally lut sur son téléphone : "« Sacrifier. » La racine latine *immolare* signifie « saupoudrer de farine sacrificielle »."

3

Joe ne lui faisait pas seulement des cadeaux sérieux, comme des livres qu'il lui semblait important qu'elle lise. Il lui achetait des présents coûteux et romantiques, tels que des bijoux, des bougies, du parfum et de la lingerie. Quel plaisir de recevoir ces sacs enrubannés de gros-grain et garnis de papier de soie. D'y plonger la main et d'y trouver une petite boîte ou une petite bourse. De l'ouvrir et de découvrir ce que Joe avait imaginé à même de lui plaire. Il ne s'agissait pas de l'acheter ou de la gâter, car elle n'attendait ni ne demandait rien de tel. Mais elle y voyait un hommage, la preuve de ce qu'elle occupait ses pensées lorsqu'il n'était pas avec elle.

Elle aimait la façon dont Joe la regardait lorsqu'elle ouvrait un cadeau. Elle aimait enfiler des choses douces qui sentaient bon. Telles que des bas noirs raffinés et des shorts en soie. Et combien ça les excitait tous les deux de la voir ointe puis dépouillée de ces attributs. C'était comme jouer à être quelqu'un d'autre, et c'était amusant, parce qu'elle ne savait pas encore qui elle voulait être. Suis-je le genre de femme qui aime la lingerie ? Et si oui, qu'est-ce que ça signifie ? Ça pourrait être cool d'être réservée et conventionnelle au-dehors et un peu débridée et dévergondée au-dedans. Mais ça reviendrait à succomber à la marchandisation la plus réductrice et la plus flagrante du désir sexuel, dirait probablement sa mère. Peut-être, mais comment le savoir si elle n'en faisait pas l'expérience ? Et puis, si ça l'excitait ?

"J'aime te corrompre", dit-il, lui servant une coupe de champagne rosé. Elle sourit, en prit une gorgée. Le breuvage paraissait sucré mais avait une odeur de pain. Au bout de la troisième gorgée, elle aimait la façon dont il lui picotait l'arrière de la langue et semblait la réchauffer de l'intérieur. Et s'embrasser entre chaque gorgée, voilà qui était divin. Il lui offrit une autre boîte. "Encore ?" dit-elle. Il rit. "Ouvre-la." Il s'agissait d'un élégant appareil oblong, mauve et blanc, qui tenait dans sa main. Un vibromasseur chic qui se rechargeait en USB. Elle se mit la main sur la bouche. Il rit et rit encore.

"On n'est pas obligés de s'en servir. C'était un peu pour rire. Tu m'en veux ?

— Non !" fit Ally. Elle mourait d'envie de l'essayer. "Mais il faut qu'on le charge.

— C'est fait.

— Tu supposais que je serais partante, si je comprends bien.

— Tu es aventureuse, dit-il. Plus l'effet du champagne."

Ils jouèrent avec et, à sa stupéfaction, elle découvrit qu'il ou elle n'avaient qu'à tenir la douce tête de silicone contre son clitoris pour qu'un orgasme survienne bientôt, puis un autre, sans qu'elle ait besoin d'insister ou de se concentrer. Et même si elle y résistait.

"Qu'en dis-tu ? demanda-t-il, au bout du quatrième d'affilée.

— Ça fait du bien, mais j'ai aussi l'impression d'avoir couché avec un robot."

Il hocha la tête. "Juste un morceau à ajouter au répertoire.

— L'approche technologique du sexe. C'est ça qu'on appelle l'internet des objets ?"

Il rit et l'embrassa.

Plus tard, elle se demanda : avons-nous un répertoire ? Un catalogue ou un inventaire de nos pratiques ? Cela signifiait-il qu'il se lassait déjà – elle avait eu vent du phénomène, de la façon dont les choses tournaient avec le temps – ou savait-il qu'ils arriveraient à court d'idées s'il n'en ajoutait pas sans cesse de nouvelles ? Elle lui envoya une photo d'elle vêtue de la lingerie qu'il lui avait offerte. Elle le regretta, parce qu'elle n'éprouva pas grand-chose. Comme si elle le faisait sous le coup de la panique, en fait. Et à la vérité, c'était peut-être elle qui se lassait d'envoyer des photos.

N'empêche qu'il adora. Il lui envoya une flopée de cœurs et l'émoji avec des cœurs à la place des yeux.

4

Joe était en ville pour toute une semaine. Il inaugurait son dernier programme, “Le Cope”, un ancien couvent qu’il avait reconverti en une résidence haut de gamme sans pareille, assortie d’un espace de *coworking*. Ally devait assister à l’inauguration, mais pas à son bras, bien sûr. “Tu seras ma *plus one*, mais nous devons rester discrets. Tu seras dans l’assistance. Puisque je suis ton tuteur, il est logique que tu sois là.

— Pas faux, dit-elle.

— C’est juste qu’on ne pourra pas se donner la main et se bécoter.” Elle rit. “On se retrouvera plus tard à mon hôtel pour fêter ça.”

Ally devrait inventer un bobard pour son père, mais franchement, c’était à peine s’il remarquait ses absences. Il supposait toujours qu’elle avait des révisions ou bien pratique vocale ou des simulations. Ou foot. Et c’était le cas, du reste. Elle suivait un cours estival de préparation à l’université et elle avait des tonnes de devoirs à faire ce soir, ce moment avec Joe allait donc la retarder un peu. N’empêche, elle était fière de lui, excitée de le voir et d’être à ses côtés lorsqu’il présenterait un autre de ses projets de réhabilitation.

L'inauguration était précédée d'une visite des appartements pour les VIP et la presse. Ils suivirent Joe sous le portail cintré de l'ancien dortoir du couvent.

"C'est en 1896 qu'Archimedes Russell dessine le bâtiment pour les sœurs de Saint-François. L'extérieur est quasiment intact puisqu'on s'est contentés de rejointoyer les briques et de refaire le toit."

Joe mena le groupe dans le couloir conduisant aux appartements. "J'attire votre attention sur les lambris de chêne. Il s'agit pour partie des lambris d'origine des couloirs et pour partie de boiseries de la chapelle qu'on a réemployées."

C'était un chêne riche, profond, du meilleur effet dans ce couloir haut de plafond. Joe avait un goût incroyable et il avait sauvé cet extraordinaire bâtiment.

Il convia tout le monde à entrer dans l'un des appartements.

"Voici notre appartement haut de gamme : un trois-pièces avec cuisine séparée entièrement équipée, terrasse et vue sur la ville."

C'était vrai qu'on avait vue sur la ville. Les fenêtres à petits carreaux qui s'élevaient du sol au plafond étaient d'origine et leurs petits-bois fraîchement restaurés brillaient d'un éclat somptueux. Joe leur montra les meubles de cuisine noirs avec leurs plans de travail en granit gris et leurs crédences en carrelage métro. L'électroménager était en inox.

Ally s'avança et examina la cuisine "américaine" avec ses tabourets le long du plan de travail. Elle imaginait très bien quel genre de mec allait louer cet appartement. Et c'était pour un mec, bien sûr. Célibataire. L'heureux propriétaire d'un de ces fauteuils de *gamer* hors de prix.

Joe fit remarquer le mur en briques apparentes, les canalisations apparentes, les poutres apparentes et les parquets de bois dur savamment vieillis.

Une fois encore, Ally pensa au gars qui louerait cet appartement et à ce qu'il trouverait cool et beau dans les canalisations apparentes. S'accordaient-elles vraiment avec l'élégante maison conventuelle ? On n'était pas dans un entrepôt industriel. On n'en retrouvait pas moins ces fameuses ampoules en cage – comment on appelle ça, déjà ?

"Vous aurez remarqué les ampoules Edison. Et la chambre est pourvue de portes en bois coulissantes du type portes de grange, magnifique contrepoint aux murs gris de style industriel."

Des ampoules Edison ! Et des portes de grange ? Mais elle balaya cette pensée ; les fenêtres étaient splendides et, sans Joe, elles seraient inutilisées, poussiéreuses, croulantes.

Ils suivirent Joe jusqu'à la chapelle, haute comme un immeuble de deux étages. Là, Dieu merci, tout était à peu près intact. Les bancs de chêne, l'orgue, les plafonds voûtés. Depuis qu'elle était petite, Ally adorait entrer dans les églises. Ils n'avaient jamais été religieux, dans leur famille, mais sa mère lui disait que, partout où tu te promènes, les églises sont toujours les plus beaux édifices. "Et tu peux t'y asseoir en paix, gratuitement." Ils y entraient pour s'accorder un moment de calme. Un lieu où les gens parlaient encore à voix basse et se sentaient gênés de tapoter sur leur téléphone.

Elle se souvint d'un voyage à Montréal qu'elle avait fait avec sa mère lorsqu'elle avait dix ans. C'était un week-end mère-fille, avec chambre d'hôtel et piscine sur le toit. Sa mère l'avait laissée se baigner après le dîner, à dix heures du soir. L'avait regardée faire des figures, des plongeons en saltos et des culbutes sous l'eau. Le lendemain, elles s'étaient promenées dans la vieille ville. Il y avait foule et il faisait chaud. Sa mère l'avait tirée dans une toute petite église en pierre érigée sur le port. Ally ne se rappelait pas son nom, mais sa mère lui avait dit qu'elle avait été construite par des jésuites au XVIIe siècle. Elles s'étaient assises sur un banc. Il faisait frais et sombre à l'intérieur. La lumière était filtrée par les vitraux. Sa mère lui avait fait remarquer que les luminaires suspendus au-dessus des bancs étaient tous en forme de bateaux. "C'était ici qu'on venait prier avant de prendre la mer. Comme dans *Moby Dick*", avait-elle chuchoté. Elles avaient écouté des passages de *Moby Dick* durant leurs trajets en voiture, l'été d'avant. Puis elles avaient regardé le vieux film adapté du roman. "T'imagines ?" Ally avait regardé les petits bateaux porte-lumière flottant au bout de leurs chaînes et elle avait imaginé.

Joe était en train de détailler tous les soutiens qu'il avait réunis grâce aux programmes de préservation du patrimoine aussi bien étatiques que fédéraux, au fonds régional pour le développement économique et aux subventions de revitalisation du comté. Ally savait qu'on lui accordait douze années d'allègement fiscal parce qu'il réhabilitait une structure existante. On lui accordait également un allègement sur les droits d'enregistrement – de quoi s'agissait-il, mystère – et une exonération des taxes sur les matériaux de construction.

Mais il avait sauvé ce bâtiment, non ? Cela ne justifiait-il pas l'effort consenti par le contribuable ? Ses yeux s'habituaient à la pénombre de la chapelle et elle distinguait vraiment le détail de l'immense vitrail situé à sa droite. On y voyait une femme en habit de religieuse imposant ses mains sur des opprimés. Les rayons du soleil étaient derrière elle. Et sous elle figurait l'inscription : "Mère des malades et des pauvres". Ally savait qui c'était. Marianne Cope, qu'on avait récemment canonisée. C'était l'une des sœurs de ce couvent. Elle s'était portée volontaire pour travailler dans une colonie de lépreux quand personne d'autre ne voulait s'occuper des malades contagieux et de leurs enfants, orphelins et rejetés.

Joe acheva son exposé et répondit aux questions des journalistes.

5

Ally travaillait à son essai personnel pour les dossiers d'admission à l'université. Elle essaya d'écrire en quoi les JDA lui avaient permis de grandir, de s'émanciper, l'avaient armée à travers… pouah, tellement bidon et chiant, déjà. À la place, elle écrivit ceci :

POURQUOI JE NE SUIS PAS LIBERTARIENNE
Ally Raymond

Au départ, ça m'a en partie convaincue. Mais pas complètement, comme ces gens qui ne sont beaux que si on les regarde en coin. Mais après on les regarde vraiment et bof, non, pas tellement.

Mon tuteur m'a offert un livre, *La Source vive*, que je n'ai lu qu'en partie parce qu'il est long et assez mal écrit – hautement didactique et hyper-conventionnel. J'ai également lu des essais que mon tuteur m'avait conseillés. Et j'ai fait des recherches par moi-même.

Commençons par ce mot, “libertarien”. Qui n'apparaît à aucun moment chez Ayn Rand, d'ailleurs. Il a pour racine "liberté", qui lui-même vient de *liber* et *libertas* : libre, sans entraves, affranchi de toute contrainte. Qui n'a pas envie d'être libre ? Donc, un libertarien s'identifie-t-il à son besoin d'être libre comme un végétarien s'identifie à son besoin de ne pas manger d'animaux ? Ce n'est pas quelqu'un qui chérit la liberté entre autres idéaux. C'est quelqu'un qui fait passer sa liberté avant toute autre considération. Autres définitions de *liber* : débridé, incontrôlé, licencieux.

Donc, d'après leurs dires, les libertariens croient en une égalité ultime préservée des interférences condescendantes d'un "État-nounou" ; ils vantent les mérites d'un marché sans entraves dans lequel tous peuvent se livrer à une concurrence équitable. Mais lorsqu'ils parlent d'égalité, ils prennent soin de bien distinguer. Égalité des chances, pas égalité des situations. Examinons toutefois comment les choses se passent dans le monde réel.

Croisant un SDF avec un panneau demandant l'aumône, un libertarien vous dira peut-être : "Ne lui donne pas d'argent, ça ne lui servira qu'à s'acheter de la bière." Et vous vous direz peut-être : et alors ? Tu n'aurais pas envie d'une bière, toi, si tu devais passer la nuit sous un putain d'échangeur ? Mais il vaut peut-être mieux ne pas dire tout ça. Si vous poussez le libertarien à développer, il vous dira qu'il pense que cette personne est à la rue parce qu'elle a fait "de mauvais choix". Nous ne devons pas être tenus pour responsables des mauvais choix d'autrui. Ma question est alors la suivante : dans quelle mesure nos choix sont-ils conditionnés par des choses que nous n'avons pas choisies ? *Mais ça, je ne l'ai pas dit.*

Il peut aussi arriver à un libertarien de bénéficier d'allègements fiscaux au niveau fédéral, étatique et local dans des villes merdiques et désespérées prêtes à tout pour attirer les promoteurs. Mais en quoi s'agit-il là d'un marché sans entraves ? N'est-ce pas la même chose que de toucher des aides sociales, à ceci près qu'il s'agit d'aides sociales à destination de promoteurs déjà fortunés ? *Ça non plus, je ne l'ai jamais dit.*

Et *quid* de tout ce que les gens ont besoin de faire collectivement, comme les pompiers, les services publics, la poste et les écoles ? *Quid* du cataclysme climatique en cours et en voie d'accélération ? Peut-être le marché a-t-il un rôle à jouer, mais si l'intérêt des gens était contraire aux profits ? Comment cette contradiction peut-elle se résoudre autrement que par des valeurs collectives et, oui, des restrictions ? Même si on pense que le marché peut remédier au changement climatique par l'entrepreneuriat privé – grâce à la 5G détenue par le privé quoiqu'en partie financée par le public, à la Quatrième Révolution industrielle, à l'IA, aux nanotechnologies, au partage de données, à la fabrication "additive", à l'informatique en périphérie, etc. – alors pourquoi n'est-ce pas encore le cas ? *Je n'ai pas posé cette question, mais j'y ai pensé bien des fois sous différentes formes.*

Par ailleurs, la protection de la propriété privée nécessite une police, des prisons et des copyrights. Dans certains cas, les libertariens aiment donc les règles. Peut-être ne sont-ils pas en faveur d'une liberté totale, mais de la protection de leur propre liberté aux dépens de celle des autres. *Nan, pas émis cette idée une seule fois.*

Enfin, faisons-nous vraiment un bénéfice net quand quelqu'un prend de superbes bâtiments anciens (d'anciennes écoles, bibliothèques ou bâtiments religieux) et, à la faveur de, quoi, 4,6 millions de dollars d'allègements fiscaux, mettons, les transforme en résidences de mauvais goût et en espaces de coworking pour les mecs de la tech ? Ne devrions-nous pas tous avoir accès à ces bâtiments même si nous n'avons plus la volonté publique de construire de cette façon – a fortiori, peut-être ? N'est-il pas légèrement problématique de transformer des lieux dédiés à des gens tels que sainte Marianne Cope en espaces privés ? Et que penser de cette façon de plaquer des clichés du design, genre des portes de grange, sur des bâtiments conçus pour une retraite raffinée, et non pour des fauteuils de gamer et des séances de Tabata ? *OK, là je commence à me faire peur parce qu'on croirait entendre ma mère, lol.*

Il n'en demeure pas moins que la réhabilitation de superbes bâtiments anciens grâce à des fonds publics en vue de profits privés est une façon intéressante de considérer Joe et sa philosophie. Il y a quelque chose de factice dans ces appartements, qui ne sont pas vraiment le fruit d'un travail bien fait. La clé étant l'apparence du travail bien fait. C'est une prothèse censée se substituer à un vrai beau travail. *Pro* signifie "ajouter" ou "dans", et *thesis* vient de *tithenai* qui signifie poser / mettre à la place d'une chose manquante. Il se sert donc de touches sobres et clichées pour connoter le chic, telles que le carrelage métro, les dalles de granit ou le bois dur recyclé teinté en gris, au lieu de procéder à un vrai travail de restauration réfléchi et pertinent sur le plan historique. Mon propos étant que cela pourrait s'appliquer à – être une métaphore de – bien des aspects de la vie de Joe.

Ally cessa d'écrire et fixa son ordinateur. Elle prit conscience qu'il ne s'agissait pas vraiment d'un essai pour ses dossiers d'admission à la fac. Ou que ce qui avait commencé comme tel s'était mué en une impitoyable lettre de rupture à l'intention de Joe. Pourtant, lorsqu'elle pensa à lui, à son corps à l'odeur suave, à sa façon de lui embrasser le cou et les oreilles, elle chassa cette pensée, l'ensevelit. Ainsi découvrit-elle et ne put-elle plus ignorer qu'on pouvait désirer quelqu'un – mais vraiment le désirer – alors même qu'on ne l'aimait ni ne le respectait plus.

V

SAM

1

Sitôt rentrée, elle mit la main sur son téléphone et appela la seule personne qu'elle était sûre de trouver éveillée. MH.

"Je fais quoi, maintenant ? J'appelle pas la police, on est d'accord ? dit Sam, avec le sentiment d'avoir déjà merdé – elle aurait déjà dû faire une déposition.

— Tu devrais aller déposer une plainte au Comité de contrôle citoyen. T'as filmé ?

— Non.

— Pourquoi ?

— Je n'avais pas mon téléphone. Je faisais une promenade déconnectée." Elle entendit MH soupirer.

"Tu devrais scrupuleusement consigner ce dont tu te souviens, les heures, les lieux, ce que tu as entendu, tout.

— Pas faux, pas faux. OK.

— Tu peux appeler le bureau du procureur. L'ACLU*. Et tu peux appeler Les Rues de Syracuse.

— Bien, oui." Sam ouvrit son ordinateur, qui s'éveilla. Sur la dernière page qu'elle avait consultée avant de le fermer – "Les meilleures applis sommeil 2017". Préoccupation dérisoire qui remontait à sa vie

* L'Union américaine pour les libertés civiles (American Civil Liberties Union).

d'avant, à sa vie innocente. Ou peut-être pas innocente. Ignorante.

“Mais, Sam ?

— Quoi ?

— Ça ne donnera rien.

— Comment ça ?

— Voilà comment ça se passe. Tu vas le dire à qui tu vas le dire. Tu n'as pas de preuve vidéo, seulement ta parole. Mais tu es crédible, et tu es blanche, c'est déjà ça. Le Comité de contrôle citoyen mènera une enquête. La police des polices mènera la sienne en parallèle. Les conclusions seront envoyées à Fitzpatrick, le procureur général du comté. Et après ?

— Quoi ? dit Sam.

— Il n'arrive jamais rien aux flics. Ils ont toujours un motif légitime, ils ont droit à l'erreur, à la méprise, à la surenchère. Les autres n'ont droit ni à l'erreur, ni à la méprise, ni à la surenchère.

— C'était un gamin, un jeune garçon. Non armé. Qui, très clairement, n'avait rien d'autre à la main qu'une bouteille de soda.

— Tu sais, tu pourrais très bien ne rien faire, laisser tomber. Parce que le signaler ne sert à rien et pourrait même faire de toi une cible. La police, leur syndicat et le bureau du procureur se protègent tous les uns les autres…

— Je me dois de raconter ce que j'ai vu.

— Ouais. Je m'attendais à ce que tu dises ça. Faut que j'y aille, conclut MH. Parlons-nous bientôt en personne. Je t'appellerai quand je serai de retour en ville.”

Où était-elle ? Sam ne s'en souciait plus vraiment.

Elle tapa tout dans un fichier Word. Mais pour les détails précis, c'était difficile. Tout était arrivé si vite.

Elle était certaine d'avoir vu la femme abattre le jeune garçon, mais à vrai dire, elle avait les yeux rivés sur lui. Elle avait entendu les tirs et vu tomber le garçon. Il leur tournait le dos lorsqu'ils avaient crié, avait pivoté vers eux puis s'était de nouveau retourné. Puis il était tombé. Elle avait entendu les coups de feu puis l'avait vu tomber. Elle avait vu l'homme se tenir au-dessus de lui, l'avait entendu demander à la femme pourquoi elle avait tiré. Sam se tenait loin d'eux – à quelle distance au juste ? Elle avait quitté les lieux. Elle n'avait pas de vidéo. Elle était suspecte, elle aussi. Que faisait-elle dehors, dans ce quartier, à trois heures du matin ? Elle imaginait déjà le contre-interrogatoire. Ils la feraient passer pour une folle en manque de sommeil.

Lorsqu'elle eut fini d'écrire, elle remplit les huit pages que comptait le formulaire de dépôt de plainte sur le site du Comité de contrôle citoyen. Au moment de cliquer sur le bouton "Envoyer par e-mail", rien ne se produisit. Elle réessaya et réitéra. Il lui faudrait déposer sa plainte en personne, à huit heures, à l'ouverture de la mairie. Et maintenant ? Il était trop tôt pour appeler qui que ce soit. Elle fit un tour sur syracuse.com. Déjà, un article était paru sur l'homicide.

UN HOMME TUÉ PAR BALLE À NORTHSIDE

Publié le 31 août 2017 à 5 heures.
par William Conner | wconner@syracuse.com

SYRACUSE – Peu après 3 heures, ce matin, un homme a été abattu aux environs du 200 Park Street après des tirs impliquant les forces de l'ordre. À 5 heures, des Rubalise empêchaient encore tout accès à la zone. D'après la police de Syracuse, une agente en uniforme a, une fois au moins, fait usage de son arme de service. L'homme est mort sur les lieux et son décès a été constaté à 3 h 45 à l'hôpital Saint-Joseph. À cette heure, il n'a pas encore été identifié par la police.

Elle aurait dû attendre d'avoir parlé à un avocat ou au procureur général ou au Comité de contrôle citoyen, mais au lieu de ça elle écrivit au journaliste pour lui dire qu'elle était témoin de la scène. Il l'appela aussitôt.

"Si je vous ai contacté, c'est parce que votre article est erroné. Ce n'est pas un homme qu'on a abattu. C'est un jeune garçon. Il devait avoir quatorze ou quinze ans." Puis, lorsqu'il lui posa la question, elle lui raconta exactement ce qu'elle se rappelait avoir vu : rien de plus, rien de moins.

À sept heures, l'article était le même mais à cet amendement près :

Un témoin de la scène s'est confié à syracuse.com : "Une policière a crié : « Stop ! » et, quand le garçon s'est retourné, elle lui a tiré dessus, trois fois. Il était clair qu'il n'était pas armé. Il avait une bouteille de soda dans une main. Le soda a coulé dans la rue. Une fois le garçon au sol, ils ont appelé de l'aide par radio. Puis la policière est restée là pendant que son collègue se penchait sur le garçon. Je l'ai entendu demander à sa collègue : « Pourquoi t'as tiré ? » Et elle a répondu : « Il nous fonçait dessus, il avait une arme. »" La police n'a pas souhaité répondre à nos questions.

Toute l'histoire était publique maintenant. Elle attendit la suite des événements.

2

Après avoir fait sa déposition au Comité de contrôle citoyen, s'être entretenue avec une avocate de l'ACLU, avoir été interrogée par la police, avoir parlé à un Matt affolé et lui avoir dit qu'elle allait bien, elle rentra chez elle et sombra dans un profond sommeil.

Elle se réveilla au noir milieu de la nuit. Elle ressentit la panique avant que les pensées n'affluent pour lui donner forme : ce qu'elle avait vu, ce qu'elle avait entendu. Elle se laissa revoir ce moment : l'affolement dans la voix, les coups de feu. Le garçon qui se vidait de son sang, les flics qui tâtonnaient. Le "Pourquoi t'as tiré ?".

Chaleur, sueur ; elle avait du mal à respirer, rejeta sa couverture. L'air était froid mais elle brûlait à l'intérieur.

Sam s'abstint de regarder l'heure ou de prendre son téléphone. Elle savait qu'il était deux ou trois heures. Quatre heures, c'est tôt le matin ; une heure, c'est tard le soir. Deux ou trois heures, c'est le temps pour la violence et la prière. Les heures désespérées. Elle fit glisser ses jambes du lit et se redressa. Elle sentait les lattes de parquet sous ses pieds nus. La maison palpitait contre elle. Elle entendit le vent dans les arbres, dehors. La ville était juste là. Elle était dans la maison et la maison était dans la ville. La ville était dans le monde.

C'est pour ça que tu es venue ici. Tu es venue ici pour être témoin, pour voir le monde, puis agir en vue de le rendre meilleur. Pour le réformer. C'était une fausse pauvre, façon *Voyages de Sullivan*, "pauvre" pour le frisson. Mais elle comprenait maintenant son obligation. Celle qui découlait de l'histoire, de sa fortune, de sa position. Même sa façon d'envisager ses pertes comme des bienfaits semblait prendre une finalité nouvelle : son réveil nocturne l'avait fait sortir dans la rue ; son invisibilité la rendait aussi inoffensive que le trottoir. Elle était une créature secrète, un cryptogone. Sa solitude, avec son cortège d'émotions grotesques, démesurées lorsqu'elle était dans les *suburbs*, lui faisait ici ressentir la douleur – le poids – de ce qu'elle voyait. À quoi allait servir sa deuxième vie ? Tu t'es réveillée parce que l'heure n'était pas au sommeil paisible. Tu as scruté le monde avec clairvoyance et tu as découvert qu'il avait toujours été là, à attendre que tu le voies.

Elle était dans la maison. La maison était dans la ville. La ville était dans le monde. Le monde était dans l'histoire. Voilà pourquoi elle avait acheté cette maison, à cet endroit.

Sam ouvrit son ordinateur et lut un article qui venait de paraître au sujet du jeune défunt. Il avait maintenant un nom, Aadil Mapunda (mais ses amis l'appelaient Adi). Adi Mapunda. Il y avait là sa photo de troisième (quatorze ans, cette expression, ce visage poupin, encore plus jeune qu'Ally). Il avait l'air prêt pour le monde, ouvert, arborait l'un de ces sourires gauches d'adolescent qui montrent toutes leurs dents, son visage flottant sur un fond bleu de photo scolaire, abstrait de son lieu et de son temps. Mais c'était un garçon inscrit dans son temps et lorsqu'elle regarda cette photo, Sam tenta de la rattacher à son visage dans la lumière, juste avant qu'il ne s'écroule. Et il y avait là une photo de sa mère, Imani Mapunda, coiffée d'un foulard à motifs dorés, se tenant aux côtés de son fils lors de la fête de fin d'année de quatrième.

(Sa mère. La mère du garçon. La mère d'Aadil, Imani.)

Elle semblait très jeune et charmante, mais, même ce jour-là, elle n'arborait pas le même sourire ouvert que son fils. L'article se concentrait sur la tragique ironie de leur parcours. C'étaient des Bantous de Somalie. Il était né dans le camp de réfugiés de Dagahaley au Kenya. Aadil avait eu un frère, mort avant sa naissance (c'était donc le deuxième enfant qu'elle perdait). Avec sa mère, il avait vécu dans le camp jusqu'à l'âge de six ans. Puis – immense coup de chance – on leur avait accordé l'asile et ils avaient émigré aux États-Unis. Une organisation caritative catholique leur avait trouvé un petit appartement. Son fils était inscrit dans la grande école primaire délabrée mais joyeuse remplie d'enfants du monde entier. Et comptant de nombreux Somalis. Il apprit vite, et à son entrée au collège, il excellait tant sur le plan scolaire que sur le plan sportif. L'article racontait comment la mère avait appris l'anglais puis commencé à travailler comme aide-soignante dans une maison de retraite.

Sam pensa à son père, et aux jeunes aides-soignantes qui s'étaient occupées de lui à la fin, lorsqu'il avait passé un an au Withrow Center. À ces femmes qui toléraient ses plaisanteries et ses clins d'œil afin qu'il les laisse le raser, le nourrir et, pour finir, le changer. Toutes les indignités et les intimités d'un corps mourant, elles les géraient avec une bienveillance tranquille et pragmatique.

Mapunda était un élève de seconde prometteur à la Henninger High School. Il était inscrit au tableau d'honneur, avait de nombreux amis et même une petite amie. Il était devenu américain dans des domaines où sa mère n'entendait pas le devenir. Il s'habillait à l'américaine, écoutait de la musique américaine. Il était américain ; il comprenait l'Amérique comme jamais sa mère ne pourrait la comprendre. Aadil était le pont. Tout s'était si bien passé, c'était l'histoire d'une progression, l'espoir exaucé de trouver un vrai refuge. (Mais de vrai refuge, il n'y en a pour personne, au fond.) Ils devaient se sentir si chanceux – d'avoir pu fuir une zone de guerre et rallier l'Amérique indemnes. L'article soulignait que c'était vraiment un cruel coup du sort que de connaître une mort violente ici, dans ce pays qu'ils croyaient sûrs.

Le sort, hein ?

Sam avait envie d'aller voir la mère. Imani Mapunda. Pourquoi ? Pour la prendre dans ses bras, lui parler, la réconforter ? Lui donner de l'argent ? Ou lui dire ce qu'elle avait vu ? Qui cela aiderait-il ?

Elle pouvait s'imaginer perdre Ally, elle l'avait imaginé bien des fois et elle savait que ce serait insupportable. Tout ce qu'elle avait fait dans sa vie lui paraîtrait absurde, raté. Voir son enfant adulte mourir le premier, c'était une chose, on devait être anéanti, mais au moins, il avait vécu. Perdre un enfant si jeune, ça devait bouleverser votre vie, en faire une vie maudite, brisée. Les parents qui perdaient un enfant étaient l'incarnation même de ses angoisses du Milieu. Et voilà que cette femme non seulement perdait un deuxième enfant mais le perdait par la violence – par le meurtre, appelons les choses par leur nom. Son fils abattu et mourant dans la rue avec ses tueurs pour seule compagnie. Si elle lui parlait, lui racontait ce qu'elle avait vu, Sam fondrait en sanglots, perdrait ses moyens. En outre, elle n'avait rien de réconfortant à rapporter à la mère d'Aadil. C'était une mort terrible – une mort solitaire, merdique, absurde.

La contacter apporterait quelque chose à Sam (quoi, au juste ? Une raison d'être, une destination à ce qu'elle avait vu), mais à quel prix pour cette femme ? Abstiens-toi, bon sang. Monstrueux, de se dire qu'elle trouvait là une raison d'être. Le garçon qu'on avait tué faisait-il partie de sa raison d'être ? De sa pénitence ? Aadil Mapunda n'était-il pas un être humain ayant sa propre raison d'être, fracassée et déversée sur le béton en l'espace de quelques secondes. Et *quid* des deux policiers ? Était-il aussi au service de leur raison d'être, de leur passage dans le royaume des tueurs ? Les policiers, la femme (une débutante de vingt-deux ans, apparemment) et l'homme, les policiers. Pour l'amour du ciel, non, ne pense pas à eux. Ne pense pas à toi. Un peu de décence.

Au lieu de ça, Sam écrivit une lettre à la mère d'Aadil et demanda à l'avocate de l'ACLU de la lui transmettre. Elle écrivit qu'elle témoignerait au procès et que, s'il y avait également un procès au civil, bien sûr, elle y témoignerait aussi. Sam écrivit qu'elle était vraiment désolée de ce qui s'était passé et qu'elle lui souhaitait de trouver la paix. Elle nota son adresse, son mail et son numéro de téléphone sur la lettre au cas où la mère d'Aadil aurait quoi que ce soit de plus à lui demander. En PS, elle écrivit "N'hésitez vraiment pas à me contacter". Mais finalement, elle réécrivit la lettre sans le PS. N'était-ce pas sous-entendu ? Et l'écrire noir sur blanc rendait la chose un peu pressante, trouva-t-elle.

Vidant son compte courant, elle fit un don anonyme à la cagnotte en ligne que quelqu'un avait créée pour payer les obsèques ainsi que d'autres frais.

La seule chose qu'il lui restait à faire, c'était de continuer à raconter ce qu'elle avait vu, ce qui ne serait pas d'un grand secours à cette mère ou à son fils. (Est-on encore une mère quand son enfant est mort ? Ou est-ce qu'on en a été une ?)

Elle avait envie d'entendre la voix d'Ally, de voir Ally, de la toucher et de savoir qu'elle allait bien. Mais bien sûr qu'elle allait bien. Ally était protégée, Ally ne se ferait jamais abattre dans la rue. Quel luxe, quel privilège que le monde croie en l'innocence de son enfant. Ou peut-être que la bonne approche, c'était de considérer que ce n'était pas un luxe mais quelque chose qui devrait aller de soi pour tout un chacun. Ce qui n'était pas le cas, pas maintenant, pas dans ce moment.

3

Les problèmes de sommeil de Sam s'aggravaient malgré tous ses efforts : masque occultant, respiration méditative, mélatonine, ne pas manger ni boire avant de se coucher. Et pourtant, voilà qu'elle était pleinement éveillée, au Milieu de la nuit, sans même une bouffée de chaleur à incriminer. Ses ajustements minutieux du corps et de l'esprit ne la menaient qu'à une chose : au visage d'Aadil tandis qu'il agonisait dans la rue. Deux nuits avaient passé et il avait supplanté toutes ses autres ruminations et angoisses du Milieu. La façon dont il lui apparaissait était très étrange, comme dans un film : elle voyait les détails de son visage, pas le flou qui semblait avoir régné dans l'instant. Se pouvait-il que son cerveau, sous l'effet du stress, ait mémorisé à l'extrême, recueilli plus de détails qu'elle ne le pensait ? Elle songea alors à la déposition qu'elle avait faite au Comité de contrôle citoyen. Elle lui parut chiche, insuffisante. Pourquoi se le formulait-elle comme un livre de comptes, à double entrée, avec des lignes de passif équilibrées par quoi ? Des fonds propres ? Non. Sa déposition était anorexique, anémique, exsangue.

Elle se leva, regarda son téléphone. Depuis qu'Ally l'avait bloquée, il ne servait à rien de lui envoyer des messages et le téléphone avait grandement perdu de son attrait. MH lui avait écrit et voulait la voir pour parler. Elle lui communiquerait bientôt un horaire et un endroit sûr. Elle disait qu'elle faisait un jeûne de dopamine et ne consultait son téléphone qu'une fois par jour. Soit.

L'affaire MH chagrinait Sam, mais c'était une sorte de douleur projetée, à ce stade. Un point où la douleur se faisait sentir mais qui n'était pas son vrai point d'origine. Une perturbation, à peine une distraction.

Elle fit du café, s'installa à sa table et pressa une touche sur le clavier de son ordinateur en sommeil. Syracuse.com était déjà ouvert dans son navigateur. Elle fit défiler la page. Nouvel article au sujet du drame. Mais celui-ci virait dans une direction prévisible. Le commandant de la police avait publié un communiqué : Mapunda avait consommé de l'alcool lors d'une fête, plus tôt dans la soirée, et une vapoteuse contenant des résidus de marijuana avait été trouvée sur sa personne. S'il était dans la rue à trois heures du matin, c'était possiblement pour acheter de l'herbe (bien sûr, ils ne pouvaient pas commenter les tirs, mais ce détail-là, ils pouvaient le révéler). Le président du syndicat des policiers s'était exprimé devant les journalistes : "J'en suis convaincu, l'enquête montrera que l'agente a agi de manière raisonnable et responsable." Toutefois, il ne pouvait répondre à des questions sur une enquête en cours. Il leur fallait attendre les résultats de l'analyse balistique, le rapport médicolégal, la compilation de toutes les preuves.

Sam ne lut pas les commentaires. Elle savait – l'avocate de l'ACLU le lui avait dit – qu'Aadil était allé chez sa copine après la fête et qu'il s'y était endormi. À son réveil, il était rentré chez lui en buvant un soda, et il était suspect en tant qu'adolescent noir se promenant dans les rues à trois heures du matin. À ce titre, il représentait une menace, un danger. À ce titre, il avait été abattu. Non, elle n'avait pas très envie de lire les commentaires. Du cannabis dans une vapoteuse ? Et alors ? Et quand bien même il aurait été dehors pour acheter de l'herbe, qu'est-ce que ça aurait changé ?

L'avocate de l'ACLU lui avait dit que, comme il s'agissait d'une affaire impliquant la police et une victime non armée, ce serait le procureur de l'État qui conduirait l'enquête, non celui du comté. Elle expliqua aussi à Sam que sa parole de témoin oculaire était importante mais facile à mettre en doute. Elle se trouvait à plusieurs dizaines de mètres de la scène. Il faisait nuit – était-elle vraiment à même d'entendre ce qu'ils disaient ? D'accord, mais même sans ce qu'elle avait entendu, une nouvelle personne noire non armée avait été abattue par la police. Ils n'avaient pas agi "de manière raisonnable et responsable". Elle l'avait vu.

4

MH était coupable de quelque chose, Sam le savait, mais de quoi ?

> RDV à 14 h à la foire de l'État.
> Devant le bâtiment de La Grange*.

Sam arriva tôt et déambula à travers la foire. C'était bien une idée de MH, ça, comme d'aller à la scène ouverte du *comedy club*, encore une de ses sorties éducatives ou de ses safaris à la découverte de l'âme américaine, la vraie, l'affreuse. Pour s'ébahir de voir les gens s'empiffrer, etc. C'était la fête du Travail, le dernier week-end de la foire, et les lieux grouillaient de monde malgré le temps anormalement froid et pluvieux. Les gens se traînaient en short et débardeur humides, faisant fi de la météo.

La dernière fois que Sam était allée à la foire, c'était l'été précédant l'entrée en troisième d'Ally. Il faisait chaud, il y avait foule et elle avait regardé Ally et ses amies essayer les attractions qui donnaient le plus la nausée. Elle se souvenait d'avoir fait la queue pour manger une série de mets plus ridiculement

* Grand mouvement coopératif agricole fondé en 1867.

malsains les uns que les autres : ça allait des Oreo frits aux triples sundaes dégoulinants en passant par les hamburgers frits fourrés au gratin de macaronis, faits avec des pancakes à la place du pain et trempés dans du sirop d'érable (elle n'en avait avalé qu'une bouchée). Néanmoins, Sam avait toujours adoré la foire, en raison, surtout, des magnifiques bâtiments du champ de foire, bâtis durant les premières décennies du XXe siècle et célébrant l'agriculture et l'industrie – une mise en valeur du travail et des travailleurs qu'on retrouverait à l'heure du New Deal dans l'architecture du WPA. Chaque bâtiment célébrait une production : le centre du progrès, le bâtiment des produits laitiers, le bâtiment de l'horticulture, le centre des arts et de la maison et le bâtiment de La Grange. À l'intérieur, ce n'étaient que de simples entrepôts destinés à accueillir des salons, mais les entrées étaient ornées de mosaïques et d'arches majestueuses faites en pierres moulées, en fer et en bois peint. Les halls étaient dotés d'un éclairage industriel, mais la lumière entrait aussi par des fenêtres ornementales ouvragées, faisant régner une atmosphère de palais ou évoquant l'entrée d'un grand bazar dans un pays lointain. Durant l'enfance d'Ally, ils avaient adoré les traditions de la foire : l'immense sculpture en beurre qui changeait chaque année, la tasse de lait à cinq cents, les concours de jeunes talents et, surtout, les rangées d'animaux parfaitement entretenus et pansés, tout à leur ennui bichonné. Les gens aussi, d'une certaine façon, Sam les adorait, les exposants avec leur esprit des 4-H* et leur panoplie surannée d'objets

* Grand mouvement de jeunesse rural.

du folklore américain, et même les simples visiteurs, qui parvenaient à lui inspirer une demi-tendresse envers l'Américain moyen. Ils étaient là avec leurs shorts cargo XXL et leurs t-shirts arborant les couleurs d'une équipe sportive ou une blague kitsch ou le nom d'un groupe grand public. Une casquette sur la tête et mémé dans son fauteuil roulant électrique, des marmots tenant une barbe à papa qui leur avait barbouillé la bouche en rose ou en bleu, et papa et maman qui s'enivraient discrètement de bière servie dans d'énormes gobelets en plastique tout en déambulant et en cassant une croûte sous le soleil brûlant. Sam se rappelait avoir pensé qu'il s'agissait là des vraies gens, de la classe ouvrière, de la majorité sans prétention, de la non-élite qui ne lisait pas le *New York Times*, n'achetait pas de saumon sauvage, ne payait pas de cours particuliers à ses enfants. Elle s'était targuée de ne pas être snob, d'apprécier les belles Highland à la robe cuivrée et les délicates poules Chabo que les gamins de paysans lui montraient parfois.

Mais tout cela avait changé, n'est-ce pas ? Voilà qu'elle arpentait la foire en cette affreuse année 2017, après en avoir tant vu et tant entendu. Désormais, tout lui apparaissait sous un jour différent. C'était la classe ouvrière de Syracuse (ainsi que les cols-bleus des *suburbs* et surtout les électeurs des comtés ruraux) qui avait voté pour lui. Enfin, les Blancs, du moins. Les foules lui semblaient plus sinistres, elles qui se goinfraient avec insouciance, affichant leur vulgarité comme une sorte d'emblème de leur authenticité, à l'instar de leur gros président. Elle regarda passer un type débraillé qui buvait une bière ; elle savait qu'il avait un autocollant réclamant l'abrogation du SAFE *Act** sur sa Jeep. Elle savait qu'il n'avait pas voté pour Hillary Clinton. Il marchait en tenant sa petite amie par les épaules, une minette hâve, minuscule qui regardait son téléphone en buvant un granité au vin. Elle non plus n'avait pas voté pour Hillary Clinton, même dans le secret de l'isoloir. Évidemment pas. Peut-être Sam ne voyait-elle qu'aujourd'hui ce qui s'était toujours trouvé là, et ça lui parut bien plus sombre que dans son souvenir. L'endroit n'était qu'un étalage obscène, médiocre et puant de cette stupidité et de cette cruauté américaines délibérées, décomplexées. Sam passa devant une Chevrolet Camaro ornée des premières lignes de la Constitution et d'aigles chauves aux ailes déployées, peints au pistolet. Et il y avait la sculpture en beurre de l'année : deux flics, leur arme à la ceinture, en train d'aider un gamin à traire une vache. Cette année, disait un écriteau, la foire avait pour thème le maintien de l'ordre. Elle passa devant une barre de traction au stand de recrutement des marines. Et devant un jeu de mailloche où, quand tu frappais le plateau, le témoin fusait le long de la colonne pour s'arrêter à "Vrai homme" ou "Mauviette", etc. Il y avait des flics et des soldats partout. Est-ce que ça avait toujours été comme ça ? Il y avait même des flics-soldats hybrides : trois baraqués en pantalon de camouflage, pistolet à la ceinture, lunettes noires, cheveux en brosse et chemises vert militaire barrées de l'inscription "POLICE

* Votée en 2013 par le parlement de l'État de New York après la tuerie de l'école primaire de Sandy Hook, cette loi est considérée comme l'une des plus strictes du pays en matière de régulation des armes à feu.

DE L'ÉTAT". Et tout le monde s'inclinait devant les flics-soldats – s'écartait à leur passage. Ils avaient l'autorité, ils avaient l'uniforme, ils avaient le pouvoir.

(Regarder les flics. Regarder le garçon, Aadil. Regarder le trottoir.)

Le problème tenait-il en partie à ce que les forces de l'ordre attiraient les sadiques et les racistes ? Ou était-ce la fonction qui faisait de vous un sadique et un raciste ? Était-ce en eux, en chacun de nous, prêt à se faire jour ?

Les sculpter dans du beurre, sérieux ?

Sam vit MH avant qu'MH ne la voie. Elle marchait d'un pas aussi crâne que d'ordinaire mais il impressionna davantage Sam : MH, l'impénitente émissaire du pays de celles qu'on n'aimait pas. (Qu'on n'aimait plus, du moins.) Elle était là, mince et musclée dans son t-shirt noir et son jean, avec ses bottes de moto artistement retournées sur les revers. Un jean extraordinaire, réalisa Sam, le genre de jean qui coûte trois cents dollars. (Comment pouvait-elle bien le savoir ? Ça se voyait, tout bonnement.) Quant à sa brosse, elle était new-yorkaise – c'était probablement l'œuvre d'un barbier de Brooklyn. Tout, chez elle, paraissait fabriqué, coûteux, douteux.

"Merci de me retrouver ici", dit MH.

Sam sourit, hocha la tête. "Drôle d'endroit pour une conversation privée.

— Crois-moi, ce n'est pas ici qu'on tombera sur des gens qu'on connaît. C'est le point de ralliement de toute la classe ouvrière blanche outragée et surarmée du Nord de l'État."

Elles marchèrent. Dire que la foule était cent pour cent blanche eût été inexact. Quelques visiteurs noirs et bruns la parsemaient. Mais Sam avait effectivement repéré quantité de casquettes *Make America Great Again** ainsi que des t-shirts ultra-agressifs en vente sur les stands. Ils clamaient des choses comme "TRUMP 2020 LE RETOUR : *Make Liberals Cry Again***", "LGBT (Liberté, Guns, Bière, Trump)", "Debout pour le drapeau, à genoux devant la croix" ; l'un d'entre eux était orné d'un drapeau américain composé de fusils ; et, bien sûr, il y avait tout un tas de t-shirts "Salut les fragiles", notamment un qui disait : "Je n'ai pas risqué ma vie pour Mon Pays pour qu'un FRAGILE vienne me dire comment la vivre !" (Ce qui, pour un malheureux t-shirt, était un tantinet verbeux.) Certains lui semblaient dénués de sens mais n'en demeuraient pas moins alarmants, tels que l'inscription "#notmetoo" sur fond d'arme à feu, par exemple (?). Ou "Je défends l'hymne national parce que je défends quelque chose", avec des fusils en guise de *j* (?). Totalement absurdes, une bouillasse agressive pour le plaisir d'être agressif. Ces t-shirts étaient suspendus juste à côté des t-shirts Jack Daniel's, Fortnite, *Star Wars*, ou de ceux parés de peintures mystiques de loups hurlant à la pleine lune. Comme si tout ça était parfaitement normal.

MH commanda une brochette d'alligator et deux bières. Elles s'assirent sur un banc poisseux à l'abri d'un auvent. Une brise soufflait et les bords de la toile cirée fixée aux tables ne cessaient de se soulever. Des gouttes de pluie s'insinuaient à chaque

* "Rendre sa grandeur à l'Amérique", slogan de campagne de Donald Trump lors de l'élection présidentielle de 2016, repris à Ronald Reagan.

** "Refaire chialer les gauchistes."

bourrasque. Le temps était froid, affreux. MH lui proposa une bouchée de sa semelle d'alligator.

"Il faudrait de la sauce ou quelque chose, dit-elle en mastiquant.

— Je crois que c'est le concept de consommer de l'alligator qui est visé plutôt qu'un vrai plaisir gastronomique.

— Le menu esbroufe", dit MH.

Sam opina. Elle avait envie de partir.

"Alors, tu voulais parler de quoi ? dit MH en lui faisant un clin d'œil.

— Ce n'est pas drôle. Qu'est-ce que t'as fait ?"

MH prit une autre bouchée d'alligator et passa un moment à la mastiquer, réfléchissant.

"La question n'a rien de compliqué mais personne ne paraît disposé à me répondre, dit Sam.

— Mais ne l'est-ce pas un petit peu quand même ? Qu'ai-je fait pour débecter tant de gens ?

— La dernière fois que j'ai consulté la pétition, il y avait plus de cent signatures.

— Me dénonçant, dit MH.

— Oui. On m'a demandé, enjoint, même, de te dénoncer.

— Mais tu ne l'as pas fait, pour l'instant. Pourquoi ?

— Je te connais, et je sais que tu es quelqu'un de bien", répondit Sam, mais déjà les mots paraissaient naïfs dans sa bouche. MH laissa même échapper un rire. "Les accusations sont-elles fondées ? Je ne sais même pas de quoi il retourne. Qu'est-ce que tu as fait ?"

MH jeta un regard de côté puis parla.

"Je n'ai pas envie de nier, ni de discuter. Les gens sont en colère contre moi et je l'accepte. J'ai dépassé certaines bornes – j'aime appuyer là où ça fait mal, provoquer. Je crois que ma lecture des choses était différente de celle des autres.

— Donc tu as fait des erreurs, c'est ça que tu veux dire ?

— Des erreurs tout sauf innocentes, dirais-je. Mais bon, c'est libérateur, si tu veux tout savoir. Tu es jugée, déclarée décevante, mais d'un autre côté, tu es toujours toi-même. Tu survis."

Sam secoua la tête. En somme, MH se targuait d'être une battante ! Genre tu fais quelque chose de moche, ou quelqu'un te dit que tu l'as blessé. Tu découvres peut-être qu'un comportement que tu croyais acceptable ne l'est pas. Et au lieu d'avoir du remords ou d'essayer de te racheter, t'es là : *Ouais, je suis comme ça.*

MH frotta quelque chose sur son poignet. Ce n'était pas un lecteur de glycémie en continu mesurant son taux de sucre dans le sang en temps réel. Sam l'avait vu, celui-là, c'était un disque collé à l'arrière de son bras. Dans le cas présent, il s'agissait d'une sorte de puce électronique visible juste sous la peau délicate tapissant l'intérieur de son poignet.

"Qu'est-ce que c'est que ce truc ?

— Je ne peux pas en parler. Ça vient d'un *subreddit* de *biohacking* privé – des trucs de mutants, d'expérimentateurs un peu radicaux. Ce que je peux te dire, c'est que je bêta-teste un nano-implant qui mesure le cortisol et l'adrénaline. Et que cette conversation engendre une réaction de stress biphasique – tout ça est vraiment en train de chambouler mon équilibre. D'oxyder mes organes. Trop pour que j'en tire le moindre bénéfice hormétique, ajouterais-je.

– C'est vrai que tu as une maison à Skaneateles ?"

MH se mit à rire. "Je te déçois, c'est ça ? Toi, la donneuse de leçons qui gentrifie son quartier, avec ta maison à retaper, ton matelas de luxe et ton mari slash mec slash *sugar daddy* ?"

Sam était prête à partir. "Tu es décevante. Mais j'ai d'autres soucis en ce moment.

— Alors, qu'est-ce que ça a donné ta déposition au Comité de contrôle ?

— Rien pour l'instant. Ils enquêtent. La police des polices enquête. Et le bureau du procureur général enquête.

— Je t'avais dit que ça ne donnerait...

— Tes « je te l'avais bien dit » ne m'intéressent pas, en fait. Ce que je fais là, je dois le faire, et il faut que j'en fasse plus.

— Ce qui fera de toi un problème. Une cible."

Sam avait envie qu'MH arrête de parler. "Écoute, il faut que j'y aille.

— On en reste là ?

— Ouais. Je sais que tu n'es pas une prédatrice ou un monstre. En revanche, je crois que tu racontes vraiment que des conneries."

MH hocha la tête avec un demi-sourire crispé. Elle se leva.

"Au revoir, Sam", dit-elle. Elle fit un V en signe de paix.

"Au revoir, dit Sam, se levant à son tour. Merci d'avoir essayé de m'aider. J'apprécie tout ça." MH hocha la tête et Sam se retourna et commença à s'éloigner.

"Sam !" MH accourut derrière elle, lui toucha le bras.

Sam pivota sur ses talons.

"Comment sais-tu que je ne suis pas une prédatrice ? Comment peux-tu être sûre de connaître quiconque ?"

À cet instant, sans aller jusqu'à la détester, Sam trouva MH incroyablement antipathique.

"Ton problème, dit MH, c'est que tu crois pouvoir te sauver de ton merdier, de tout ce merdier. Et en te sauvant, tu imagines sauver le monde. Ou peut-être que c'est le contraire. Dans un cas comme dans l'autre, tout cela n'a que peu d'importance."

Sam croisa les bras et fronça les sourcils. "Et toutes tes idées, alors, tous tes groupes et actions politiques ? Pourquoi faire tout ça si tu fais si peu de cas du monde ?"

Elles commençaient toutes deux à être mouillées sous la pluie qui s'intensifiait, mais restèrent plantées là. Sam continua (autant aller au bout). "Je sais que c'est toi qui fais les petits cartons imprimés à la presse. Qui d'autre aurait le temps, les moyens ou même l'envie de faire une chose pareille ? Pourquoi te donner cette peine si ça ne t'inquiète pas ?

— Quoi ? Que cette catastrophe que fut la civilisation humaine soit en train de s'étioler ? Pourquoi je m'en inquiéterais ? La planète changera et continuera sans nous. Qu'avons-nous de si précieux ? Pourquoi ne pouvons-nous pas regarder notre extinction en face ? Mes messages, c'était pour que nous fassions face à notre avenir – l'acceptions, même. Nous ne sommes pas aussi capitaux que nous le pensons. Nous n'étions qu'une anomalie, une erreur, un échec.

— Je ne suis pas d'accord."

MH haussa les épaules et, d'un revers de main, sembla congédier Sam. Puis elle se retourna et disparut à travers la foule.

Je ne suis pas d'accord. Plantée là, à la foire, sous la pluie, Sam, elle, envers et contre tout, se souciait des humains, de l'extinction prochaine. L'idée que le monde – le monde humain – allait cesser d'exister lui apparut sous un jour nouveau, réel, tragique. Elles subsistaient sur ce champ de foire et dans sa maison et partout autour d'eux. Cette promesse et cette vie dont témoignaient tous les bâtiments, les tableaux et les livres. Les photos et les films, la musique et les lettres. Écrites à la main, conservées, nouées d'un ruban. Les blagues, les pièces de théâtre, les danses. Le dessin d'enfant plié et glissé dans un portefeuille, jauni par le temps. Les églises édifiées, les histoires racontées, les repas préparés, les tombes visitées, tous les petits et les grands rituels. Ces choses étaient poignantes, tragiques, même, mais pas ridicules. Belles dans leur totalité. Non ? Peut-être étions-nous en train de nous éteindre, mais cela faisait-il de l'ensemble un échec, une affaire dénuée de sens ? Certainement pas.

Encore une chose. Les casquettes *Make America Great Again* étaient en vente, mais Sam n'en avait vu sur la tête de personne ici. Oui, ces horribles t-shirts agressifs étaient suspendus sur les stands (certains tiraient profit de l'humeur du pays), mais on ne voyait pas grand monde en porter. Pour la plupart, devinait Sam, ces gens ne votaient pas. Pour la plupart, ils regardaient le sport à la télé, mangeaient de la merde, s'enivraient, cultivaient leur diabète, ne suivaient guère l'actualité. Elle avait croisé un crétin vêtu d'un t-shirt à la gloire des armes à feu, mais, à part ça, surtout des gens inconscients, insouciants, comme toujours. Sinon innocents, du moins ignorants, comme elle l'était elle-même. Et continuait de l'être à sa façon, toute en autojustifications.

Il ne tombait plus qu'une petite pluie d'été. Des flots de nouveaux visiteurs déferlaient. Sam marchait en direction de la sortie, près des parkings. Il lui faudrait une heure rien que pour s'en extraire. Mais elle n'en concevait pas d'irritation. Seulement de la lassitude.

Alors que Sam tournait au coin d'une allée et arrivait en vue des barnums de l'entrée, Ally pénétra sur le champ de foire. Sam se figea sur place. Son Ally, vêtue d'un legging et d'un t-shirt trop grand.

Ally ne l'avait pas repérée. L'espace d'un instant, Sam crut qu'elle était seule, puis elle vit. Ally était avec un homme. Plus âgé qu'elle. Ils étaient à une cinquantaine de mètres, mais Sam voyait qu'ils se donnaient la main et étudiaient un plan. Ils ne levèrent pas les yeux. Sam dévisagea Ally, ébahie de la trouver si belle et si étrangère. Davantage encore que l'Ally ulcérée aperçue au *comedy club*. Sam retomba dans son problème d'aveuglement (pouvait-elle vraiment voir Ally, la voir telle que le monde la voyait ?), mais il y avait si longtemps qu'elle n'avait pas posé les yeux sur sa fille qu'au moment même où elle se sentait inondée par tout l'amour et le manque qu'elle lui inspirait, elle peinait à reconnaître cette femme presque adulte. Une femme presque adulte flanquée d'un petit ami qui, lui, l'était pleinement.

Attendez. Mais cet homme, Sam le connaissait. C'était Joe Moreno, le promoteur. Le client de Matt.

Ils rirent de quelque chose, puis Ally se pencha en avant et l'embrassa, lèvres contre lèvres. Sam resta un instant chancelante, révulsée à l'idée de son âge, d'Ally et du sexe, des secrets d'Ally et de sa sécurité, du déséquilibre clairement déplacé de cette relation. Il y a peu encore, Sam aurait pété un câble, complètement disjoncté. Mais aujourd'hui, elle n'avait pas la force de s'indigner de cette scène.

Ils allaient bientôt lever la tête, l'apercevoir. Sam se retira de leur champ de vision.

Quelque chose l'avait désertée. Ce n'était pas qu'elle ait cessé de se préoccuper d'Ally, de s'inquiéter – au contraire. Mais il y avait tant de choses qui la préoccupaient, qui l'inquiétaient. Ally s'en sortirait. Elle triompherait de ce connard, de toute cette expérience. Elle avait tout ce qu'il fallait pour retomber sur ses pieds.

Elle attendit qu'ils l'aient bien dépassée. Puis marcha vers le portail de sortie. Il y avait autre chose : Ally avait l'air heureuse.

5

Ally avait parfaitement droit à sa vie privée. En fait, elle avait raison de la bloquer. C'était légitime. Si les intentions comptaient, alors Sam avait fait de son mieux. Mais que se passe-t-il quand notre mieux n'est pas si bon que ça ? Sam avait fait bien pire que de faire honte à sa fille parce qu'elle montrait son corps. Bien pire que de la suivre en secret au centre commercial, que d'espionner son enfant bien-aimée (une enfant pour qui elle avait la plus grande estime, mais qu'elle n'arrivait pas à laisser commettre les erreurs, connaître les douleurs par lesquelles on grandit). Elle avait fait pire que de la pister en ligne, de lire ses mails et ses messages, d'utiliser une appli de contrôle parental pour voir où elle était, d'activer les notifications pour avoir une alerte quand Ally changeait de localisation. Tout cela restait rudimentaire.

Là où elle avait vraiment déraillé, en tant que mère, c'était lorsqu'elle s'était enferrée dans sa querelle avec l'infirmier praticien des urgences. Ce qui avait conduit au fiasco des services de protection de l'enfance. C'était embarrassant, ce qu'elle avait fait subir à Ally, mais en avoir fait la matière de son impro sur scène, l'avoir tourné à la plaisanterie, voilà qui était pire encore. Ce n'était ni drôle ni intéressant à titre de provocation. Toutes ses bonnes intentions se mêlaient à ses besoins exacerbés et à son manque de retenue. Sam était une force de chaos dans la vie de sa fille.

L'enquête des services de protection de l'enfance avait été pénible pour tout le monde, mais particulièrement pour Ally.

Elles avaient dû se rendre dans leurs bureaux pour être interrogées. Les enquêteurs les avaient séparées et questionnées sur tous les sujets à plusieurs reprises. Sam savait que ça faisait partie du protocole. Mais la pauvre Ally – à quinze ans, habiter le monde dans un corps en pleine transformation était déjà assez perturbant comme ça et elle se serait bien passée des questions cheloues d'inconnus traquant d'hypothétiques problèmes. Elles avaient été lavées de tout soupçon, bien sûr, mais il était dur de ne pas se sentir coupable de quelque chose. Et à leur départ, une travailleuse sociale avait tendu un paquet à Ally. Elle l'avait ouvert dans la voiture pendant le trajet du retour. Il renfermait un nounours, des chocolats et une courtepointe. Quelqu'un avait cousu la courtepointe à la main avant d'en faire don, pensant qu'elle réconforterait un enfant victime de négligence ou de maltraitance. Ally la regarda, puis se mit à renifler. Elle se cacha le visage. Ally ne pleurait jamais.

"Qu'est-ce qu'il y a, ma grande ?"

Ally secoua la tête. "Rien." Pas une larme, mais sa voix se brisait.

"Quoi ?

— C'est juste que j'ai vraiment de la chance, hein ?" dit-elle. Elle regarda la couverture. "T'imagines ce que certains enfants doivent endurer ? Tu te rends compte que des gentilles dames cousent des couvertures pour réconforter des enfants qu'elles ne verront jamais ?"

Ce n'était pas drôle, rien de tout ça ne l'était.

6

En patientant dans la file de voitures qui quittait la foire, elle consulta le compte Instagram des Rues de Syracuse. Une manifestation contre l'homicide policier était prévue le lendemain à treize heures devant la Maison de la sécurité publique. Elle se demanda si la mère du garçon serait là. Elle envoya un message au groupe :

> J'ai été témoin des tirs. Je serai présente à la manifestation de demain. Je peux même prendre la parole si vous le souhaitez.

Personne ne lui répondit. (Sam avait eu l'intention de se rendre à d'autres réunions des Rues de Syracuse après celle de l'église luthérienne. Elle n'y était parvenue que deux fois.) Au lieu de ça, elle reçut un coup de téléphone de l'avocate de l'ACLU, Amina. Oui, venez parler à la manifestation. Elle passerait chercher Sam.

Sam sursauta en entendant frapper. Elle s'aperçut à peine qu'Amina était belle et ne paraissait guère plus âgée qu'Ally. Elle sentait son cœur travailler dur dans sa poitrine et son souffle se faire plus court.

Lorsqu'elles rejoignirent l'attroupement devant la Maison de la sécurité publique, Sam baissa les yeux pour se regarder. Comment cette foule allait-elle la percevoir ? Ses mains tremblèrent un peu lorsqu'elle les leva en l'air. Elle n'avait pas envie de se tenir devant un auditoire (de se produire à nouveau devant des inconnus, pas après l'horrible soirée au Smiley Face, et pas sur un sujet de cette importance). Elle n'avait aucune idée de ce qu'elle allait dire. Mais elle devait le faire parce que ça pouvait avoir une utilité et que, même si ça n'en avait pas, parler était ce qui différenciait le témoin du spectateur.

Les quelque deux cents personnes qui pouvaient composer la foule scandaient : "Quelles rues ? Nos rues !" puis "Pas de justice, pas de paix".

Il y avait de nombreux orateurs. Amina lui conseilla de parler deux minutes environ. Des adolescents se tenaient derrière elle, tous vêtus de t-shirts arborant le visage d'Aadil en noir et blanc et des mots "Justice pour Adi".

"Je dis quoi ?

— Dites-leur simplement ce que vous avez vu et ce que vous avez entendu", répondit Amina en lui souriant.

Maigres étaient les mots. Qu'avait-elle vu ? L'expérience résistait au langage. Peut-être, effectivement, rendait-elle les choses trop compliquées, les encombrait-elle de ses doutes, de son moi. Trouver les mots justes était impossible, trouver les mots parfaits pure vanité. Une parole imparfaite, hésitante, voilà ce qu'elle avait à offrir à la vérité.

"Je m'appelle Samantha Raymond." Sa voix semblait bizarre, criarde et forte. "Je me promenais dans mon quartier quand j'ai vu la policière Amy

Wayne tirer sur Aadil Mapunda. Je l'ai vue lui tirer dessus. J'ai entendu trois détonations. Tout comme l'autre policier. Nous l'avons tous les deux vu et entendu. Aadil Mapunda avait une bouteille de soda à la main ; ça ne ressemblait en rien à une arme. J'ai entendu l'autre policier demander : « Pourquoi t'as tiré ? » Je l'ai entendu. J'ai vu sa collègue. J'ai vu et entendu. Aadil Mapunda a été tué pour ce qu'il était, non pour quelque chose qu'il aurait fait." Sam recula et trébucha en tendant le micro à Amina.

La foule scandait le nom d'Aadil. "Dites son nom, Aadil Mapunda." Puis ils récitèrent une litanie de noms, un catalogue de meurtres. Aadil Mapunda était l'un d'entre eux maintenant.

Sam se joignit à la foule pour écouter les autres orateurs.

La manifestation dissoute, elle continua de sentir le pouls de la foule, un surcroît d'énergie qui se déchargea tandis qu'elle gravissait la butte pour retourner chez elle. Son taux d'hormones de contre-régulation avait culminé à travers son corps avant de retomber. Recrue, elle s'assit à sa table et regretta de n'avoir pas fait mieux.

Si seulement elle était arrivée plus tôt sur les lieux du crime. Peut-être aurait-elle pu crier et l'empêcher d'une façon ou d'une autre au lieu de rester plantée là à regarder. Si seulement elle avait pris son téléphone avec elle et filmé. Si seulement elle s'était rendue à plus de réunions, à plus de manifestations. Sam était épuisée, mais son corps s'acharnait. Une énergie nerveuse, erratique, comme si elle carburait au mauvais combustible.

Ce soir-là, Sam n'essaya même pas de s'endormir. À petites gorgées, elle avala un bouillon salé puis sortit dans la misère des rues anuitées. Pendant des centaines de mètres, elle ne vit personne à part un chien errant qui trottait sous les lampadaires dans le sens opposé. Que faisait-elle ? Une ronde de nuit. Elle cherchait à voir ce qui pouvait être vu.

À l'angle de Lodi Street, elle aperçut un homme de dos. Il se tenait près du porche d'entrée affaissé d'une maison sombre, abandonnée. Un an plus tôt, elle se serait arrêtée, retournée et ruée en sens inverse, apeurée. Mais ce soir-là, elle poursuivit son chemin. Elle garda les yeux fixés sur le dos de l'inconnu en passant derrière lui d'un pas assuré. Il s'écarta d'un mouvement brusque, regardant Sam par-dessus son épaule. Elle s'aperçut alors qu'il était dans un sale état, probablement à la rue. Et qu'il était en train de pisser dans ce coin. Elle inspira bien fort et pressa le pas, essayant de ne rien voir. Il se renfrogna à son passage et s'éloigna encore derrière le porche d'entrée.

Puis il tordit à nouveau le cou et lui cria : "T'as un problème, salope ?"

Elle secoua la tête, elle rougit, elle accéléra. Stupide de rôder dans les rues au beau milieu de la nuit. Stupide à toute heure. Elle rentra chez elle à la hâte. Essoufflée, transie, elle fit un feu. Elle était trop fatiguée pour manger. Cela faisait si longtemps qu'elle n'avait pas dormi. Avait-elle verrouillé la porte ? Mieux valait verrouiller la porte avant d'être emportée par le sommeil.

7

Voici ce qui lui était arrivé, même si elle oublierait bientôt bon nombre de détails : elle somnolait au coin du feu. Elle n'arrêtait pas d'apercevoir des choses à la périphérie de son champ de vision, mais il n'y avait rien. Elle en conclut qu'elle était seulement agitée après plusieurs nuits presque sans sommeil. La tête lui tournait légèrement. Son rythme cardiaque était un peu élevé, comme il arrivait parfois avant une bouffée de chaleur. Et là, elle entendit un bruit derrière elle. Elle se tourna et au même instant elle sentit un coup – un coup méchamment dur et sourd à l'arrière de sa tête. Elle imagina un morceau de bois de construction ou une matraque – un objet lourd et inanimé. Une arme. Elle ne vit pas qui l'avait frappée.

Alors qu'elle gisait là, l'idée la traversa que c'était un policier, la femme ou l'homme ou les deux. Que c'était MH. Ou peut-être l'homme qu'elle avait vu pisser. Ou les gens qui se camaient dans le parc, l'un des fantômes des rues, des pâles zombies sous opioïdes. Elle avait tout faux. Elle n'était pas invisible. Les invisibles, c'étaient eux. Elle sombra puis revint à elle sur le sol.

Sam ouvrit les yeux. Elle essaya de lever la tête, mais trop lourd. Mal. Elle passa sa main à l'arrière de son crâne, là d'où venait la douleur. Humide.

Son téléphone était dans sa poche. Elle le tira jusque devant ses yeux, toucha l'écran, tapa les mots "urgences" puis 911. Avant d'avoir pu parler, elle se rendormit. De ça, elle n'avait aucun souvenir non plus.

VI

ALLY

1

Quand Joe lui avait dit qu'il serait en ville le week-end de la fête du Travail, Ally s'était aperçue qu'elle avait envie de l'emmener à la foire de l'État. Elle s'était toujours imaginé que, lorsqu'elle serait plus vieille et aurait un copain, ils s'amuseraient ensemble de tous ces trucs kitsch de la foire. De plus, elle en avait un peu marre des chambres d'hôtel, de se cacher. À New York, ils avaient pu aller au restaurant, au musée, se promener au parc main dans la main. Mais depuis ce n'étaient plus que des messages, des appels et des retrouvailles furtives à Syracuse, où elle se glissait en catimini dans sa chambre d'hôtel.

Elle aimait les chambres d'hôtel et elle aimait lorsqu'ils couchaient ensemble puis se faisaient monter leur repas. Mais le séjour new-yorkais lui avait permis de mesurer à quel point ils étaient limités. Ils étaient parvenus jusque-là et maintenant ils stagnaient. Il avait dit que leur liaison devait rester secrète même lorsqu'elle avait eu ses dix-sept ans. Elle essayait de ne pas y penser, mais la chambre d'hôtel le lui rappelait tout de même. Ils étaient couchés dans le grand lit. Elle avait dit à son père qu'elle avait un autre entraînement. (Il était si peu méfiant envers elle, si aveugle à tout ça, si candide, putain, qu'elle n'avait même pas besoin de lui fournir un prétexte. Elle aurait pu se contenter de lancer "Faut que j'y aille", prendre sa voiture et partir. Il aurait répondu par le même "Au revoir, chérie !") Joe et Ally batifolèrent puis commandèrent un petit-déjeuner. Même au sein de l'hôtel, il était parano à l'idée d'être vu avec elle ; elle devait le retrouver directement dans la chambre et se cacher dans la salle de bains quand on leur portait leur plateau.

"T'es déjà allé à la foire de l'État ?" demanda-t-elle en buvant une gorgée de café infusé dans une cafetière à piston. Elle ne le trouva pas aussi bon qu'il aurait dû l'être.

"Nan, dit-il.

— On devrait peut-être y aller aujourd'hui. Au lieu de rester cloîtrés ici.

— Voyons, Ally, tu sais bien qu'on ne peut pas prendre le risque d'être vus.

— Parmi les gens que je connais, plus personne ne va à la foire, sauf s'il y a un groupe qu'ils veulent voir, ce qui n'arrive jamais, parce qu'en général c'est de la musique triste pour les vieux, comme Herman's Hermits avec un seul ermite", dit-elle. Il rit. "La foire, c'est pour les familles. Et puis les gens que je connais n'iraient jamais le week-end de la fête du Travail. Trop de monde.

— Ça a l'air top.

— Mais ce serait tellement drôle de voir les expos ensemble. Je pourrai tout te montrer. Au lieu que ce soit toujours toi qui me montres tout, tu vois ?" Elle le regarda, soudain obnubilée par la foire. "S'il te plaît !

— OK, dit-il.

— C'est vrai ?

— Si ça te fait plaisir. Il faut croire que tu me rends imprudent." Il l'embrassa.

Ils s'y rendirent dans son Audi noire. Ally avait horreur d'admettre qu'elle était impressionnée par une voiture, mais alors que Joe changeait de vitesse et accélérait, la voiture prenait les virages et adhérait à la chaussée comme s'ils étaient sur des montagnes russes. Elle était habillée de sièges de cuir noir et d'un tableau de bord en ronce de noyer. C'était excitant de rouler dans cette voiture. Vraiment.

Ils marchèrent du parking au champ de foire et durent emprunter une passerelle. Ally mesura combien cette visibilité le rendait nerveux. Il ne cessait de jeter des regards autour d'eux tandis qu'ils avançaient. Mais le ciel était couvert et légèrement pluvieux, ce qui leur donnait l'impression d'être moins exposés. Le temps qu'ils parviennent au portail, il semblait déjà plus à l'aise. Il la laissa même lui prendre la main.

Ils se glissèrent à l'abri d'une tente pour étudier le plan. Puis Ally leva les yeux et aperçut sa mère qui marchait dans leur direction. Son cœur se mit à battre si vite qu'elle l'entendit dans sa tête. Sa mère ne l'avait pas encore vue. Si elle emmenait Joe derrière la tente, sa mère ne les verrait pas et tout continuerait comme avant. Mais au lieu de ça, Ally s'absorba dans la contemplation du plan. Elle prit Joe par la taille et se pencha vers lui.

"Restons un peu ici pour voir si la pluie cesse." Elle savait – elle sentait sur sa peau – que sa mère, cette fois, les avait vus. À l'extrême bord de son champ de vision, elle vit sa mère s'arrêter et regarder dans leur direction. Elle se tourna vers Joe et l'embrassa. Elle attendit le contrecoup, l'explosion, la crise de nerfs.

Elle attendit. Mais les minutes passèrent, et rien. Elle finit par tourner les yeux vers sa mère et constata qu'elle avait disparu. Comment était-ce possible ? Sa mère les avait vus. L'avait vue avec Joe, qui non seulement était un homme, mais un homme bien plus âgé qu'elle. Et non seulement un homme bien plus âgé qu'elle, mais un homme qu'elle connaissait, un collègue de son mari (ex-mari). Et pourtant elle n'avait rien fait, rien dit.

"Prête à aller reluquer des lapins à poils longs ? dit Joe.

— Oui, c'est parti", dit Ally.

Ils virent les animaux, regardèrent les œuvres primées aux foires artistiques des comtés et partagèrent même un sundae géant, bien que Joe se refuse habituellement à consommer le moindre sucre. Elle avait été étrange au possible, cette rencontre inopinée avec sa mère. Non seulement Ally avait été surprise qu'elle la laisse tranquille, mais elle avait aussi découvert que, quelque part, elle avait envie de se faire attraper. Elle avait envie que ça explose. Était-ce vraiment le cas ?

Lorsqu'elle rentra à la maison, son père lui apprit que sa mère avait été témoin de coups de feu.

"Quoi ? Quand ?

— Il y a quelques jours, en pleine nuit. C'était affreux, un flic a abattu un pauvre gosse. Désarmé.

— La vache, elle est flippée ? demanda Ally.

— Bien sûr, Ally. Tout le monde le serait, et ta mère est toujours plus tout que tout le monde. Elle t'a dit quelque chose ?

— Non, dit Ally.

— Tu pourrais peut-être prendre de ses nouvelles ? Je sais qu'un coup de fil ou un message de ta part lui ferait du bien.

— Ouais, OK", dit Ally. Elle avait un peu honte d'avoir bloqué sa mère, mais elle n'avait pas non plus envie de se lancer dans une grande conversation par messages avec elle.

2

Le lendemain, Ally prit la route pour aller rendre visite à sa grand-mère. À la suggestion de Joe, elle écouta Mark Frosh dans le podcast de Joe Rogan*. Frosh était un gourou philosophe et milliardaire rendu célèbre par une série de tweets viraux expliquant comment gagner de l'argent et prendre sa retraite à quarante ans. Pas gagner de l'argent, "générer de la richesse". Cela avait inspiré le mouvement FIRE qui visait l'indépendance financière en vue d'une retraite précoce. Toute l'idée de FIRE était présentée non comme de la cupidité mais comme une quête de liberté : travailler pour soi-même afin de ne jamais avoir à travailler pour autrui. Frosh parlait d'"auto-investissement". Il était aussi connu pour son mode de lecture éclair qui lui permettait d'achever un livre par jour. Apparemment, il passait son temps à écouter des livres en doublant la vitesse de lecture. Ally savait que Joe écoutait des podcasts et des livres audio en accélérant 1,7 fois le débit. Tout était affaire d'efficacité et de rapidité.

* Acteur, commentateur sportif et comique animant depuis 2009 l'un des podcasts les plus écoutés d'Amérique, *The Joe Rogan Experience*.

Ça l'avait aussi frappée durant ses simulations de présentation pour les JDA. *In fine*, les technologies "innovantes" (la Quatrième Révolution industrielle, etc.) ne se résumaient qu'à une chose : la rapidité. Accroître la performance des processeurs, la compression, l'efficacité signifiait simplement aller plus vite. Progrès = vitesse, mais personne ne mettait jamais en question cette équation, ni l'idée même de progrès. La poursuite aveugle de la rapidité lui paraissait un peu vaseuse.

Mark Frosh suggérait aussi d'écouter très bas, durant son sommeil, des choses qu'on avait envie d'apprendre, une nouvelle langue étrangère, par exemple. Il avait investi dans une appli qui utilisait la rétroaction biologique pour synchroniser les ondes cérébrales du sommeil profond avec des écouteurs d'apprentissage, mais elle était toujours en bêta-test car il s'avérait que les ondes cérébrales du sommeil étaient vraiment complexes et que l'appli avait des effets involontaires, la rétroaction biologique causant les mauvaises ondes et privant le dormeur de sommeil paradoxal.

"Donc on y travaille toujours, dit Frosh, mais quel outil quand on en sera venu à bout.

— C'est clair, mec, c'est énorme", dit Joe Rogan.

Vous imaginez, laisser une appli collecter des données sur votre cerveau endormi ? Ally avait lu que, privés de sommeil paradoxal, les gens déclinaient rapidement et pouvaient devenir fous en quelque chose comme deux semaines. Mais bon, pourquoi ne pas donner au sommeil une autre fonction que le sommeil, hein ? Elle avait aussi lu que personne n'était vraiment capable d'être multitâche et que tout le dogme du *winner* surhumain (Jack Dorsey, Peter Thiel, Ray

Dalio, etc.) qui ne dormait que quatre heures par nuit n'était bon qu'à rendre les gens malades et, probablement, à leur donner l'alzheimer. Mais oui, colonisez aussi nos nuits, sous-traitez-les au nom de l'ultra-performance, de la "productivité à haute densité". La productivité était la mesure de l'output par unité d'input ; ce qui signifiait qu'on devait toujours retirer davantage que ce qu'on avait mis, ce qui était aussi un peu vaseux maintenant qu'elle y songeait.

Frosh et Rogan en revinrent à l'idée de se fixer des objectifs ainsi qu'au mouvement FIRE. OK, mais l'indépendance financière et la retraite précoce pour quoi faire ? Peut-être que quand on prend sa retraite, on n'a plus besoin de lire (d'écouter) les livres en accéléré ou d'exploiter les ondes de son cerveau pendant son sommeil ?

Elle arrêta le podcast et écouta la NPR. Puis elle éteignit la radio et écouta les bruits de la route.

Ally adorait se rendre chez sa mamie Lily. À son arrivée, elle aperçut Lily qui travaillait dans son jardin, cueillait les dernières de ses petites tomates parfaites pour leur dîner. Elle allait leur faire un chili ou une paella ou des pâtes. Elle leur aurait acheté son pain préféré à la boulangerie, croustillant à souhait. Après dîner, elles s'installeraient sur le canapé pour manger une croustade ou une tarte aux pommes et regarder un film. C'était exactement ce dont Ally avait envie et besoin.

Mais lorsqu'elle s'approcha de Lily, elle vit à quel point sa grand-mère flottait dans ses vêtements. Elle avait des poches sous les yeux et sa peau semblait sèche. Lily prit Ally dans ses bras puis la conduisit dans la maison. Elle avait son odeur de toujours, celle du savon à la lavande.

Elles firent tout ce qu'Ally avait escompté. Elle parla à Lily de ses dossiers de candidature à l'université, de ses activités estivales et de sa vie avec son père. Elle lui parla du fiasco du *comedy club*. ("Tu sais qu'elle ne voulait pas te faire de peine", dit Lily. "Mais elle est tellement inconsciente – c'était tellement intime. Elle n'a vraiment aucune limite", dit Ally. "S'agissant de toi, j'ai bien peur que ce soit vrai.") Ally avait confiance en Lily et faillit lui parler de Joe, mais elle se sentit étrangement honteuse et embarrassée. Qu'allait penser sa grand-mère d'une telle liaison secrète ? Peut-être qu'elle n'y trouverait rien à redire, mais Ally savait qu'elle n'aimerait pas Joe, qu'elle n'aimerait pas ce qu'il faisait en tant que promoteur et détesterait cordialement le vernis d'altruisme qui masquait les profits et le pouvoir qu'il en retirait. Donc non, mieux valait se garder de faire cette confidence.

Étant trop fatiguées l'une et l'autre, elles ne regardèrent pas de film. Elles restèrent en pyjama sur le canapé à boire de la tisane.

"Il y a quelque chose que je voulais te donner", dit Lily. Puis elle sortit un long écrin étroit recouvert de velours, de ceux qui s'ouvrent d'un déclic et renferment de beaux bijoux. Elle le tendit à Ally.

"Merci, mamie", dit Ally. La dernière fois qu'elle avait reçu un bijou de Lily, c'était pour son seizième anniversaire, lorsqu'elle lui avait offert sa bague en or à camée.

"Ouvre-le !" dit Lily en riant.

Ally appuya sur le fermoir. L'écrin s'ouvrit d'un coup et là, sur la soie gris pâle, reposait le collier de perles naturelles de Lily. Ally adorait ces perles (pas trop grosses, d'un diamètre uniforme, d'une opalescence crème à l'éclat des plus exquis). Elle en eut le souffle coupé.

"Essaie-le."

Ally mit le collier autour de son cou et enclencha le petit fermoir en argent.

Lily mit sa main devant sa bouche. "Mon Dieu, comme tu es belle. Tu es née pour porter ces perles. Je crois que ta mère va me tuer. Elle voulait que j'attende ta remise de diplôme avant de te donner un autre de mes beaux bijoux. Mais je n'ai pas envie d'attendre."

Ally était vraiment enchantée de ce cadeau, mais elle sentait que c'était mauvais signe, que ça recouvrait quelque chose de redoutable.

Puis Lily dit : "Chérie, j'ai quelque chose de grave à te dire. J'ai ce qu'on appelle un léiomyosarcome.

— C'est quoi ?" Mais le mot "sarcome" n'avait pas de mystère pour Ally, elle l'avait déjà cherché. Il venait du grec *sarkôma*, qui signifiait substance charnue, et *sarkoûn*, quelque chose qui mène à une croissance de la chair – c'est-à-dire une tumeur. Le mot "chair" lui-même était fascinant ; il venait du latin *caro* qui, initialement, voulait dire "viande" ("sarcasme" venait de la même racine que "sarcome" par l'intermédiaire du verbe *sarkazein*, qui signifiait "arracher de la chair par des railleries").

Sa grand-mère avait une tumeur.

"Ce n'est pas une sorte de cancer ? demanda Ally, fixant des yeux sa tisane.

— Si. Un cancer des tissus mous.

— Il en est à quel stade ?

— Alors comme ça t'es calée en cancers ? Au stade quatre."

Ally hocha la tête mais se sentit étrangement calme. “Quelle affreuse nouvelle.

— Je sais que c’est un choc, mais j’ai un médecin formidable. Je suis des traitements afin que le temps qu’il me reste soit le meilleur possible. Je n’en demande pas plus.”

Le temps qu’il me reste. Ally sirotait sa tisane, sentait le mug entre ses mains. “Maman est au courant ?

— En partie. Pas encore dans le détail. Il faut que je procède par étapes parce qu’elle en est très affectée.

— Oui, je sais comment elle réagit.

— Elle a suffisamment de soucis en ce moment. Mais je savais que tu pouvais l’entendre.”

Ally hocha la tête. Ally était calme en partie parce qu’elle était abasourdie, mais en partie parce que c’était sa façon de réagir aux événements. C’était l’une des raisons de son succès dans les compétitions. Imperturbable. Plus le stress augmentait, plus elle devenait calme.

“On en reparle demain matin, d’accord ?” Elles s’étreignirent puis allèrent se coucher. Ally s’allongea sous l’édredon, sur le canapé, et tapa “léiomyosarcome” dans son moteur de recherche. Elle lut toutes les pages de la Mayo Clinic puis s’arrêta là. Elle ferma les yeux, épuisée, et pensa à Lily, à sa mort prochaine. C’était une chose qu’elle avait redoutée toute sa vie. Mais aussi une chose à laquelle elle s’attendait. Nombre de ses amis avaient perdu des grands-parents. Elle savait que ça devait arriver et en même temps elle savait que ça changerait tout d’une façon qu’elle peinait à imaginer. Elle retapa sur l’écran de son téléphone et la lumière bleue, dans l’obscurité, fit mal à ses yeux fatigués. Elle avait vraiment très envie d'appeler sa mère. Mais qu'allait-elle lui dire, lui chuchoter dans le noir ? Et puis n'était-elle pas toujours fâchée contre elle ? Papa ? Non, pas d'appels – elle risquait de réveiller sa grand-mère, qui avait besoin de repos. Pas un instant elle ne songea à en parler avec Joe, à lui écrire. Elle s'endormit, cramponnée à son téléphone.

Le lendemain matin, Lily était enjouée. Elle leur prépara des œufs au bacon. Ally s'attarderait un peu pour aider Lily au jardin. Elles ne parlèrent pas du léiomyosarcome bien qu'Ally ait continué à faire le tour de la question sur son téléphone à son réveil, à six heures du matin.

Elles désherbèrent, firent des cueillettes. Lily semblait en forme, comme si rien n'avait changé. À part qu'elle avait un peu maigri, elle n'avait pas l'air malade. Lorsqu'elles eurent terminé, elle fit du café à Ally pour la route.

"Merci, ma grande", dit-elle, effleurant le visage d'Ally. Elles s'enlacèrent fort, longtemps. Se séparèrent, se regardèrent.

"Je t'aime, mamie, dit Ally.

— Et je t'aime aussi. Il faut que vous veniez bientôt, maman et toi, parce que je n'aime plus tant conduire jusqu'à Syracuse.

— Bien sûr, dit Ally.

— Ta mère vit des choses difficiles.

— Je sais.

— Ally, j'ai besoin que tu lui pardonnes."

Ally soupira.

"Je suis sérieuse. Il faut que tu prennes soin d'elle pour moi."

Lily prit les mains d'Ally dans les siennes et l'obligea à la regarder.

“OK, dit Ally.
— Promis ? fit Lily.
— Bien sûr.
— C’est ma petite fille chérie, tu sais. Tout comme tu es la sienne. Elle a besoin de toi.”
Ally acquiesça.

Elle avait deux appels manqués de Joe. Puis il lui écrivit qu’il aimerait bien faire un FaceTime lorsqu’elle serait rentrée. À son arrivée, son père n’était pas là, elle profita donc de ce moment d’intimité pour rappeler Joe.
Avant qu’elle ait pu évoquer son voyage et sa grand-mère, il dit : “Il faut qu’on parle.
— OK”, répondit-elle.
Elle devinait ce qui l’attendait. Elle le regarda parler. La connexion était mauvaise, mais elle voyait le topo. Il voulait “faire une pause”. Il l’aimait, mais avait l’impression qu’elle en voulait plus qu’il ne pouvait donner. Après la fête du Travail, après qu’elle l’eut embrassé en public, il avait mesuré combien les choses devenaient dangereuses. Donc se laisser un peu de temps pour réfléchir, blablabla. Il était en train de la plaquer.
“Je suis d’accord”, dit-elle. Elle était calme. Elle était de glace.
“On sera toujours amis, bien sûr. C’est ce que je nous souhaite.”
Après avoir raccroché, elle ne pleura pas mais prit un long bain et énuméra tout haut tout ce qui lui déplaisait chez Joe dans la caisse de résonance de la baignoire, comme si elle était dans un podcast. “Je vais vous raconter tout ça étape par étape”, dit-elle à la baignoire.

Il écoutait des livres audio en accélérant 1,7 fois la vitesse de lecture. Pas 2 fois, ni 1,5. 1,7. Cette précision et le sens qu'il lui donnait exaspéraient Ally.

Il suivait la méthode Inbox Zero pour traiter tous ses mails chaque jour.

Il faisait des randonnées d'ultracyclisme de quatre cents kilomètres – pardon, il "s'avalait des 400K".

Il suivait les conseils productivité d'Elon Musk.

Il lui disait de "hausser son niveau de jeu", de "donner du sens" et de faire une analyse SWOT (*strengths, weaknesses, opportunities, threats* – forces, faiblesses, opportunités, menaces).

Il parlait de "changer d'échelle", de "mise à l'échelle", d'"évolutivité".

Il sortait avec une fille qui était encore au lycée.

Elle sortit de la baignoire. Avant de se sécher, elle prit son téléphone et lui écrivit :

Supprime mes photos.

3

Après son bain, Ally regagna sa voiture. Elle avait dans l'idée de se rendre à la maison Loomis pour faire une surprise à sa mère. Elle envoya un message à son père (où était-il ?) et partit, écoutant Patti Smith plutôt qu'un podcast à la con. Elle se dit que Patti Smith = le contraire de Joe. Patti Smith n'optimisait pas sa productivité. Son humeur s'embellit un peu.

Cela faisait des années qu'elle n'avait pas mis les pieds à la maison Loomis. Sa mère avait commencé à y travailler après y avoir accompagné la classe d'Ally lors d'une sortie, en sixième. Elle avait déploré de la voir si délabrée, si mal-aimée. Alors elle avait fini par s'y porter bénévole avant d'être embauchée par la maison historique la plus naze de l'État de New York.

C'était encore plus miteux que dans le souvenir d'Ally ; toutes les plaques d'information avaient l'air fragiles, premier prix. Toutes les salles étaient ternes, défraîchies et sentaient le renfermé. Quel était l'intérêt de voir la maison de quelqu'un ? Elle n'était pas sensible à ce genre de choses, contrairement à sa mère, qui semblait entrer en communication avec des vies entières rien qu'en regardant le secrétaire de quelqu'un.

Mme Delven était de service. Sa mère ne travaillait pas cet après-midi.

"Mais elle a ajouté de nouvelles choses dans la salle d'histoire et d'information. Tu devrais y jeter un œil."

Ally acquiesça et entra dans la salle. Il y avait une immense vitrine. "Un cabinet de curiosités", lisait-on, conçu par Samantha Raymond. Ainsi qu'une brochure sur l'histoire de Syracuse, écrite par sa mère.

Elle en prit une et passa son doigt sur les caractères. Comment ça s'appelait, ces caractères qu'on pouvait sentir sur l'épais papier ? Sa mère avait mis beaucoup d'effort dans la confection de ces objets dont personne d'autre ne se souciait. Ally passa en revue le cabinet de curiosités, qui contenait des objets que sa mère avait rassemblés puis décrits sur de petits cartons explicatifs. Ally les lut tous puis regarda les objets. Ma chtarbée de maman. Le soin et la minutie qu'elle mettait dans les choses qu'elle aimait. Ses enthousiasmes étranges tous mis à l'étalage. Tout ce travail pour quelque chose que presque personne ne verrait. Lorsqu'elle lut la brochure de sa mère, Ally éprouva un élan d'affection inattendu pour cette chère grande bêtasse. Et, enfin, sa mère lui manqua.

Elle lui envoya un message.

Coucou ! T'es où ?

Je suis à cette satanée maison Loomis, lol

Ally regagna sa voiture et attendit que sa mère lui réponde. Ce qui, ô scandale, ne se produisit pas instantanément.

J'ai vu l'expo que t'as faite.

Peut-être que son téléphone était éteint.

VII

SYRACUSE

1

SYRACUSE : UNE BROCHURE

élaborée par Samantha Raymond
de la maison Loomis
(servez-vous)

Pourquoi Syracuse a-t-elle été construite ?

Pour le sel. À partir des marais et des sources d'eau salée. En 1656, des missionnaires jésuites arrivent dans la région, où la nation onondaga vit depuis des siècles. Une mission est établie (brièvement, sans succès) près du lac Onondaga, qui était le lieu où le Grand Pacificateur avait réuni les cinq nations originelles de la Confédération haudenosaunee ("iroquoise"). Bien que certains missionnaires aient relevé la présence d'eau de mer, ils ne tardent pas à repartir. Durant la guerre d'indépendance, des colons américains réduisent en cendres des villages onondaga voisins du lac, là où se trouve aujourd'hui Nedrow. En 1784, le traité de Fort Stanwix concède aux exploitants de sel des droits d'accès à la terre, et en 1797, la législature de l'État prend le contrôle de la rive sud du lac et la nomme réserve des Sources salées onondaga.

Que fabriquait-on d'autre à Syracuse ?

Des machines à écrire (Smith Corona). Des lanternes (Dietz). Des automobiles (Franklin). Des climatiseurs (Carrier). De la soude (Solvay Process Company). Des meubles (Stickley).

Qu'a-t-on appelé, et qu'appelle-t-on aujourd'hui encore le carrefour de l'État de New York – dit l'État-Empire ?

Syracuse. Salina Street – qui tient son nom des terres salifères à l'origine de son développement – croisait East Genesee Street au centre de la nouvelle ville. Ces rues reprenaient le tracé de deux pistes qui se croisaient au centre de l'État de New York, les couloirs est-ouest et nord-sud qu'empruntaient les populations autochtones puis les colons qui s'étaient emparés de leurs terres. Le centre de la ville = le centre de l'État.

Quelle activité a pris le relais lorsque la demande en sel a ralenti et que les salines ont périclité ?

La production de soude à partir du sel (désormais bien moins précieux) et de la craie de la région.

Qu'est-ce que la soude ?

Il s'agit là de carbonate de sodium, NA_2CO_3, synthétisé grâce au procédé Solvay, breveté en France. La soude est utilisée dans la fabrication du verre, du savon, du papier.

Quel déchet en résulte-t-il ?

Du chlorure de sodium, qui s'infiltre dans le sol des bassins de stockage. Ce fut le début d'un processus qui fit des eaux pures du lac Onondaga les premières bénéficiaires de la loi fédérale de 1980 dite *Superfund* sur la décontamination des sites souillés par des déchets dangereux. Si, après deux décennies de dépollution, le lac est considéré comme "assaini", on n'en déconseille pas moins aux enfants et aux femmes enceintes d'en manger le poisson. Pourtant, on voit toujours des gens pêcher dans les eaux du lac Onondaga. Des panneaux les mettent en garde. On y voit un poisson barré d'un trait noir. Mais, de toute évidence, le poisson sera mangé, pollué ou non.

Pourquoi le lac Onondaga est-il toujours si pollué, tant d'années après sa décontamination ?
"Les eaux rejetées par l'usine d'épuration de la métropole de Syracuse représentent 20 % du débit annuel du lac. Aucun autre lac aux États-Unis ne reçoit une telle part d'eaux usées traitées." (Ouais, Wikipédia.)

Comment les promoteurs de la ville ont-ils nommé Syracuse au fil du temps ?
"La ville du sel", surnom banni dans les années 1980 au profit de celui de "cité d'émeraude", ce qui n'a semblé convaincre personne, si verte soit la ville en été.

Pour quoi d'autre la ville est-elle connue ?
Nombre de gens ont échappé à l'esclavage en passant par Syracuse, où le sentiment réformiste et antiesclavagiste était si profond que Daniel Webster*

* Daniel Webster (1782-1852), avocat, secrétaire d'État et sénateur de premier plan du Massachusetts pour qui les bonnes relations avec les États du Sud primaient sur la lutte contre l'esclavage.

qualifia la ville de "laboratoire de l'abolitionnisme, de la calomnie et de la trahison".

Quels sont les bâtiments désaffectés remarquables en ville ?

– Le quai de gare abandonné : seulement visible lorsqu'on le longe à vive allure sur l'autoroute 690 est. Des statues se dressent maintenant là où les humains attendaient jadis. Les voies ont été déplacées. Quand on cherche ce lieu sur Google Maps, il figure bel et bien sous le nom de "Quai de gare abandonné". Il y a même des commentaires (4 étoiles sur 5).

– La bibliothèque Carnegie de Montgomery Street : construite en 1905 dans le style Beaux-Arts, en brique jaune et craie blanche, toute en majesté, avec colonnes et parapet. Dans les années 1980, un promoteur a construit un autre immeuble d'une commodité bon marché et d'une solidité minimale et, pour bénéficier d'allègements fiscaux, y a inclus un espace pour la bibliothèque du centre-ville. Les livres ont déménagé. L'ancienne bibliothèque demeure.

– L'Église épiscopale méthodiste africaine de Sion, construite en 1911. Conçue par Charles Colton (peut-être) en collaboration avec l'un des premiers architectes noirs à avoir exercé aux États-Unis, Wallace Rayfield. La congrégation a vu le jour en 1841, et son église était une "gare" du chemin de fer clandestin. Au début des années 1960, un viaduc autoroutier a été construit à proximité, et l'église, avec son émouvante voûte néogothique et son clocher de deux étages, est vide depuis 1975.

– L'ancien portail d'entrée de l'Oakwood Cemetery (construit en 1859 comme “la belle ville des morts”, où les vivants et les morts pouvaient communier en paix, dans l'air frais, profitant des vues sur la ville). Le portail de marbre a été abandonné (mais ni démoli, ni déplacé). Je l'ai découvert un jour en tournant dans Colvin Street pour prendre l'I-81 vers le nord et en apercevant les vestiges de pierre, visibles une fois qu'on est sur l'autoroute. J'ai failli foncer dans le décor à cette découverte. Il avait été là toute ma vie et je ne l'avais jamais remarqué auparavant. Un jour, j'ai essayé de m'y rendre en partant de la nouvelle entrée, de l'autre côté du cimetière, mais il est difficile d'accès.

– La première église luthérienne anglaise de James Street. Chaque fois que je longe en voiture la silhouette de son clocher en grès aux ajours en fonte Arts and Crafts imitant l'architecture des missions espagnoles, je me dis qu'elle est à la fois magnifique et ridicule, parce qu'elle aurait davantage sa place à Santa Fe. Elle accueillait naguère des offices fréquentés par des réfugiés africains, des chrétiens du Congo, essentiellement. Mais elle hébergeait aussi une banque alimentaire, des réunions des Alcooliques anonymes, des Rues de Syracuse et d'autres associations locales. Les vieux bâtiments coûtent cher à entretenir. Elle ne peut être démolie en raison de mesures de sauvegarde du patrimoine, mais elle peut rester vide.

– Le lycée central de Syracuse dans South Warren Street. Un îlot entier, vide depuis une décennie. Des fenêtres condamnées à l'extérieur, mais un escalier monumental et un auditorium intact à l'intérieur, lambrissé, sur deux niveaux. Le bruit court qu'il va devenir un Tech Garden, ou un Tech Hub, ou un incubateur de start-up dans un avenir proche (et croyez-moi, l'avenir approche) à grand renfort de 5G, dans le cadre de la ville intelligente et de ce qu'on appelle "Syracuse en force".

Qu'est-ce que la 5G ? Qu'est-ce qu'une ville intelligente ? Qu'appelle-t-on "Syracuse en force" ?
À vous de me le dire.

***Quid* du canal Érié ?**
Parfois, quand je sors du parking de Home Depot, passe devant Dunn Tire et approche du carrefour entre le Erie Boulevard et Bridge Street (Sunoco à l'angle sud-ouest, Wendy's à l'angle nord-est, une station-service fermée à l'angle sud-est), j'imagine le canal Érié qui coulait là avant de laisser place à la chaussée. Tout ce qu'il en reste, c'est le nom, Érié, et ce que je m'efforce d'imaginer à la place de tout ce que j'ai sous les yeux. S'il y a une chose dont je suis sûre, c'est que ça devait être mieux avant. Malgré la quantité d'ordures jetées dans le canal, malgré son odeur, en l'absence de marée et de marécages naturels. Malgré les fumées de charbon. Le canal Érié a été transformé en un boulevard à plusieurs voies, hostile aux piétons, et peu à peu il est devenu de plus en plus laid, défiguré par cette architecture de zone commerciale et ces façades franchisées en plastoc si familières aux Américains qu'elles leur

sont devenues presque invisibles (presque seulement, hélas). Je ne suis pas snob, je ne suis pas précieuse, mais le rectangle orange de l'enseigne Home Depot, ses caractères et ses couleurs inoffensives m'ont blasée, m'ont rendue triste, morose. Que nous est-il arrivé ? Quand le progrès est-il devenu si laid ?

2

UN CABINET DE CURIOSITÉS :

boîte en verre contenant des objets témoignant de l'histoire de la région, présentés par Samantha Raymond de la maison Loomis

1) Pièce murale de la Syroco (Syracuse Ornamental Company) faite de pâte de bois additionnée d'un polymère puis injectée dans un moule. Années 1950. Relief de deux scottish-terriers batifolant dans les pivoines.

2) Assiette de présentation en porcelaine émaillée de la faïencerie Syracuse China, motif "Millbrook" peint à l'aérographe, années 1940. Silhouette d'avion se découpant en blanc sur bleu profond et fond bleu clair, survolant la silhouette d'une ville.

3) Pelote à épingles en forme de cœur, 1901. Haudenosaunee. Challis de laine rouge, velours, perles de verre vertes et argentées, dos en coton. Garnie de sciure de bois.

4) Drapeau aux couleurs des "Syracuse Orangemen", les équipes sportives de l'université de

Syracuse, orange, pelucheux, légèrement déchiré. Années 1900. (Le nom sera troqué plus tard contre celui de “Syracuse Orange”, pour d’évidentes raisons.)

5) Couverts en argent, une cuillère et une fourchette, de style Tudor, années 1890, fabriqués à cinquante kilomètres de Syracuse par la communauté d’Oneida, une communauté chrétienne perfectionniste couronnée de succès sur le plan financier qui avait aboli la propriété privée et doit sa notoriété à sa promotion du mariage complexe, de l’éducation collective des enfants et de la stirpiculture, cette horticulture des enfants en vue d’optimiser leurs qualités spirituelles. Clara Loomis y a vécu deux ans. C’est là qu’elle a rencontré celui qui allait devenir son mari, Henry Loomis.

6) *Le Magicien d’Oz*, de L. Frank Baum, illustré, relié sur toile, avec un lettrage vert et rouge et l’image d’un lion à lunettes à la crinière nouée d’un ruban. Première édition, 1900. Roman pour enfants écrit à Chittenango, New York, à quinze kilomètres à l’est de Syracuse, laquelle a servi de modèle pour la Cité d’Émeraude.

7) Petit fragment de porcelaine émaillé d’un vernis turquoise translucide et orné d’incisions délicates. Fabriqué par Adelaide Alsop Robineau en 1920.

8) Magazine *The Craftsman*, vol. 1, n° 1, 1901. Papier couleur sable, encadrement décoratif à l’encre noire, caractères rouges. Magazine à travers lequel Gustav Stickley défendait ses idées utopiques sur les

maisons et le mobilier Arts and Crafts (ses modèles emblématiques étaient ensuite construits dans sa fabrique d'East Syracuse). Ce premier numéro est dédié à William Morris et fut en grande partie écrit par Irene Sargent, historienne de l'art qui devint professeur à l'université de Syracuse.

9) Flyer politique ou publicitaire (les deux), imprimé à la presse sur papier cartonné. Fabriqué à Syracuse et distribué à travers la ville en 2017. On y lit l'inscription : "Embrassez l'ECT."

10) "De l'évitement de la grossesse et de la continence masculine", par Clara Loomis. Brochure rédigée pour la Ligue pour un peuplement réfléchi, 1895. Offset noir sur papier blanc crème, relié main. Bien qu'il s'agisse d'une brochure d'éducation médicale, elle a été épinglée comme pornographique par la Société new-yorkaise de répression du vice d'Anthony Comstock.

VIII

CLARA LOOMIS

1

18 octobre 1868

Très chère mère,

Je sais que vous comprendrez un jour pourquoi j'ai quitté la maison. J'espère que vous pourrez me le pardonner. Quand vous lirez ces mots, je serai déjà loin. Je ne puis vous dire où je vais, mais je veux que vous sachiez que j'y serai saine et bien portante. Dieu m'a guidée vers cet endroit, et je crois que j'y poursuivrai un plus grand dessein que si j'étais restée à la maison.

Je prends pour boussole ce verset de l'épître aux Romains que vous connaissez fort bien : "Et ne vous conformez pas à ce monde-ci : mais soyez transformés par le renouveau de votre esprit, afin d'éprouver quelle est, de Dieu, la bonne, l'acceptable, la parfaite volonté." Je m'efforce à l'humilité mais n'en ai pas moins la volonté de ne pas me conformer. Je dois découvrir ce que cela signifie de renouveler mon esprit afin d'être bonne.

Malgré toute la joie que m'inspire ma nouvelle vie, vous me manquez déjà terriblement. Le jardin me manque. Les heures passées à vos côtés au coin du feu. Je vois tout le monde se réunir après le souper, le jour du sabbat, pour entendre papa faire lecture de la Bible.

Je vous en prie, dites-lui bien de ne pas se faire de souci pour moi.

Une fois installée, je vous écrirai pour vous donner mon adresse et mes dernières nouvelles. En attendant, je vous en prie, soyez patiente et essayez de comprendre le plan auquel Dieu me destine. Papa et vous avez toujours dit que j'étais différente, que j'avais l'esprit trop curieux pour une fille. Vous aviez raison, mère.

Votre humble
Clara

2

15 janvier 1869

Très chère mère,

Aujourd'hui, à la veille de mon dix-septième anniversaire, il est temps pour moi de vous donner des nouvelles et de vous révéler où j'habite à présent ; depuis trois mois, je vis au sein de la communauté d'Oneida, près de Sherrill, non loin du lac Oneida. Je sais que de nombreuses rumeurs courent sur cet endroit, mais il est à nul autre pareil, tout simplement, une communauté fondée sur l'amour plutôt que sur la cupidité. Nous croyons qu'en confessant notre foi dans le Christ, nous atteignons la Perfection, ce qui signifie que nous pouvons connaître le Paradis sur Terre ; nous renonçons à l'orgueil et au mal que sont la possession et la propriété privée. Il est de la dernière importance que nous partagions tout. Nous essayons de faire rayonner la beauté d'une vraie vie chrétienne qui ne soit pas gâtée par la compétition ou la poursuite des biens matériels. Au lieu de ça, nous tendons vers l'exaltation spirituelle, vers le sublime dans la vie ordinaire et considérons tout ce qui nous en distrait comme vanité insignifiante. Nous baignons dans des expressions d'extase quotidiennes ; nous découvrons la gloire de Dieu en nous-mêmes comme en les autres. Qui plus est, maman, je fais partie de quelque chose de plus grand que moi ; vivre ici m'a dépêtrée de l'attachement aux biens de ce monde, de la servitude et du sort dégradé réservé aux femmes.

Vous souvenez-vous de mon amie Nellie Wallingford ? Elle vit ici et je la considère maintenant comme l'une de mes sœurs. Elle m'a écrit pour me parler de cet endroit et m'y inviter. Quelle vie les filles peuvent vivre ici ! Nous pouvons étudier ce que nous voulons. Nous avons le droit de porter des pantalons à la place des jupes longues ; nous nous coupons les cheveux court. Nous ne perdons pas notre temps à rêver de modes, de bijoux et de belles robes. Nous pouvons vaquer à toutes les occupations vers lesquelles Dieu nous porte : enseigner, travailler à la bibliothèque, si riche et merveilleuse, cultiver le jardin, nous occuper des enfants, fabriquer des meubles, faire la cuisine, mais aussi composer des textes et les imprimer sur notre presse, écrire et éditer des articles pour notre circulaire, et même dessiner des produits pour notre fabrique métallurgique. Nous faisons des rotations. Les corvées n'engloutissent pas toutes nos journées quand le labeur est partagé.

Ô, maman, le manoir est si beau ! Il a un toit à la Mansart comme une splendide demeure parisienne. Nous construisons une aile supplémentaire tandis que nos rangs s'étoffent. J'ai ma jolie petite chambre à moi, mais aucun d'entre nous ne reste trop longtemps seul. Nous nous faisons une joie de notre vie en commun. Nul ne connaît la faim ou la pauvreté. Nul n'est exclu. C'est comme si une famille pouvait s'agrandir jusqu'à former un village entier, où chacun prend soin de chacun. Il est si évident pour moi que c'est là ce que Dieu veut pour nous tous. Je vois que le Paradis peut être à nous pour peu que nous le voulions. La souffrance n'est pas une nécessité de la vie ; c'est le salaire de l'orgueil et de la cupidité. Rien ne nous oblige à nous battre contre les autres ou à garder jalousement les piètres biens sur lesquels nous faisons main basse dans le monde matériel. Il y a assez sur la grande Terre de Dieu pour que tous prospèrent si nous partageons de manière égale. La possessivité et la propriété rendent les gens petits et mesquins. Que nous ont enseigné ces dernières années ? Que nul ne devrait être la propriété d'un autre ou régi par quiconque à part Dieu.

J'aimerais tant pouvoir vous envoyer une photographie. Cette année, je poserai pour un ambrotype ; l'une des femmes plus âgées qui vivent ici, Elsie More, fait ce genre de portraits. En attendant, je vous joins un dessin que Nellie a fait de moi. Je trouve qu'il est ressemblant. Jamais vous ne verrez fille mieux portante que celle que je suis devenue. Nous sommes tous très actifs et sortons chaque jour au grand air, même l'hiver. Ici, les femmes ne se pâment pas dans le petit salon. Elles ne portent ni corset ni autre vêtement contraignant. Je peux danser. Je peux respirer. Je peux m'asseoir en tailleur dans l'herbe si j'en ai envie. Je n'ai jamais aussi bien dormi de ma vie. Nous mangeons ce que nous cultivons ici même à la ferme. Nous ne consommons pas d'animaux. Nous fabriquons un fromage en panier aussi sain que délicieux, toutefois, et je ne manque jamais de rien. Dans les environs, la communauté est réputée pour son shortcake aux fraises et quiconque doute de la présence du divin dans le quotidien, ici, n'a qu'à y goûter pour y croire ! Vous souvenez-vous du gâteau doré au glaçage meringué rose que vous m'aviez fait pour mon dernier anniversaire ? Si merveilleuses que soient nos pâtisseries, votre gâteau me manquera, demain.

Tout en écrivant ces lignes, je m'octroie un déjeuner composé de cornichons aigres-doux et de biscuits Graham. À la vérité, toutes nos activités m'ouvrent un formidable appétit, mais je ne fais point d'excès. Nul d'entre nous, ni homme ni femme, ne fume de tabac ni ne boit d'alcools forts. Le soir, nous écoutons de la musique dans le salon de piano. Parfois nous jouons des pièces de théâtre et toujours nous lisons l'Écriture. Ma vie est pleine d'amour et de beauté.

Nous vivons des temps miraculeux. Nous ne sommes pas cloîtrés ici. Je suis avidement les nouvelles. Je lis les journaux de New York, que la bibliothèque reçoit chaque semaine par la poste. Enfin l'odieux président Johnson a été désavoué et, cette année, je sais que nous verrons les anciens esclaves connaître un authentique affranchissement et bénéficier de vrais droits civiques. Bientôt, nous nous attaquerons à d'autres formes d'asservissement et d'inégalité. Nous méritons tous d'être libres, d'être en sécurité, d'être nourris et d'exprimer notre amour. Comment Dieu ne pourrait-Il pas vouloir que nous y travaillions chaque jour ? Dans ce petit Éden, j'espère que nous montrerons aux autres qu'il est possible de vivre en communauté.

Écrivez-moi ici, je vous prie. Je vous joins l'adresse. J'ai hâte d'avoir des nouvelles de vous, de papa et de tous mes frères et sœurs. Ella me manque chaque jour et je prie pour elle. Je crois qu'elle nous regarde du ciel et se réjouit de la vie que j'ai choisie.

Votre fidèle
Clara

3

15 janvier 1869

Le père Noyes m'a suggéré de tenir un journal de ma pratique spirituelle et de ma Perfection avec Dieu. J'ai observé cette prescription avec sérieux et régularité. Il m'a lue et s'est dit satisfait de mes progrès, même s'il prend soin de dire que Dieu seul perce le secret des cœurs. "Il nous connaît mieux que nous ne pourrons jamais nous connaître nous-mêmes." Durant mes méditations quotidiennes, j'ai découvert que j'éprouvais le besoin de tenir une chronique plus intime. Comment comprendre quoi que ce soit dans cette vie sans en passer par le langage, qu'il soit parlé ou écrit ? Et comment exprimer les vérités les plus profondes lorsqu'on se sait promise à l'examen d'autrui ? J'ai besoin de travailler à ma propre clarté.

Hier, Henry a dû se plier à la Critique mutuelle ; ce fut un pénible spectacle. Le père Noyes lui a reproché un excès d'amour-propre et Henry a opiné du chef. J'étais assise tout au fond de la Grande Salle et j'ai senti des larmes de honte me monter aux yeux. Le père Noyes nous a dit que nous serions libérés de la honte. Je ne comprends pas.

Je n'ai pas encore dû me plier à la Critique mutuelle, mais à la vérité je me demande si je ne devrais pas le suggérer moi-même. Je suis coupable d'une terrible vanité ; j'éprouve un amour spécial pour Henry. Je sais que le père Noyes nous dit que nous devons résister au désir exclusif, possessif. Je sais que nous appartenons tous à égalité les uns aux autres. Et pourtant, lorsqu'il vient avec moi dans ma chambre, il est Henry et tous les autres s'évanouissent à mes yeux.

Cela ne fait que six semaines que le père Noyes – John – m'a invitée dans son lit pour ma toute première fois avec quiconque. Il savait que j'étais prête pour un Compagnonnage plus profond en raison de ma joie spirituelle. "La joie c'est toi, Clara, et tu es joie. La Perfection de Dieu rayonne de toi." Il s'est montré très prévenant envers moi. Nous nous sommes couchés nus ensemble sous la couverture et il a doucement effleuré tous les versants et les vallées de mon corps. Il m'a laissée faire de même pour lui ; comme c'est étrange, le corps d'un homme. Sa barbe est si rêche et si drue. J'en ai goûté le picotement sur ma poitrine. "Abandonne tout à l'esprit, car en vérité nous sommes au-delà du péché." Il m'a accompagnée jusqu'à ce que je sois libérée de toute ma souffrance et de toute ma tristesse. Il s'est astreint à la discipline de la continence masculine, retenant son propre plaisir. Cela nous a permis un coït amatif, spirituel plutôt qu'un coït procréatif. Nous étions délivrés de la crainte de la grossesse et de l'enfantement.

Après, quand je lui ai dit combien j'avais trouvé ça plaisant, John a répondu : "Ce que tu as éprouvé est une célébration de Dieu, une manifestation du

Paradis sur Terre. Comme il nous est dit dans la première épître de Pierre : « Vous vous réjouissez d'une joie ineffable et glorieuse. »" Vraiment, j'étais heureuse et en paix. Il a ri de mon expression.

"Pourquoi ris-tu ? ai-je demandé, alanguie dans la chaleur de nos corps.

— Chère Clara, pourquoi les gens se contentent-ils des tribulations de ce monde ? Ils prient pour la vie après la mort, pour l'avenir, mais ils courent après des futilités. Nous voici, avec les corps que Dieu nous a donnés, dans une extase céleste, déjà au Paradis."

Cela m'a rappelé le prêche qu'il avait fait le premier soir que j'ai passé ici. C'est un orateur magnétique et, à dire vrai, envoûtant. Il parlait à tous les jeunes membres de la communauté, mais j'avais l'impression qu'il s'adressait directement à moi. À mon esprit. Il souriait en prêchant et ses yeux étincelaient à la lueur des chandelles sous les hauts plafonds de la Grande Salle.

"Et si ce que vous attendez s'était déjà produit ? Et si le bonheur était à vous pour peu que vous le vouliez ? Croyez-vous que Dieu nous souhaite misérables ? Notre bonheur célèbre Dieu, fait honneur aux dons qu'Il nous a accordés."

Lors de mon premier entretien avec lui, il a parlé avec tant de sentiment de l'esclavage de la grossesse et de l'enfantement. De la cruauté qu'il y avait à faire souffrir les femmes encore et encore quand rien n'y obligeait.

Je lui ai parlé d'Ella, de ma sœur que j'avais dû regarder mourir ; il m'a parlé des quatre bébés prématurés qu'il avait eus durant son mariage initial ; Dieu lui montrait qu'il était besoin "de retenue et de continence masculine".

J'admire l'esprit du père Noyes et sa générosité, vraiment. Comme je suis heureuse qu'il m'ait aperçue en train de lire les journaux dans la bibliothèque ; il m'a recrutée pour éditer ses articles pour "La Circulaire", ce qui m'a tant appris. Ses idées complexes pour une procréation ordonnée sont notre avenir. Il m'a donné à lire Darwin et Galton. J'ai tant d'idées sur la stirpiculture et la culture de l'humain, sur les moyens de rendre notre espèce délibérée plutôt qu'erronée, subreptice et serve du hasard.

Nous sommes devenus très proches, mais j'ai désormais l'impression qu'il a changé d'attitude envers moi parce qu'il sent mon attachement à Henry. Mais aussi en raison d'une évolution dans notre propre congrès sexuel. On nous dit que nous pouvons dire non, mais le pouvons-nous vraiment, et à John, encore, l'émissaire de Dieu sur la Terre ? Quelle ingrate je suis d'écrire cela, mais on nous dit aussi que Dieu veut que nous suivions la lumière de la vérité partout où elle nous mène.

Mon Compagnonnage avec John a été et demeure quelque chose de tendre et de précieux. C'est un grand homme, un homme bon. Mais c'est avec Henry que j'ai saisi la vraie Divinité de nos corps humains. C'est avec Henry que j'ai ressenti la "joie ineffable". Henry n'est pas aussi élevé dans le Compagnonnage que l'est le père Noyes. Il est presque aussi jeune que moi, mais, en dépit de sa jeunesse, il est maître de son ardeur. D'ordinaire, les hommes jeunes doivent être appariés avec les femmes mûres parce qu'il leur faut apprendre la continence masculine. Mais Henry a eu tôt fait de s'élever. John lui-même a reconnu qu'il était d'une catégorie spirituelle particulière. Même le Comité à la stirpiculture l'a choisi comme l'un de ceux qu'il faudrait autoriser à procréer. Comment peut-il être si sévèrement critiqué alors qu'il a tout fait comme il le fallait ? Henry a demandé au père Noyes s'il pouvait entrer en Compagnonnage avec moi et le père Noyes en a référé au Comité, qui l'a permis en dépit de la jeunesse d'Henry.

Confession : comme je revisite souvent en esprit la première fois qu'Henry et moi avons partagé la même couche. Cela m'ensorcelle ; cela m'enivre comme si mon corps le revivait au moment où je me le rappelle. Henry est venu dans ma chambre, et bientôt nous avons été nus comme les chérubins que nous savions être. Henry est robuste et bien plus grand que moi, pourtant il est doux au toucher. Toute sa peau est aussi lisse que le creux de mon poignet, ou que ma nuque, où il a déposé son premier baiser. Nous nous sommes simplement caressés pendant des heures en chuchotant, sans coït. Nous nous sommes embrassés et nos corps sont devenus de moins en moins étrangers l'un à l'autre. Puis il m'a dit de m'étendre, car il voulait m'embrasser partout. J'ai dit : "Oui ! Mais mon tour viendra aussi, d'embrasser tout ton corps." Quand nous avons enfin eu un rapport, ce fut aussi naturel et doux que ces baisers tranquilles. Et c'est alors que je l'ai ressenti, une accélération mystique – comme si l'esprit convergeait en un seul point en moi avant de s'écouler par saccades jusqu'à toutes les parties de mon corps. Je savais que c'était Dieu, que c'était le Paradis, mon corps avait un don céleste. Depuis cette première nuit, il me suffit de regarder Henry ; de penser à Henry ; et j'éprouve cette même lumière de Dieu dans mon corps. On appelle certains les Anciennes Lumières et d'autres les Nouvelles*. Ça ne me semble pas juste. Ma lumière est nouvelle et ancienne à la fois. Elle est en moi mais rayonne aussi vers le monde.

Confession : il me tarde de réaliser ma propre Perfection. Je prie, mais il m'est très difficile de vouloir un autre qu'Henry. Quand d'autres demandent à Compagnonner avec moi, j'ai envie de dire non, mais je sens qu'il ne le faudrait pas. Il faudrait que je les aime tous, surtout le père Noyes, que je sois ouverte à eux. Mais il doit y avoir une faiblesse en moi, car je ne puis faire cesser les sentiments que j'éprouve. Je le confesse, lorsque je vois Henry avec les autres filles, mes sœurs ici, je défaille et suis prise d'une affreuse douleur à l'estomac. Le père John l'a remarqué ; il m'a lancé un regard réprobateur quand j'ai quitté la table du dîner la semaine dernière, l'air faible et incapable d'avaler quoi que ce soit.

Je redoute ce qui va se produire. Je suis obligée de cacher mon cœur à tous sauf à Henry. Il ne veut que moi, lui aussi. Si nous le confessions à quiconque, on nous ferait cesser de partager la même couche. Je ne puis le supporter, moi qui ne veux que lui. Mais même ces mots, "ne vouloir que", sont une forme d'asservissement. Pourquoi Dieu nous plongerait-Il dans pareille confusion ? Dieu peut-Il nous pousser à la duplicité ? Et s'il était possible que l'amour entre deux personnes soit Parfait et participe du Paradis sur Terre, lui aussi ? Se peut-il que

* Termes utilisés dans le protestantisme américain à partir du premier Grand Réveil, au XVIIIe siècle, pour distinguer les anciens des modernes, les conservateurs des réformateurs, les traditionalistes des revivalistes.

le père Noyes ait tort ? Écrire ces mots, les penser, conduira à mon expulsion. Il faut que je cesse si je le puis. Que je déchire ces pages. Je ne veux pas partir d'ici et retourner à la vie cruelle, impie et mondaine qui m'attendait à Syracuse.

. . .

J'ai écrit à mère ce soir. Père Noyes a insisté. Je lui ai expliqué qu'elle essaierait peut-être de venir me chercher si je lui disais où j'étais. Il m'a dit que bien des mères souffraient de l'orgueil de la maternité. Que je pouvais lui résister, mais ne devais pas couper les ponts. Il m'a dit de me défier de mon propre "amour de la progéniture". Ma phrénologie est semblable à celle de ma mère et nous devons connaître nos faiblesses. Bien des femmes s'attachent trop à leurs enfants, quand tous nos semblables méritent notre attachement et notre amour. Nous sommes tous les enfants de Dieu. Personne n'est notre enfant, notre possession.

J'écoute ce qu'il me dit et lui obéis ; mais il ne connaît pas ma mère. Si elle savait tout, elle considérerait cette vie comme dévergondée. Elle ne la verrait pas comme un sacrement ; elle ne verrait pas que le mariage conventionnel s'apparente à un esclavage. Elle ne le verrait pas. Je me souviens quand nous avions parlé de la Société pour l'amour libre et de leurs idées. Elle n'y avait vu qu'impiété jacobine. Mais d'autres fois, elle a reconnu que les femmes n'étaient guère mieux loties que les esclaves si elles épousaient le mauvais homme ou enduraient des grossesses qu'elles ne pouvaient supporter, comme Ella. Y a-t-il une chance qu'elle révise son jugement et ne voie là nulle impiété ? J'aimerais tant lui parler. Elle me manque. Mais je ne puis rentrer. Par deux fois j'ai vu ma mère frôler la mort en enfantant. Je l'ai vue blême et se tordant de douleur. J'ai épongé son front et prié. Par deux fois, elle s'est rétablie. Elle a perdu l'un des bébés nés lors d'un de ces terribles et cruels accouchements. Samuel, qui s'était présenté par le siège, aussi inerte qu'une poupée. Mère m'avait laissée tenir son petit corps. Nous avions pleuré ensemble. Tout cela fait partie de la vie, en particulier de la vie d'une femme.

Rien de tout cela ne m'a préparée à la mort de ma sœur Ella. Elle était trop jeune, trop menue, mais en parfaite santé. Elle aurait pu vivre une longue vie. Ses deux fausses couches avant cette grossesse étaient un signe que tout le monde avait ignoré. Cette grossesse a été douloureuse, erronée du début à la fin. Pas un jour n'est passé sans qu'Ella ne vomisse. Peut-être le corps de certaines femmes n'est-il pas fait pour enfanter ; devant la possibilité constante de l'enfantement, comment les femmes peuvent-elles seulement tolérer le congrès sexuel ? Ces questions, nul ne les pose. Peut-être certaines femmes ne souhaitent-elles pas donner la vie, nonobstant leur santé. Nos possibilités sont si réduites. C'est cela ou être une femme indocile, dévergondée, ou bien une vieille fille privée d'amour. Susan B. Anthony est une institutrice quaker qui ne s'est jamais mariée et n'a jamais eu d'enfants. Elle vit la vie de l'esprit. Les femmes doivent renoncer à l'amour physique, tirer un trait sur la vie du corps, ou bien nous pouvons enfanter et enfanter encore et être esclaves du corps, être hantées par la mort, la nôtre ou celle de nos enfants. Je ne veux pas quitter Oneida, ce paradis marqué du sceau de Dieu, malgré tout mon amour pour Henry, malgré toute ma confusion.

Dieu soit loué que Nellie m'ait écrit au sujet de cet endroit, où les femmes sont les égales des hommes. Les femmes n'y tombent enceintes que si elles le souhaitent et elles peuvent avoir des rapports avec qui elles veulent, quand elles veulent et non seulement habiter la lumière de Dieu mais devenir la lumière de Dieu. Je dois garder en mémoire les raisons de ma venue et ne pas gâcher ce refuge.

Le matin suivant les obsèques de ma sœur, j'ai préparé une petite sacoche que j'ai cachée sous mon lit. J'ai pris le peu d'argent que m'avaient rapporté mes travaux de couture et de broderie. Au beau milieu de la nuit, je me suis réveillée. Je n'étais pas fatiguée, je n'avais pas peur. Je me suis habillée en silence dans l'obscurité et suis sortie de ma chambre à pas discrets, les pieds déchaussés. Seul ce cher Jack m'a entendue, mais c'est un vieux chien endormi. Il m'a regardée mais n'a pas fait le moindre bruit.

Je me suis coulée dans la ville anuitée. Dans la lumière des becs de gaz, James Street était belle et solitaire. Je me suis assise sur un banc devant notre maison pour lacer mes bottines. J'ai balayé les feuilles accrochées à mes bas. Dieu merci, il ne faisait ni trop froid ni trop humide. J'ai hissé ma sacoche sur mon dos ; j'étais prête. J'ai marché jusqu'à la gare et j'ai gravi les marches. Je voyais ma maison et ma rue, au loin, en contrebas. J'ai acheté un billet pour le train de cinq heures. Lorsqu'il s'est éloigné de ma ville, c'était encore comme un départ en voyage ordinaire, pas tout à fait réel. J'ai rallié Oneida une heure et demie plus tard, juste au moment où l'aurore commençait à poindre.

J'avais les indications de Nellie dans mon sac. Le manoir d'Oneida était à une demi-heure de marche.

J'ai marché sous le ciel qui rosissait et s'éclairait. Après avoir traversé un petit village, j'ai aperçu au loin une colline herbeuse et le beau bâtiment neuf qui, à n'en pas douter, était le manoir d'Oneida. Je n'avais pas encore de bloomers ou de bottines confortables. Mes cheveux étaient encore longs. Mais j'ai dénoué et ôté mon petit béguin et me suis élancée.

J'ai couru vite et fortes étaient mes jambes. Mes cheveux se sont défaits et je les ai sentis flotter derrière moi. J'ai filé vite, toujours plus vite vers cette colline, les poumons brûlants, le souffle saccadé. Quand j'y parviendrais enfin, Nellie m'accueillerait à la porte. Elle s'exclamerait devant mes joues vermeilles. Je rirais et la prendrais dans mes bras. Elle me conduirait à la cuisine, où l'on me servirait une tranche de pain, du beurre mou, une petite assiette de pruneaux et de raisins secs et un grand verre de lait.

Mais pour l'heure, je courais vers la colline et la maison, voyant ma nouvelle vie se déployer devant moi et laissant derrière moi l'ancienne. Je courais plus vite que je n'avais jamais couru, mon corps s'échauffant à mesure. J'ai levé la tête, mes jambes volant à grandes foulées. Me propulsant en haut de la colline. J'avais l'impression d'avoir des ailes et de pouvoir courir sans fin. Quel prodige que ce corps ; quelles découvertes il allait me faire vivre.

IX

SANG

1

Sam ouvrit les yeux. Le visage pressé contre quelque chose. Collé à quelque chose. Elle essaya de tourner la tête, sa joue tira, lourde, pas complètement à elle. Aïe. Elle comprit – lentement, parce que le monde paraissait lent – que quelque chose clochait vraiment. Elle toucha l'arrière de sa tête, d'où provenait la douleur. Poisseux. Elle regarda ses doigts, comme elle l'avait vu faire dans des films. Du sang. Elle laissa sa tête reposer. Elle avait le visage humide ; elle comprit, avant de perdre à nouveau connaissance, qu'elle gisait dans une flaque de sang, son sang, de ce rouge cramoisi qu'elle avait vu si souvent. Elle se souvint qu'on l'avait frappée, fait tomber contre le parquet de chêne rouge, où elle regardait la flaque de sang s'élargir. Elle ne s'inquiéta pas. Elle était trop lasse pour s'inquiéter. Au lieu de ça, elle songea.

2

Dans son rêve, le sang coulait de son corps et recouvrait le monde entier.

Dans son rêve, elle n'avait pas peur du sang. Elle riait. Qu'était le sang pour une femme ? Il y avait la menstruation, l'hémorragie mensuelle : "Un écoulement de sang et d'autres matières provenant de la paroi de l'utérus, qui dure plusieurs jours et se produit chez les femmes pubères qui ne sont pas enceintes à intervalles d'un mois lunaire environ jusqu'à la ménopause."

Il y avait la ménopause : "La cessation de la menstruation durant une période minimale de douze mois."

Il y avait l'entre-deux, la préménopause, que Sam habitait, durant laquelle tu saignais encore mais de façon aléatoire, irrégulière, donc par surprise, comme quand tu avais quatorze ans ; ça faisait des taches, ça te perturbait par son abondance, ses caillots, sa noirceur.

Sam gisait au sol dans son sang et, prise d'hallucination, crut que tout ce sang était encore des règles. Elle rêva de ses règles récentes, des règles douloureuses, étranges, des règles d'adieu, les dernières de sa vie peut-être.

Ça avait commencé par le gargouillement dans le bas-ventre, la sensation de trop-plein, de ballonnement, mais en mouvement. Le phénomène était familier mais ne s'était pas produit depuis des mois alors il lui sembla curieux, lointain : encore ? Encore ça ? Il y avait quelque chose d'étrangement cathartique dans ce processus. Les crampes qui te pliaient en deux, te clouaient au lit. Elle visualisait son utérus lorsqu'elle ressentait ces douleurs intenses. L'imaginait expulsant la membrane désagrégée. Ça rendait la douleur moins pénible : productive, presque purifiante. C'était probablement les dernières, parmi les dernières en tout cas. Et elles furent massives, intenses, soutenues. S'éternisèrent. Comme toujours, après la douleur, l'écoulement fut abondant. Nourri. Débordant. Elle s'était fait un tampon de papier-toilette pour passer la nuit. Lorsqu'elle se levait, elle devait le tenir pour éviter une éruption. Elle gagnait les toilettes en se dandinant gauchement. Une débâcle, son corps était une débâcle. Dégoûtante mais fascinante. (Grand classique des blagues misogynes : peut-on se fier à une créature qui saigne pendant trois jours mais ne meurt pas ?) De nouveau, elle dut sortir acheter des tampons et des serviettes. Quel prodige, ce corps hors de contrôle. Elle mesura à quel point son corps lui était étranger, progressant vers son propre déclin, sa prochaine phase indépendamment de son désir, sans aucune connivence avec elle. Sa participation n'était nullement requise.

Comme durant sa grossesse. Au bout d'un moment, elle s'était dit qu'en être à sa quarantième semaine de grossesse, c'était comme être embarquée sur de terrifiantes montagnes russes. Une fois que tu es à bord, plus moyen de descendre. Tu iras jusqu'au bout quoi qu'il arrive, quelle que soit ta peur. Son corps ferait ce qu'il voudrait, sa participation active n'était qu'illusion. Elle pourrait respirer et pousser, certes. Elle pourrait contribuer. Mais elle ne pourrait pas l'arrêter, elle ne pouvait pas descendre des montagnes russes. Ces règles foutraques de la ménopause lui rappelaient ce sentiment. Elle était un corps, un organisme d'une grande complexité sujet à des quantités de processus autonomes qu'elle ne commandait pas. Son "cycle". C'était la dernière fois, probablement. Après le premier jour, les douleurs diminuèrent et elle apprécia d'être allégée du flot. Sors-moi tout ça. Et si ses hormones, ces trucs qui actionnaient ces dernières règles, si elles lâchaient avant que Sam ait éliminé toute la muqueuse, le fatras sanglant, la part superflue de l'utérus ? Resterait-elle là pour le restant de ses jours ? Sors-moi tout ça. Elle voulait que tout soit expulsé d'elle, puis ça pourrait s'arrêter pour de bon. Serait-elle un tant soit peu triste lorsqu'il aurait disparu, ce processus mensuel ? Étrange de voir cesser quelque chose de si intime, régulier et pour le moins désagréable. Allait-elle oublier cette sensation, cette sensation concrète, comme on oublie la douleur de l'accouchement ?

L'accouchement, autre affaire sanglante. Un jaillissement d'effluves, nettoyés par les infirmières, mais ensuite Sam avait saigné deux semaines durant. Pas des règles, mais ça semblait à la fois purifiant et drainant, cette hémorragie post-partum. Puissant, aussi, en quelque sorte. Comment ne pas être en admiration devant son corps et tous ses mécanismes après qu'il a donné la vie ?

Le sang avait toujours été un élément fondamental de son identité. Elle n'avait jamais fait partie de ces femmes qui avaient recours à un stérilet ou à une pilule qui supprimaient les règles. Elle avait l'horloge mensuelle. Son incroyable corps s'était montré si précis des années durant. Elle savait quand elle ovulait, savait quand son désir allait devenir vorace, savait quand elle allait saigner. Mais cela faisait maintenant plus d'un an que ça s'était détraqué. Déstabilisant. Une transition. Peut-être ses dernières. Bien sûr, quand on a ses dernières règles, on ne le sait pas encore. Ce n'est que plus tard, rétrospectivement, qu'on réalise que c'étaient là les dernières. C'étaient donc peut-être celles-ci. Devait-elle davantage les apprécier, éprouver une tristesse quelconque ? Elle n'était plus fertile (ce qui avait surtout constitué un fardeau, une épouvantable menace tout au long de sa vie). Non, elle était contente d'en voir la fin. De voir ce qu'allait devenir son corps maintenant qu'il ne serait plus occupé par la reproduction. Maintenant qu'il ne serait plus gratifié de cette "sécrétion spéciale". Apparemment, le sommeil importait moins. Cela changerait-il sa relation au temps qui passe ? Son cycle était-il la mesure de sa vie et ses jours allaient-ils maintenant se muer en mois et en années sans qu'elle y prenne garde ?

D'où venait cette expression, "sécrétion spéciale" ?

D'un livre du XIXe siècle sur la fonction sexuelle féminine écrit par Alice Bunker Stockham. "Ève, ayant par ses fautes appelé sur ses filles une malédiction, elles avaient plus que les hommes besoin d'être rénovées et purifiées ; et [...] en sus de la dépuration ordinaire, cette sécrétion spéciale leur fut donnée."

Ah oui. En anglais, les affaires, les menstrues, le sang, étaient également surnommés la Malédiction. Malédiction ou bénédiction, son propre sang ne l'alarmait pas.

3

Ce que l'on n'avait pas envie de voir, c'était le sang d'autrui. Ce que Sam n'avait pas envie de voir. Elle était passée près de la rue où elle avait été témoin des tirs, mais elle avait eu trop peur pour prendre le trottoir où c'était arrivé. Elle redoutait qu'il y ait des taches à l'endroit où le sang du garçon s'était infiltré dans le béton. Elle redoutait qu'il n'y ait pas de taches à l'endroit où le sang du garçon s'était infiltré dans le béton.

Couleur rouille, délavées.

Son sang à elle, à Sam, c'était une flaque vive et visqueuse sur le sol, sous son visage. D'où s'échappait-il ? De l'arrière de sa tête mais aussi de son nez et de sa bouche. Si assez de sang stagnait sur le parquet ciré assez longtemps, il tacherait les lattes de chêne. Même s'il était nettoyé, il y en aurait toujours une infime quantité qui se serait infiltrée par les fentes du parquet. Lorsqu'il faisait froid, de minuscules brèches s'ouvraient à la jointure de certaines lattes. Ça lui plaisait – si elle mourait aujourd'hui, ici même, sur le sol, la maison l'absorberait en secret. Son corps ferait à jamais partie de sa maison.

Elle entendit au loin les sirènes qui venaient dans sa direction, mais avant que les secouristes ne tambourinent à la porte, puis n'entrent, elle perdit de nouveau connaissance.

X

SAM

1

Sam se réveilla dans le lit d'hôpital et son corps entier lui fit mal, surtout sa tête. On lui dit qu'elle souffrait d'une commotion cérébrale et que moins elle penserait, mieux ce serait. Elle rit. Eut mal à la tête. Grimaça mais rit quand même.

"Qu'est-ce qu'il y a de si drôle ? dit l'infirmière.

— Juste qu'il est impossible de penser à ne pas penser, répondit-elle. Ce qui me laisse pensive.

— Essayez de vous détendre.

— Essayer de se détendre, c'est comme ne pas penser", dit-elle. Elle but du jus de fruits par une paille coudée.

Enfin, le médecin vint lui parler. Sam lui dit qu'elle se souvenait d'avoir été frappée, mais pas par qui. Allait-elle retrouver la mémoire ?

"Vous n'avez été frappée par personne.

— Quoi ? dit-elle. C'est impossible.

— Vous avez fait un accident ischémique transitoire. Un AIT. Vous avez perdu connaissance. Et vous vous êtes cogné la tête en heurtant le sol, donc vous souffrez aussi d'une commotion cérébrale.

— Mais j'ai senti quelque chose me heurter l'arrière de la tête avant de tomber.

— Les AIT peuvent causer une douleur vive à l'arrière de la tête, semblable à un coup."

Ce ne pouvait être vrai.

Il expliqua qu'un AIT était un type d'AVC, mais que la bonne nouvelle, c'était qu'il ne semblait pas avoir causé de dégâts. Elle n'était pas désorientée et n'avait pas de difficulté à s'exprimer.

Mais elle l'était, désorientée.

"Putain, un AVC ? Mais je n'ai que cinquante-trois ans.

— Ça arrive, dit-il.

— Mon Dieu, je suis en parfaite santé, ma tension, mes triglycérides, mon cholestérol, mon IMG, mon bilan hépatique, mes reins, mon HbA1c, ma CRP..."

Le docteur opina. Et il sourit.

"Il faut que vous vous reposiez. Le problème, ici, c'est le stress. Êtes-vous très stressée en ce moment ?"

Sam ne dit rien.

"Dormez-vous assez ?"

Sam secoua la tête.

"Il faut que vous vous reposiez. Vous êtes en bonne santé. Tout ira bien, dit-il. Très peu de dégâts. Et de très nombreuses années devant vous, promis."

Dieu soit loué ! Dieu soit loué que je n'aie subi que très peu de dégâts après mon mini-AVC. Émoji roulant les yeux, songea Sam, riant de sa propre blague vaseuse. Elle était fatiguée et, par bonheur, son corps la laissa dormir.

2

Elle ne rêva pas de ce qui s'était passé car elle n'avait en fait que peu de souvenirs de toute cette nuit. Lorsqu'elle se réveilla, elle essaya de se la rappeler – mais cette tension lui fit physiquement mal. La mémoire n'était pas du genre à répondre à un effort de volonté. C'était une chose délicate, capricieuse. Sa tête avait heurté la partie carrelée, telle était l'hypothèse des secouristes et voilà ce que le médecin lui expliqua. Vous avez de la chance, dit-il, d'avoir été en mesure d'appeler les secours. La commotion et la plaie étaient plus préoccupantes que l'AIT.

Personne n'avait frappé Sam. Personne ne l'avait persécutée ni prise pour cible. Personne à accuser ou contre qui diriger sa colère.

Matt était venu la nuit précédente avec Ally, mais Sam était endormie. Il lui téléphona, et lorsqu'elle lui eut raconté qu'elle avait eu un petit accident cérébral, il soupira : “Ouais, le docteur m'a dit.

— Ce n'est pas si grave que ça, dit-elle. Au moins ce n'était pas un incident cardiaque. Ou une arythmie ou un anévrisme ou une crise d'épilepsie.

— Arrête internet, Sam.

— OK, OK.

— Qui dit commotion cérébrale dit pas d'écrans, tu connais la chanson."

Plus tard, il lui apporta des victuailles de chez Vince, son traiteur préféré : des tranches de *porchetta* à l'ail et au romarin sur de la ciabatta, ce qu'elle ne pouvait pas manger, pas encore. Elle prit le sandwich. Le reposa. Elle était devenue quelqu'un qu'accablaient les nourritures consistantes, comme une frêle petite vieille.

Il aurait fallu qu'elle appelle sa mère, mais Matt dit qu'il lui avait parlé. Tout pouvait attendre.

"Je fais quoi ? Je ne peux ni lire ni regarder le moindre écran.

— Je vais rester jusqu'à ce que tu t'endormes.

— Vraiment ?"

Il hocha la tête. "Mais ferme les yeux. Fais ce truc où tu ne penses à rien, où tu détends une à une toutes les parties de ton corps.

— De la méditation ?

— Ouais, fais de la respiration méditative", dit-il, lui prenant la main.

Au bout de quelques minutes de cet exercice, elle était apaisée mais n'avait pas sommeil. Pas une cacophonie de pensées, mais des pensées tout de même. Ally. Aadil, aussi, et la photo de sa mère dans le journal et la rue cette nuit-là. Cette rue si proche de chez elle. Elle ouvrit les yeux. Matt la fixait du regard. Elle essaya de lui sourire, puis grimaça.

"Tu n'as pas sommeil ? dit-il.

— Non, mais c'est agréable, merci."

Il hocha la tête. Lui pressa la main.

"Que veux-tu maintenant, Sam ? demanda-t-il, lui remontant son oreiller.

— Je pense…, dit Sam. Je pense…

— Ne pense pas, tu te rappelles ? Ta commotion, ton repos cognitif ?

— Ah oui, dit-elle en lui souriant. Ça." Elle toucha son bandage, ce qui produisit un son étrange dans sa tête, étouffé, comme si elle était sous l'eau. Elle leva les yeux vers lui.

Que voulait-elle ? Elle voulait une vie honnête. Plus que ça. Elle voulait une vie bonne. On peut ne rien faire ou on peut mieux faire.

Après être sortie de l'hôpital et rentrée là où elle vivait (dans sa magnifique vieille maison délabrée), Sam s'assit pour faire le point (sur son magnifique vieux corps délabré). Elle s'était rétablie, mais pas complètement. Elle ne serait jamais totalement la même qu'avant. C'était un fait, elle le savait, mais ça ne la dérangeait pas. N'était-ce pas toujours le cas ? Après tout, à quoi sert un corps ? Son corps, *ce* corps et sa chair triste et splendide ? N'est-il pas normal que soit gravé dans notre corps tout ce qui nous est jamais arrivé, tout ce que nous avons jamais fait, vu, éprouvé ?

Son téléphone tinta. Ally lui écrivait pour voir si elle pouvait passer.

oui je t'en prie !

Sam hésita puis ajouta un émoji avec un bandage à la tête.

Elle se posta à la fenêtre pour guetter l'arrivée de sa fille. Lorsque Ally se fut garée devant la maison, Sam ouvrit la porte et la regarda marcher vers elle (si grande, si ravissante), le visage éclairé d'un sourire, une énorme boîte blanche de pâtisseries entre les mains. “Je suis tellement heureuse de te voir, Ally-oop”, dit Sam. Elles se tinrent maladroitement par les bras, sans s’embrasser tout à fait, et lorsqu’elles s’écartèrent, Ally considéra sa mère et fronça les sourcils.

“Ça va, maman ? demanda Ally, et en l’entendant dire « maman », Sam eut les larmes aux yeux.

— Oui, dit-elle. J’ai mal à la tête parce que je me suis cognée, mais pas de lésion permanente au cerveau. Léger traumatisme crânien.

— Juste pour crâner.

— Je le crains”, dit Sam. Elles rirent. Ally posa sur la table la gigantesque boîte blanche nouée de bolduc rose. Sam la montra du doigt.

“C’est…

— Du gâteau à la crème de *cannoli* de chez Nino. Faut que tu manges. T’es maigrichonne.” Du gâteau à la crème de *cannoli* de chez Nino. La pâtisserie préférée de Sam. Sam avait envie de se lever d’un bond pour aller chercher l’élégant couteau à gâteau oneida en plaqué argent qu’elle avait trouvé dans un vide-grenier, mais, fatiguée, elle se contenta d’attendre et de laisser Ally se débrouiller. Assise sur son lit, elle observa. Ally ouvrit la boîte et, à l’aide d’un couteau à beurre peu tranchant, elle coupa deux énormes parts mal fichues. Elle les transféra dans un flop sur de petites assiettes à pain. Puis elle attrapa deux grandes cuillères dans l’égouttoir et en déposa une sur chaque assiette à côté du gâteau. Elle tendit une assiette à sa mère. L’odeur du gâteau réveilla le cerveau de Sam. Le générateur de dopamine le plus parfait qui soit. Elles mangèrent leur gâteau ensemble à la grande cuillère et ce fut grisant.

“Cette maison est tellement jolie. Et cosy. Exactement comme je me l’imaginais.

— Tu te l'es imaginée ?

— Oui, quand tu m'écrivais, je t'imaginais ici.

— Je peux te la faire visiter ?" Sam commença à se lever.

"Plus tard, maman."

Sam acquiesça, se rassit au bord de son lit et regarda Ally manger son gâteau, installée à sa table. Ally s'en tailla un gros morceau neigeux avec sa cuillère, le mastiqua lentement puis l'avala.

"Tu nous as vus à la foire, n'est-ce pas ?" dit Ally.

Sam hocha la tête. "Oui." (Ally savait donc qu'elle l'avait vue !)

"Mais tu n'as rien dit. Tu es partie.

— Je me suis dit qu'il valait mieux vous laisser tranquilles. Que ça me plaise ou non.

— Quoi, de me laisser tranquille ou de me voir avec Joe ? demanda Ally.

— Les deux. J'ai peur qu'il ne te fasse souffrir."

Ally contempla son assiette. Elle tâtait maintenant le gâteau du bout de sa cuillère. Elle repoussa l'assiette vers le milieu de la table.

"C'est fait. Ou en train de se faire. Il m'a larguée, ce qui est étrange parce que j'avais commencé à remettre les choses en question mais ne m'attendais pas à ça. Ça me touche beaucoup plus que j'aurais pensé.

— Oh, chérie… dit Sam.

— Mais ça va, dit Ally en secouant la tête. Regarde-moi. Je suis là, toujours debout malgré tout. Plus jamais je n'aimerai, bien sûr. Mais à part ça, ça va.

— Oh, Ally…

— Je rigole !"

Sam esquissa un sourire fatigué. "Ah.

— Sam, j'ai parfois l'impression que tu manques de foi en moi."

(C'était Sam à présent, pas "maman".)

"Tu paniques. J'ai du ressort. Je vais très bien, dit Ally.

— Je sais. Vraiment, je le sais."

Ally fixa sur elle un regard intense, redevint la fille sérieuse. "Tu crois que tu vas rentrer à la maison maintenant ?

— Je reste ici, dit Sam. Je ne peux pas vivre là-bas."

Ally ne parut ni surprise ni fâchée. "J'ai un peu le même sentiment – j'ai hâte de partir à l'université.

— Bien", dit Sam avec un hochement de tête. Ce mouvement la fit souffrir et elle porta sa main à son bandage.

"Ça fait très mal ?" demanda Ally, quittant la table pour venir s'asseoir près de sa mère. Elles étaient côte à côte sur le petit lit. Sam haussa les épaules.

"Je peux voir ?"

Sam tourna son occiput vers Ally. Souleva le bord du gigantesque bandage.

Ally ravala son souffle. "Oh, maman !

— Ça a l'air encore pire que ça n'est, j'imagine." Sam remit le bandage en place.

"Mamie est malade, dit Ally.

— Oui. Qu'est-ce qu'elle t'a dit ?" demanda Sam.

Ally baissa les yeux. "Elle n'est pas vraiment entrée dans les détails." Puis les lèvres d'Ally furent prises d'un tremblement. Elle posa une main sur sa bouche et tendit l'autre à Sam, qui la tira contre elle. Sam entendit Ally pleurer sur sa poitrine.

"J'ai eu si peur quand tu t'es blessée, maman, dit Ally au creux de l'épaule de Sam. Je croyais que rien ne pouvait t'arriver..." Elle s'écarta et leva les yeux vers Sam. Elle rit et secoua la tête, les yeux rougis. "Parce que t'es...

— Je sais, je sais", dit Sam. Elle frictionna le dos de sa fille, qui se laissa faire. Ally se laissa tomber en arrière sur le lit.

"Qu'il est confortable, ce petit lit, dit-elle. Il me plaît.

— Et si tu te reposais un peu", dit Sam. Ally s'étendit. Sam l'enveloppa dans la couverture. Ally ferma les yeux. Sam continua à lui masser doucement le dos à travers la laine. À sa grande surprise, la respiration d'Ally ralentit et elle s'endormit.

Assise au bord de son lit une place, Sam regarda sa fille dormir. Cet instant, songea-t-elle. Cet instant. Si seulement sa mère, Lily, était là à ses côtés, elle aussi. Mais Lily était là à ses côtés.

Sam savait qu'après la mort de sa mère, les derniers soucis, les dernières douleurs se dissiperaient. Sam ne la verrait plus seulement comme sa mère, mais comme un être humain complet, parfait. Elle appréhenderait la totalité de la vie de sa mère, de son enfance à ses vieux jours, la totalité de son corps, de son cœur, de son esprit. L'existence de Lily sur terre serait claire et parfaite. Sam descendait d'elle, était une part d'elle, et, profondément, elle aurait le sentiment qu'elle demeurait une version d'elle, un dérivé. Ça l'apaisait de sentir les traces de sa mère dans la moindre molécule, sa lumière sur la moindre facette. Sa mère mourrait, mais Sam serait encore là. Elle avait encore un peu de mal à y croire, mais elle le savait.

Lorsque Ally émergea de sa sieste, Sam lui fit du café. Puis Ally rentra chez Matt. Demain, Matt irait chercher Lily pour la conduire ici et, le soir, ils dîneraient tous ensemble : Ally, Matt, Lily et Sam.

Sam avait mal à la tête et se sentait très fatiguée. Elle éteignit les lumières dans le séjour et contempla la ville à travers les vitres à mailles de plomb. Elle était froide, humide et belle. Sam fit un feu puis resta assise à le regarder embraser le vernis des carreaux. Elle tâta les bandages à l'arrière de sa tête et grimaça. Elle s'allongea pour se reposer.

Sam dormit neuf heures sans se réveiller. Le matin venu, à mesure que sa conscience se déversait avec le soleil, elle eut une vision, impromptue mais pas malvenue : de la fin des choses, du temps entre le maintenant et l'après, du monde sans elle.

REMERCIEMENTS

Durant l'écriture de ce livre, je me suis appuyée sur nombre de personnes pour orienter mes recherches. Merci à Christine Healy pour son temps, son intelligence et ses analyses hilarantes ; et à Peter McCarthy pour son savoir et ses conversations attentionnées, ainsi que de m'avoir lue très tôt. Merci également à Lynne Della Pella Pascale, Samuel Gruber (et son merveilleux blog *My Central New York*), Clifford Ryan, Carol Faulkner, Scott Manning Stevens, Beth Crawford, Tro Kalayjian, Mike Goode, David Haas (et son compte Instagram @syracusehistory) et Eric Bianchi. Et toute ma gratitude à Joan Farrenkopf pour m'avoir fait une place dans sa maison du quartier d'Hawley-Green pour mes week-ends d'écriture.

Merci aux écrivains qui ont lu les premières versions de ce livre : Chanelle Benz, Anna Moschovakis, Jonathan Lethem, Elizabeth Horvath, Don DeLillo, Sarah Harwell et Jonathan Dee.

Ma grande reconnaissance à Melanie Jackson (comme toujours, mais en particulier pour ce livre) pour ses conseils perspicaces, son amitié et sa foi en mon travail. Merci à Jordan Pavlin : sa sagesse, ses encouragements et sa subtile attention ont rendu ce roman bien plus fort.

À mon mari, Jon, et ma fille, Agnes : merci d'avoir supporté mes exigences excentriques (et incessantes) durant l'écriture et de m'avoir laissée voler des mots qui tombaient de vos bouches.

Nombre de réponses, de questions et d'idées proviennent de l'Onondaga Historical Association, de l'Arts and Crafts Society of Central New York, du site web de la nation onondaga et du Erie Canal Museum. Le manoir de la communauté d'Oneida fut une inspiration, aussi bien le fait d'y séjourner que les conférences (celles d'Anthony Wonderley en particulier). Les ouvrages *The Stammering Century* de Gilbert Seldes et *Desire and Duty at Oneida* de Tirzah Miller et Robert Fogarty (entre autres) m'ont aidée à imaginer la vie au sein de la communauté d'Oneida.

Les définitions des “règles” et de la “ménopause” citées par MH et Sam proviennent du Google Dictionary. Les paroles de la chanson de *La Belle au bois dormant*, “Once upon a Dream”, sont de Jack Lawrence et Sammy Fain*. Les nombreuses étymologies que consulte Ally sont issues de l'application Etymonline et du *Webster's Third New International Dictionary*. La citation que Sam utilise au sujet des eaux usées traitées dans le lac Onondaga provient, comme elle le confesse elle-même, de Wikipédia, tout comme l'idée, peut-être apocryphe, selon laquelle Wallace Rayfield fut l'un des architectes de l'église de l'AME Zion Church. La citation d'Alice Bunker Stockham est extraite de *Tokology : A Book for Every Woman***. Les citations de la Bible dans les lettres

* L'adaptation française citée dans notre traduction est de Natacha Nahon.

** Le traducteur remercie Florence Launay, du service SINDBAD de la Bibliothèque nationale de France, de lui avoir procuré la traduction française de cette citation, extraite de *Tocologie,* et le journal de Clara sont issues de la King James Bible. Tous les t-shirts décrits dans la scène de la grande foire de l'État de New York 2017 sont des t-shirts que j'ai bel et bien vus en vente à la grande foire de l'État de New York. J'ai une dette envers la ville de Syracuse, lieu qui ne cessera jamais de me fasciner. Ce roman m'a été inspiré par tout ce que Syracuse compte de superbes bâtisses anciennes, en particulier les maisons dessinées par Ward Wellington Ward (notamment la Garrett House).

Merci à l'American Academy of Arts and Letters pour son soutien à une période cruciale. Merci au Syracuse University College of Arts and Sciences de m'avoir donné le temps et les ressources nécessaires pour écrire. Et merci aux enseignants et aux étudiants du Syracuse University Creative Writing Program.

le livre de la femme, "traduit de l'anglais et interprété par Paul Nyssens" (Bruxelles, 1926) que nous donnons dans une version revue et corrigée.

OUVRAGE RÉALISÉ
PAR L'ATELIER GRAPHIQUE ACTES SUD
ACHEVÉ D'IMPRIMER
SUR ROTO-PAGE
EN NOVEMBRE 2022
PAR L'IMPRIMERIE FLOCH
À MAYENNE
POUR LE COMPTE DES ÉDITIONS
ACTES SUD
LE MÉJAN
PLACE NINA-BERBEROVA
13200 ARLES

DÉPÔT LÉGAL
1re ÉDITION : FÉVRIER 2023
N° impr. : 101498
(Imprimé en France)